연세 한국어

활용연습 **3**

연세대학교 한국어학당 편

연세대학교 대학출판문화원

Linking Korean

最權威的延世大學韓國語 3 練習本

2014年8月初版   定價：新臺幣350元
有著作權 · 翻印必究
Printed in Taiwan.

著　者：延世大學韓國語學堂
　　　　Yonsei University Korean Language Institute

發 行 人　林　　載　　爵

出　版　者　聯 經 出 版 事 業 股 份 有 限 公 司　　叢書編輯　李　　　　芃
地　　　址　台 北 市 基 隆 路 一 段 1 8 0 號 4 樓　文字編輯　謝　宜　蓁
編 輯 部 地 址　台 北 市 基 隆 路 一 段 1 8 0 號 4 樓　內文排版　楊　佩　菱
叢 書 主 編 電 話　(0 2) 8 7 8 7 6 2 4 2 轉 2 2 6　封面設計　賴　雅　莉
台 北 聯 經 書 房　台 北 市 新 生 南 路 三 段 9 4 號　錄音後製　純粹錄音後製公司
電　　　話　(0 2) 2 3 6 2 0 3 0 8
台 中 分 公 司　台 中 市 北 區 崇 德 路 一 段 1 9 8 號
暨 門 市 電 話　(0 4) 2 2 3 1 2 0 2 3 & 2 2 3 0 2 4 2 5
台 中 電 子 信 箱　e - m a i l：l i n k i n g 2 @ m s 4 2 . h i n e t . n e t
郵 政 劃 撥 帳 戶 第 0 1 0 0 5 5 9 - 3 號
郵 撥 電 話　(0 2) 2 3 6 2 0 3 0 8
印　刷　者　文 聯 彩 色 製 版 印 刷 有 限 公 司
總　經　銷　聯 合 發 行 股 份 有 限 公 司
發　行　所　新 北 市 新 店 區 寶 橋 路 2 3 5 巷 6 弄 6 號 2 樓
電　　　話　(0 2) 2 9 1 7 8 0 2 2

行政院新聞局出版事業登記證局版臺業字第0130號

本書如有缺頁，破損，倒裝請寄回台北聯經書房更換。　471條碼　4711132387490（平裝）
聯經網址：www.linkingbooks.com.tw
電子信箱：linking@udngroup.com

일러두기

- '연세 한국어 활용연습 3' 은 중급용 한국어 교재인 '연세 한국어 3' 을 보다 효율적으로 학습해 나갈 수 있도록 하기 위해 개발되었다.

- '연세 한국어 활용연습 3' 은 총 10과로 이루어져 있으며, 각 과는 5개의 항으로 구성되어 있다.

- 각 과의 1항부터 4항까지는 어휘, 문법 연습으로 구성되어 교재에 나온 어휘와 문법을 연습하도록 되어 있다. 5항은 한 과의 전체 내용을 총 정리하고 복습하는 내용으로 되어 있으며, 어휘와 문법 복습과 듣기 연습, 읽기 연습, 말하기· 쓰기 연습 등으로 구성되어 있다.

- 학생들의 흥미를 끌고자 단어 찾기 게임, 단어 만들기 게임, 삼행시 짓기, 퍼즐 게임, 한국 관련 퀴즈 등 다양하고 흥미로운 내용으로 5개의 쉼터를 넣었다.

- 5과가 끝날 때마다 복습 문제와 십자말 풀이를 넣어 배운 내용에 대한 정리를 할 수 있도록 하였다.

- 학생들의 이해를 돕고자 각 연습 문제의 1번에는 답을 써 주어 보기와 같은 역할을 할 수 있도록 하였다.

- 책의 뒷부분에는 교재에 실린 듣기 연습 부분의 지문과 모범 답안을 실어 학생들이 스스로 답안을 확인하고 공부하는 데 도움이 되도록 하였다.

차례

1과 1항

어휘

1. 다음 빈 칸에 들어갈 말로 맞지 **않는** 것을 고르십시오.

❶ 저는 시간이 있으면 .... 을/를 해요.

운동	여행	~~춤~~	독서

❷ 제 취미는 .... 감상이에요.

연극	영화	그림	악기

❸ 제 취미는 .... 을/를 두는 것이에요.

우표	장기	바둑	체스

❹ .... 을/를 치면 시간이 정말 빨리 가요.

낚시	골프	테니스	탁구

❺ 주말에는 친구들과 같이 .... 을/를 해요.

등산	축구	요리	자전거

2. 다음 [보기]에서 알맞은 말을 골라 빈 칸에 쓰십시오.

[보기]	세계	거의	가능하다
	마음을 먹다	모으다	시간을 내다

❶ 교실에 걸려 있는 (**세계**   ) 지도에서 우리나라를 찾아봤어요.

❷ 잠깐만 기다려. 일이 (   ) 다 끝났어.

❸ 오토바이를 사려고 돈을 (   )고 있어요.

❹ (   )으면/면 오늘 저녁까지 그 일을 끝내 주세요.

❺ 내년에 유학을 가기로 (   )었어요/았어요/였어요.

❻ 이번 주말에는 (   )어서/아서/여서 할머니를 찾아뵐 거예요.

문법

-던데요

3. 다음은 유카의 일기입니다. '-던데요'를 사용해 대화를 완성하십시오.

> **5월 11일 토요일 맑음**
>
> 　한국 친구와 같이 경복궁에 다녀왔다. 신촌에서 가깝고 ❶ 입장료도 아주 쌌다. 주말이어서 그런지 ❷ 구경 온 사람들이 많았다. 나와 같은 외국인들도 많았다.
> 　경복궁은 옛날에 왕이 살던 곳으로 ❸ 오래된 건물과 연못이 있어서 아주 멋있었다. ❹ 사람들은 여기저기에서 사진을 찍었다. 우리도 천천히 구경을 하면서 사진을 찍었다. 한참 가다가 보니까 ❺ 민속 박물관이 있었다. ❻ 거기에서는 옛날 사람들의 생활 모습을 알 수 있어서 좋았다. 오늘 경복궁과 민속 박물관을 보고 한국의 역사와 문화를 많이 알게 되었다. 다음에 한가할 때 다시 가서 천천히 구경하고 싶다.

유카 : 어제 경복궁에 갔다가 왔어요.

수지 : 그래요? 저도 한번 가 보고 싶었는데……. 여기에서 가까워요?

유카 : 네, 가까워요. 그리고 ❶ <u>입장료도 아주 싸던데요</u>.

수지 : 주말이어서 사람들이 많았지요?

유카 : 네, ❷ _____ 던데요.

수지 : 경복궁은 어떤 곳이에요?

유카 : 옛날에 왕이 살았던 곳이에요.

    ❸ _____ 던데요.

    그래서 그런지 사람들이 여기저기에서 ❹ _____.

수지 : 그래요? 그런데 경복궁만 구경하고 왔어요?

유카 : 아니요, 한참 걸어가니까 그 옆에 ❺ _____.

    그래서 거기도 들어가서 구경했어요.

수지 : 민속 박물관은 어땠어요?

유카 : ❻ _____.

    한국의 역사와 문화에 대해서 많이 배웠어요.

수지 : 좋았겠어요. 저도 다음에 꼭 가 봐야겠어요.

4. 다음 그림을 보고 대화를 완성하십시오.

히로시 : 밍밍 씨, 여기 음식 정말 맛있지요?

밍밍　 : 네, 그래서 이렇게 사람이 많군요. 어, 저기 승연 씨가 ❶ 있네요.

히로시 : 어머니와 같이 온 것 같아요. 정말 두 사람이 ❷ ....
　　　　 네요.

밍밍　 : 네, 누가 봐도 한 가족인 걸 알겠어요. 그런데 어머니가 아주
　　　　 ❸ .... 네요.

히로시 : 승연 씨 언니 같지요? 그런데 식탁 위에 있는 저 그릇들 좀 보세요.

밍밍　 : 저게 다 두 사람이 먹은 거예요? 정말 ❹ .... 네요.

히로시 : 어, 어떤 남자가 승연 씨 옆으로 ❺ .... 네요.

밍밍　 : 아, 승연 씨 아버지 같아요. 승연 씨와 엄마는 아주 날씬한데 아버
　　　　 지는 ❻ .... 네요. 저기 있는 그릇들은 아버지가 잡수신
　　　　 것 같군요.

1과 2항

1. 다음 [보기]에서 알맞은 말을 골라 빈 칸에 쓰십시오.

> [보기]   발표회   상영   연주회   전시회

❶ 이번 주부터 졸업생들의 작품 (**발표회**)어/가 시작돼서 구경 온
사람들이 많았다.

❷ 오늘 친구가 피아노 (   )을/를 해서 꽃을 사 가지고 갔다.

❸ 다음 주부터 연세대학교 박물관에서 새로운 (   )을/를 시작합니다.

❹ 올해 영화제에서 상을 받은 영화가 다음 주부터 극장에서
(   )이/가 된대요.

2. 다음 [보기]에서 알맞은 말을 골라 빈 칸에 쓰십시오.

> [보기]   인물화   풍경화   학원   주로   등록하다   완성하다

❶ 유카 씨는 한국어 수업이 끝나면 (**학원**)에 가서 일본어를 가르쳐요.

❷ 그 소설을 (   )는/은/ㄴ 데 10년이 걸렸다고 한다.

❸ 친구들이 모두 회사에 다녀서 (   ) 저녁에 만나요.

❹ 한국 요리를 배우고 싶어서 요리 학원에 (   )었어요/았어요/였어요.

❺ 저는 사람들의 모습을 그린 (   )보다 산이나 바다 같은 자연을 그린
(   )이/가 더 좋아요.

-는 편이다

3. 다음 문장을 완성하십시오.

❶ 태우 씨는 회사일 때문에 자주 늦게 옵니다.

태우 씨는 다른 사람보다 회사일이 <u>많은</u> 는/은/ㄴ 편입니다.

❷ 수지 씨 집에서 학교까지 40분 걸립니다.

수지 씨 집은 학교에서 ＿＿＿＿＿＿＿ 는/은/ㄴ 편입니다.

❸ 유카 씨는 약속 시간에 늦는 일이 별로 없습니다.

유카 씨는 약속을 잘 ＿＿＿＿＿＿ 는/은/ㄴ 편입니다.

❹ 샤오밍 씨는 매운 음식을 좋아해서 자주 먹습니다.

샤오밍 씨는 매운 음식을 잘 ＿＿＿＿＿＿ 는/은/ㄴ 편입니다.

❺ 승연 씨는 21살에 결혼을 했습니다.

승연 씨는 결혼을 일찍 ＿＿＿＿＿＿ 는/은/ㄴ 편입니다.

4. 다음 표를 보고 '–는 편이다'를 사용해 문장을 완성하십시오.

	한국 대학생	에릭
❶ 하루 수면 시간	6~7시간	8시간
❷ 수업 후 공부하는 시간	2~3시간/1일	1시간/1일
❸ 술을 마시는 횟수	1~2회/일주일	3~4회/일주일
❹ 아르바이트 시간	2~3시간/일주일	6~8시간/일주일
❺ 한 달 용돈	25~30만 원	35만 원

❶ 에릭 씨는 한국 대학생들에 비해서 **잠을 많이 자는 편입니다.**

❷ 에릭 씨는 한국 대학생들에 비해서 ＿＿＿＿＿＿＿＿＿＿＿＿＿.

❸ 에릭 씨는 한국 대학생들에 비해서 ＿＿＿＿＿＿＿＿＿＿＿＿＿.

❹ 에릭 씨는 ＿＿＿＿＿＿＿＿＿＿＿＿＿＿＿＿＿.

❺ 에릭 씨는 ＿＿＿＿＿＿＿＿＿＿＿＿＿＿＿＿＿.

5. 다음 표를 보고 '-고요'를 사용해 대화를 완성하십시오.

	히로시	유카
연세 커피숍	넓다, 분위기가 좋다.	시끄럽다, 커피가 맛없다.
신촌 헬스클럽	비싸다, 사람이 많다.	깨끗하다, 시설이 좋다.
학교 앞 서점	책이 많다, 값이 싸다.	복잡하다, 친절하지 않다.

수지　　：히로시 씨, 연세 커피숍에서 모임을 하려고 하는데 어때요?
히로시：좋아요. 거긴 아주 ❶ ___넓어요___ . ___분위기도 좋고요___ .
유카　　：그렇지만 거긴 좀 ❷ ___시끄러워요___ . _____ .

수지　　：유카 씨, 새로 생긴 신촌 헬스클럽이 좋아요?
유카　　：네, 아주 ❸ _____ . _____ .
히로시：하지만 너무 ❹ _____ . _____ .

수지　　：히로시 씨, 학교 앞 서점이 어때요?
히로시：❺ _____ . _____ .
유카　　：❻ 하지만 좀 _____ . _____ .

6. 다음 표를 보고 '-고요'를 사용해 대화를 완성하십시오.

❶ 레스토랑 : 오늘의 메뉴 할인	스테이크(15,000원→7,000원), 후식도 줌
❷ 김치 담그기 대회	외국인만 가능, 해외 교포도 가능
❸ 백화점 세일	10% 할인, 10만 원 이상 사면 상품권도 줌
❹ 문화 체험	한국 무용 보기, 탈춤 배우기
❺ 주스 할인 판매	3,000원→2,000원, 두 개 사면 하나 더 (2+1)
❻ 한국어학당 노래 대회	2급 학생들만 참가, 오후반 2급 학생들도 가능

❶ 가 : 스테이크는 얼마예요?

　　나 : <u>오늘만 스테이크가 7,000원이에요. 후식도 드리고요.</u>

❷ 가 : 한국 사람도 김치 담그기 대회에 나갈 수 있어요?

　　나 : 아니요, ＿＿＿＿＿＿＿＿＿＿＿＿＿. ＿＿＿＿＿＿＿＿고요.

❸ 가 : 내일부터 백화점 세일인데 얼마나 할인되는지 아세요?

　　나 : 네, ＿＿＿＿＿＿＿＿＿＿＿. ＿＿＿＿＿＿＿＿고요.

❹ 가 : 이번 문화 체험은 뭘 한다고 해요?

　　나 : ＿＿＿＿＿＿＿＿＿＿＿. ＿＿＿＿＿＿＿＿＿.

❺ 가 : 주스를 왜 이렇게 많이 샀어요?

　　나 : ＿＿＿＿＿＿＿＿＿＿＿. ＿＿＿＿＿＿＿＿＿.

❻ 가 : 이번 노래 대회는 모든 학생들이 다 참가하는 거예요?

　　나 : 아니요, ＿＿＿＿＿＿＿＿＿＿＿. ＿＿＿＿＿＿＿＿＿.

어휘

1. 다음은 동아리를 소개하는 글입니다. 어느 동아리인지 쓰십시오.

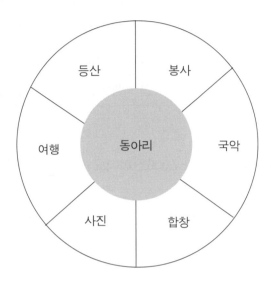

① **사진 동아리**	**②**	**③** ....
가방 안에 카메라 하나만 있으면 됩니다. 놓치고 싶지 않은 순간을 찍으세요. 찰칵! 소중한 추억이 될 거예요.	한국의 전통과 문화에 관심 있으신 분은 오십시오. 전통 음악도 듣고 직접 악기를 연주하는 법도 배울 수 있어요.	어디론가 떠나고 싶으세요? 망설이지 말고 오세요. 답답한 도시를 떠나 자연을 즐겨요. 친구도 사귀고요.
④	**⑤**	**⑥** ....
산을 좋아하는 사람은 누구나 환영이에요. 땀을 흘리면서 산에 오르면 모든 스트레스가 없어질 거예요.	여러 사람들이 모여 아름다운 소리를 만듭니다. 웃음과 노래 속에서 우리는 하나가 됩니다.	이 세상은 사랑 없이 살 수 없어요. 진실한 마음으로 사랑을 보여 주실 분을 찾습니다.

2. 다음 [보기]에서 알맞은 말을 골라 빈 칸에 쓰십시오.

> [보기]   관심   동영상   홈페이지   괜히   들다

❶ 그 병원의 위치를 알고 싶으면 인터넷 (**홈페이지**)에 들어가서
  보세요.
❷ 저는 한국 문화에 (   )이/가 있어서 한국에 왔어요.
❸ 컴퓨터 동아리에 (   )으려면/려면 어떻게 해야 해요?
❹ 숙제 때문에 친구 집에 갔는데 친구가 없었어요. 시간도 없는데
  (   ) 갔어요.
❺ 요즘은 학원에 가지 않아도 집에서 (   )을/를 보면서 요리를
  배울 수 있어서 좋아요.

문법

-는데도

3. 관계있는 문장을 연결해서 한 문장으로 만드십시오.

오늘은 평일입니다.   ●   ● 대답을 못 했어요.
그 물건이 비쌉니다.   ●   ● 백화점에 사람이 많아요.
그것에 대해서 잘 압니다.   ●   ● 듣기 성적이 좋아지지 않아요.
뉴스를 날마다 듣습니다.   ●   ● 사는 사람이 많아요.
밥을 안 먹었습니다.   ●   ● 배가 고프지 않아요.

❶ <u>오늘은 평일인데도</u>   는데도/은데도/ㄴ데도 백화점에 사람이 많아요.
❷ _____   는데도/은데도/ㄴ데도 _____ .
❸ _____   는데도/은데도/ㄴ데도 _____ .
❹ _____ .
❺ _____ .

4. 남자 세 명과 여자 세 명에게 질문을 했습니다. '-는데도'를 사용해 문장을 만드십시오.

여자들에게 화가 날 때	남자들에게 화가 날 때
❶ 외출 준비하는 시간이 너무 길다.	❶ 잘못을 했을 때 사과하지 않는다.
❷ 늘 입을 옷이 없다고 말한다.	❷ 할 일이 없어도 항상 바쁘다고 한다.
❸ 이미 끝난 일에 대해서 자꾸 말한다.	❸ 여자 친구가 있어도 다른 여자들한테 관심이 많다.

남자 1: 여자들은 <u>시간이 없는데도</u> 는데도/은데도/ㄴ데도 <u>외출 준비하는</u>
　　　　 <u>시간이 너무 길어요.</u>
남자 2: 여자들은 ⋯⋯⋯⋯⋯⋯ 는데도/은데도/ㄴ데도 늘 옷이 없다고 해요.
남자 3: 여자들은 ⋯⋯⋯⋯⋯⋯ 는데도/은데도/ㄴ데도 시간이 날 때마다 그 이야
　　　　 기를 해요.

여자 1: 남자들은 ⋯⋯⋯⋯⋯⋯ 는데도/은데도/ㄴ데도 사과하지 않아요.
여자 2: 남자들은 ⋯⋯⋯⋯⋯⋯⋯⋯⋯⋯⋯⋯⋯⋯⋯⋯⋯⋯⋯⋯⋯ .
여자 3: 남자들은 ⋯⋯⋯⋯⋯⋯⋯⋯⋯⋯⋯⋯⋯⋯⋯⋯⋯⋯⋯⋯⋯ .

-기만 하다

5. 다음 문장을 완성하십시오.

❶ 아기가 아픈가 봐요. 우유도 먹지 않고 계속 <u>울기</u>만 해요.
❷ 책을 ⋯⋯⋯⋯⋯⋯ 기만 하고 왜 안 읽어요?
❸ 회사에 와서 일은 안하고 ⋯⋯⋯⋯⋯⋯ 기만 하는 사람은 필요 없어요.
❹ 그 사람한테 질문하면 언제나 대답은 하지 않고 ⋯⋯⋯⋯⋯⋯ 기만 해요.
❺ 안드레이 씨는 월급을 받으면 저금은 하지 않고 ⋯⋯⋯⋯⋯⋯ 기만 해요.

6. 다음 그림을 보고 대화를 완성하십시오.

기자　： 요즘 주말을 어떻게 보내고 있는지 지나가는 분들께 물어보겠습니다.

　　　　실례지만 주말에 가족들이 무엇을 합니까?

여자　： 제 남편은 ❶ **하루 종일 자**기만 해요.

　　　　큰 아들은 컴퓨터 앞에서 ❷ ＿＿＿＿＿＿＿＿ 만 해요.

　　　　딸은 친구들과 ❸ ＿＿＿＿＿＿＿ 만 하고요.

　　　　막내 아들은 쉬지 않고 ❹ ＿＿＿＿＿＿＿ 기만 해요.

기자　： 그럼 부인께서는 뭘 하세요?

여자　： 저는 하루 종일 ❺ ＿＿＿＿＿＿＿ 만 해요. 청소하고 빨래하고 식사

　　　　준비 하고……

아이들 ： 아니에요. 우리 엄마는 하루 종일 ❻ ＿＿＿＿＿＿＿ 만/기만 해요.

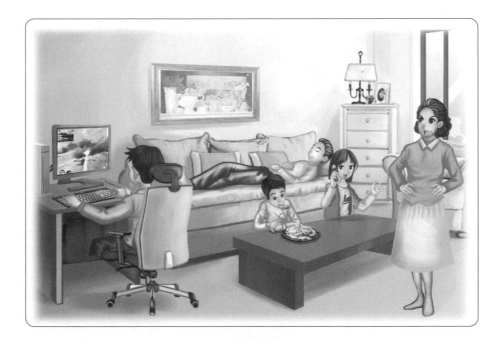

어휘

1. 다음 사람들은 어떤 여가 생활을 즐길까요? 관계있는 두 단어를 [보기]에서 골라 쓰십시오.

[보기]	봉사	비디오	스포츠	음악	컴퓨터
	감상	게임	관람	촬영	활동

❶ 저는 재미있는 게임을 좋아해서 밤 늦게까지 게임을 할 때가 많아요.

(**컴퓨터 게임**)

❷ 저는 시간이 나면 고아원에 가서 아이들을 돌봐 줘요.　　(　　　)

❸ 저는 주말마다 비디오카메라를 가지고 산이나 강가에 가서 사진을 찍어요.

(　　　)

❹ 저는 음악을 듣는 것을 아주 좋아해요. 음악을 들으면 마음이 편안해져요.

(　　　)

❺ 저는 운동을 좋아하지만 직접 하는 것보다 경기장에 가서 보는 것을 더 좋아해요.　　　　　　　　　　　　　　　　　　　　　　　　(　　　)

2. 다음 [보기]에서 알맞은 말을 골라 빈 칸에 쓰십시오.

[보기]	결과	관광	조사	별로	따르다	험하다

❶ 어제 고향에서 온 친구와 같이 서울 시내 (**관광**)을/를 했어요.

❷ 인구 (　　　)은/는 4년마다 합니다.

❸ 길이 (　　　)어서/아서/여서 운전하기가 힘들어요.

❹ 시험 (　　　)이/가 생각보다 잘 나와서 기분이 좋아요.

❺ 일기 예보에 (　　　)으면/면 내일부터 다시 추워진다고 합니다.

❻ 술을 마시는 것은 (　　　) 좋아하지 않지만 친구들과 이야기하는 것은 좋아해요.

-자마자

3. 다음 그림을 보고 '-자마자'를 사용해 문장을 완성하십시오.

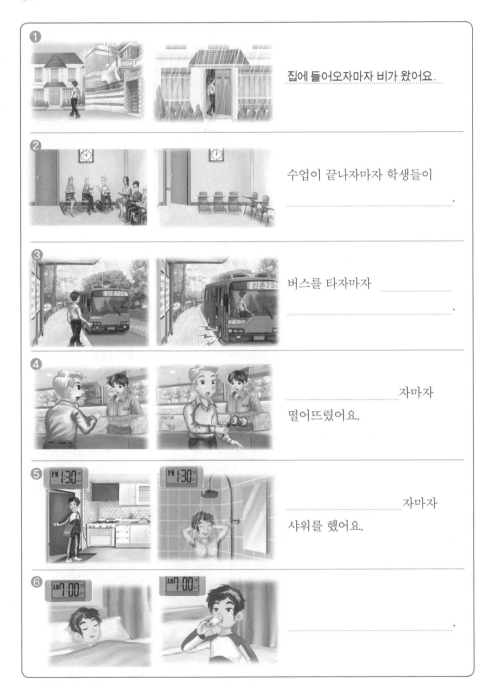

① 집에 들어오자마자 비가 왔어요.

② 수업이 끝나자마자 학생들이
　　　　　　　　　　　　　　　.

③ 버스를 타자마자 ....
　　　　　　　　　　　　　　　.

④ ....자마자
　떨어뜨렸어요.

⑤ ....자마자
　샤워를 했어요.

⑥ ....
　　　　　　　　　　　　　　　.

4. '-자마자'를 사용해 대화를 완성하십시오.

❶ 가 : 어제 집에 가서 뭘 했어요?

　나 : **너무 피곤해서 집에 가자마자** 그냥 잤어요.

❷ 가 : 누군데 그렇게 전화를 빨리 끊어요?

　나 : 모르겠어요. 전화를 받자마자 _____.

❸ 가 : 오늘 시험 끝나고 점심을 같이 먹을래요?

　나 : 미안해요. _____ 자마자 _____.

❹ 가 : 시간이 너무 늦었네요. 걱정되니까 도착하는 대로 꼭 연락 주세요.

　나 : 네, _____ 자마자 _____.

❺ 가 : 지난주에 용돈을 줬는데 벌써 다 썼어?

　나 : 네, _____.

-는대요

5. 다음 그림을 보고 '-는대요'를 사용해 대화를 완성하십시오.

❶ 다음 주 수요일 오후 7시에 동아리 모임이 있습니다.
❷ 모임 장소는 동아리 방입니다.
❸ 중요한 문제에 대해서 이야기해야 하니까 모두 다 꼭 오세요.
❹ 다른 사람들을 생각해서 늦지 마세요.
❺ 모임이 끝난 후에 식사를 같이 합시다.
❻ 그날 못 오는 사람들은 미리 저한테 연락해 주세요.

유카 　　 : 수업 때문에 늦었는데 회장이 무슨 이야기를 했어요?

샤오밍 　 : ❶ **다음 주 수요일 오후 7시에 동아리 모임이 있대요.**

　　　　　❷ _____.

　　　　　❸ _____.

　　　　　❹ _____.

　　　　　❺ _____.

　　　　　❻ _____.

유카 　　 : 고마워요.

6. 다음은 샤오밍 씨가 밍밍 씨한테 보낸 이메일입니다. 읽고 '-는대요'를 사용해 대화를 완성하십시오.

밍밍 씨에게
방학 동안에 여행을 가고 싶다고 했지요? 어디가 좋냐고요?
물론 ❶ **설악산이 제일 좋지요.** ❷ **한국 사람들이 가장 즐겨 찾는 산이**
설악산이에요. 설악산은 단풍이 든 가을에도 아름답지만 눈 쌓인
❸ **겨울에 더 아름다워요.** 등산과 겨울 바다 그리고 온천까지 즐길
수 있어서 ❹ **겨울에도 사람들이 많이 찾아요.** 또 설악산은 서울에서
고속버스로 ❺ **3시간 정도면 갈 수 있어서** 사계절 내내 인기가 많아요. 더
자세한 것을 알고 싶으면 ❻ **전화하세요.** 제가 아는대로 가르쳐 줄게요.

샤오밍

올가 : 밍밍 씨, 여행갈 곳은 정했어요?

밍밍 : 네, 샤오밍 씨한테 물어보니까 ❶ 설악산이 제일 좋대요.

　　　　❷ _____ .

　　　　그래서 설악산으로 가기로 했어요.

　　　　설악산은 가을에도 아름답지만 ❸ _____ .

올가 : 겨울이어서 관광객들이 그리 많지 않겠군요.

밍밍 : 아니요, 바다도 가깝고 온천까지 즐길 수 있어서 ❹ _____

　　　　_____ .

올가 : 그렇군요. 그런데 설악산은 멀지 않아요?

밍밍 : 아니요. 서울에서 고속버스로 ❺ _____ .

올가 : 설악산에 대해서 잘 아시네요.

밍밍 : 아니에요. 샤오밍 씨가 가르쳐 줬어요.

　　　　더 알고 싶으면 ❻ _____ .

🔊 01

1. 수집을 하면 어떤 점이 좋을까요?

2. <보기> 중에서 여러분이 모으는 것이 있습니까? 또는 모으고 싶은 물건이 있습니까?

[보기]						
구두	청바지	시계	카메라	게임카드	돈	인형
그릇	가격표	책	미니어처	만화책	메달	동전
안경	잡지	우표	자동차	오토바이		

---

1) 수집광   avid collector (of something)   （收集狂）收集狂

수집이란 별난2) 취미가 아니다. 누구나 한 번쯤은 무언가를 모아본 기억이 있을 것이다. 우표, 구두, 시계, 청바지 그리고 자동차, 카메라, 책, 미니향수 등 사람들이 취미로 모으는 것은 정말 다양하다. 우리들은 이러한 것들을 모으면서 작은 즐거움을 느끼게 되고 또 나중에 자신이 모아 놓은 것들을 보면서 추억을 떠올릴3) 수 있다.

　　우리 가족 모두 조금은 별난 수집광이라고 할 수 있다. 아버지는 거의 30년 동안 올림픽 기념주화4)와 메달5)을 모으셨다. 지금까지 수집하신 기념주화와 메달의 수가 천 개가 넘는다. 다른 사람에게는 그냥 동전일 뿐이지만 아버지에게는 소중한 보물들이다. 아버지는 이것들을 돈을 벌기 위해서가 아니라 올림픽에 대한 열정6)과 사랑 때문에 모으신다. 그리고 언젠가는 올림픽 박물관 같은 곳에 전시하고 싶다고 하셨다. 올림픽이 4년마다 계속 열리는 한 우리 아버지의 올림픽 사랑도 멈추지7) 않을 것 같다.

　　조용한 성격의 어머니는 여행을 좋아하신다. 답답한 일상에서 벗어나고8) 싶으실 때는 여행을 가신다. 어머니가 여행을 다녀오시면 꼭 사 가지고 오시는 것이 있다. 그건 바로 티스푼이다. 무겁지도 않고 많이 비싸지도 않은 이 물건이 어머니가 즐겨 모으시는 것이다. 그래서 우리 집 부엌 장식장에는 어머니가 여행 때마다 사 오신 세계 각국의 티스푼들이 가지런히9) 정리되어 있다. 작은 공간10)이지만 세계가 한 곳에 모여 있다.

　　고등학생인 남동생은 어렸을 때부터 조립하는11) 것을 좋아했다. 자동차, 배, 비행기, 기차 모형 등 뭐든지 만드는 것을 좋아했다. 그리고 초등학교 5학년 때부터는 자기가 만든 미니어처12)들을 하나 둘 모으기 시작했다. 나무나 플라스틱, 그리고 종이로 만든 곤충13), 사람, 동물, 자동차, 유명한 건물 등 그 종류도 여러 가지이다. 작은 것들을 한 데 모으면 마치 소인국14) 같다. 남동생은 한 번 이 작은 세계에 빠지면15) 시간 가는 줄 모른다.

5

10

15

20

25

대학교 4학년인 나는 대학생이 되면서부터 늘 수첩을 가지고 다녔다. 이 수첩에는 작지만 나의 소중한 기억들이 수 십장의 티켓들과 함께 보관되어[16] 있다. 나는 연극이나 영화, 뮤지컬을 보고 나면 그 티켓을 버리지 않고 수첩에 붙인다. 그런 후에 티켓 옆에 누구와 언제 무엇을 보았고 어떤 일들이 있었는지 적는다. 이렇게 하면 그 때 그 때의 소중한 느낌과 생각들이 없어지지 않고 그대로 내 수첩에 남게 된다. 또 가족이나 친구들과 여행을 갈 때도 마찬가지[17] 이다. 기차, 배, 버스나 비행기를 타고 오고 갈 때 산 표를 버리지 않고 여행 날짜에 맞추어 수첩에 꼼꼼히[18] 붙여 놓는다. 표를 보면 내가 어디에서 출발해서 어디에 도착했는지, 언제 어디에 있었는지 알 수 있다. 여행에서 돌아 온 후에 사진들을 보면서 그 때 일을 생각하는 것도 재미있지만, 수첩에 있는 여러 장의 표들을 보면서 내가 발을 옮겼던 장소들을 다시 떠올리는 것은 더 즐거운 일이다. 이렇게 모은 티켓들이 10권의 책이 되어 내 방 책상에 놓여 있다. 책상에서 손을 뻗으면[19] 나는 금세[20] 나의 추억과 만날 수 있다.

무엇인가를 모은다는 것은 어떻게 보면 과거를 잡고 있는 것일 수도 있다. 하지만 모은 것들을 통해 지금 현재에 새로운 의미들을 만들어 간다면 그것은 더 이상 과거가 아닐 것이다.

2)	별나다	eccentric, peculiar	特別的；奇怪的
3)	떠올리다	to recall, bring to mind	想起
4)	기념주화	commemorative coin	(紀念鑄貨) 紀念幣
5)	메달	medal	獎牌
6)	열정	passion	(熱情) 熱情
7)	멈추다	to stop, come to an end	停止
8)	벗어나다	to escape, be free oneself from	擺脫；逃出
9)	가지런히	uniformly, evenly	整齊地
10)	공간	space	(空間) 空間
11)	조립하다	to assemble, put together	(組力 -) 組裝；組合
12)	미니어처	miniature (model)	小模型
13)	곤충	insect	(昆蟲) 昆蟲
14)	소인국	land of dwarves	(小人國) 小人國
15)	빠지다	to be absorbed in, be crazy about	沉醉於
16)	보관되다	to be stored (for safekeeping)	(保管 -) 保管
17)	마찬가지	the same	一樣地
18)	꼼꼼히	meticulously, carefully	仔細地
19)	뻗다	to stretch (out), extend	伸展；伸出
20)	금세	instantly, at once	(今時) 立即；馬上

어휘 연습

1. <보기>에서 알맞은 말을 골라 (   )에 쓰십시오.

> [보기]
>
> 금세   열정   뻗다   별나다   빠지다

① 다리를 쭉 (   )고 앉으니까 너무 편하다.

② 어제는 너무 피곤해서 침대에 눕자마자 (   ) 잠이 들었다.

③ 웨이는 마리아를 처음 보자마자 사랑에 (   )었다/았다/였다.

④ 리에는 음악에 대한 (   )으로/로 회사를 그만두고 유학을 떠났다.

⑤ 그는 술을 마시면 아무하고나 악수하는 (   )는/은/ㄴ 행동을 한다.

2. 다음 단어 중 맞지 <u>않는</u> 것을 고르십시오. (   )

① 관람객   ② 메모광

③ 간호사   ④ 과학꾼

3. 다음 글의 내용에 맞게 <보기>에서 알맞은 말을 골라 (   )에 쓰십시오.

[보기]

| 소인국 | 기념주화 | 꼼꼼히 | 가지런히 | 보관하다 | 조립하다 | 떠올리다 |

우리 가족은 모두 조금은 별난 수집광이다. 아버지는 올림픽에 대한 열정으로 올림픽 (   )과/와 메달을 모으시는데, 이것들은 아버지의 소중한 보물들이다. 어머니는 여행 갔다 오실 때마다 티스푼을 사 가지고 오신다. 그래서 우리 집 장식장에는 세계 여러 나라의 티스푼들이 (   ) 놓여 있다. 남동생은 어렸을 때부터 자동차, 기차 등을 (   )는/은/ㄴ 것을 좋아했다. 동생은 자기가 만든 미니어처들을 지금까지 잘 (   )고 있는데 이것들을 모아 놓으면 마치 (   )같다. 나는 여행을 가면 버스표나 기차표 등을 버리지 않는다. 또 영화나 연극을 보면 그 티켓들을 모으는데, 이것들을 모두 수첩에 (   ) 붙이고 그 옆에 내 생각과 느낌을 적어 놓는다. 이렇게 하면 나중에 수첩을 보면서 그 때의 일들을 쉽게 (   )을/ㄹ 수 있다.

내용 이해

1. 가족들이 각각 수집하는 것은 무엇입니까? 빈칸에 써 넣으십시오.

가족	모으는 것
아버지	
어머니	
남동생	
나	

2. 수집을 하면서 느낄 수 있는 것은 무엇입니까? (   )

❶ 외로움　　　❷ 즐거움　　　❸ 답답함　　　❹ 안타까움

3. 우리 가족에 대한 설명으로 <u>틀린</u> 것은 무엇입니까? (   )

❶ 남동생은 미니어처를 사서 모으는 것이 취미이다.

❷ 나는 소중한 시간들을 기억하기 위해 표를 모은다.

❸ 아버지는 올림픽에 대한 사랑 때문에 올림픽 메달을 모으신다.

❹ 어머니는 장식장에 세계 여러 나라의 티스푼들을 넣어 두신다.

4. 이 글의 내용과 <u>다른</u> 것은 무엇입니까? (   )

❶ 수집은 추억을 만들어 준다.

❷ 수집은 미래를 위한 준비이다.

❸ 수집은 과거와 현재를 이어준다.

❹ 수집은 과거를 떠올리게 해 준다.

5. 이 글의 내용과 같으면 ○, 다르면 × 하십시오.

❶ 어머니가 사 모으시는 티스푼은 비싼 것이다.   (   )

❷ 나는 여행에서의 추억을 수첩에 적어 놓는다.   (   )

❸ 우리 가족 모두 수집하는 것을 아주 좋아한다.   (   )

❹ 아버지는 올림픽 주화가 비싸게 팔리기를 바라신다.   (   )

1. 뉴스를 듣고 질문에 대답하십시오.

1) 다음 표를 완성하십시오.

	가장 즐겨 하는 취미	취미 활동을 하는 시간	취미 활동을 하는 이유
1위		/ 1주일	
2위		/ 1주일	재미가 있어서
3위	텔레비전 시청	3시간 정도 / 1주일	

2. 이야기를 듣고 질문에 대답하십시오.

1) '이사모'란 무슨 뜻입니까? 쓰십시오.

....

2) '이사모'는 어떤 활동을 하고 있습니까? 쓰십시오.

....

3) 이 이야기를 한 목적은 무엇입니까? (   )

❶ 새 동아리 회장을 알리기 위해
❷ 새 동아리 회원을 모으려고
❸ 동아리 활동의 어려움을 알리려고
❹ 동아리에서 한 활동을 알리려고

3. 대화를 듣고 질문에 대답하십시오.

1) 두 사람은 무엇에 대해서 이야기하고 있습니까?   (   )

❶ 신입생 환영회   ❷ 신입생들의 고민   ❸ 신입생의 동아리 가입

2) 여자가 든 동아리는 무슨 동아리입니까?   (   )

❶ 댄스 동아리   ❷ 사진 동아리   ❸ 연극 동아리

3) 동아리에 가입하려는 학생 수가 줄고 있는 이유는 무엇인지 쓰십시오.

....

말하기 · 쓰기연습

다음 글을 읽고 남편의 취미를 바꿀 수 있는 좋은 방법을 써 보십시오. 그리고 친구와 같이 이야기해 보십시오.

제 남편의 취미는 오디오 수집이에요. 결혼하기 전에는 아주 멋진 취미를 가졌다고 생각했어요. 하지만 지금은 아니에요. 제발 제 남편이 다른 취미를 가졌으면 좋겠어요. 가장 큰 이유는 돈이에요. 사실 오디오는 중고 제품도 매우 비싸요. 값이 싼 것은 눈에 보이지도 않고요. 처음에는 그렇게 비싼 것을 사지 않았는데 점점 눈이 높아지면서 자꾸 비싼 것을 사는 거예요. 좋은 물건이 있다고 하면 어디든지 달려가고요. 물론 오디오는 다시 팔아도 어느 정도 값을 받을 수 있어서 지금까지 참았는데 1년 동안 쓴 돈을 모두 계산하니까 자동차 한 대를 살 수 있을 정도예요. 남편도 돈이 많이 드니까 술도 끊고 담배도 끊었어요. 하지만 앞으로 아이들이 크면 돈이 많이 들 테니까 지금부터 저축을 해야 하는데 큰일이에요. 어떻게 하면 그것을 그만두게 할 수 있을까요? 좋은 방법이 있으면 제발 가르쳐 주세요.

2과 1항

어휘

1. 다음 [보기]에서 알맞은 말을 골라 빈 칸에 쓰십시오.

[보기] 인사를 가다   인사를 나누다   인사를 드리다   인사를 받다   인사를 시키다

지난주에 큰아버지 댁에 ❶ <u>인사를 갔어요</u>었어요/왔어요/였어요. 큰아버지 댁에 도착해서 먼저 할아버지께 ❷ .... 었어요/았어요/였어요.

❸ .... 으신/신 할아버지께서는 왜 이제 왔냐고 하시면서 아주 기뻐하셨어요. 그리고 할아버지께서는 저를 친척들에게

❹ .... 으셨어요/셨어요. 아주 어렸을 때 봤기 때문에 누가 누군지 잘 몰랐어요. 친척들과 ❺ .... 는/은/ㄴ 다음 다 같이 식사를 했어요. 식사를 하면서 친척들과 이런저런 이야기를 하니까 금방 친해졌어요. 한국에 있는 동안 할아버지를 자주 찾아뵈어야겠어요.

[보기] 이사 떡   그렇지 않아도   궁금하다   맛을 보다   부탁하다

❶ 한국에서는 이사를 하면 (이사 떡   )을/를 돌리는 풍습이 있다.

❷ 제가 케이크를 만들었는데 한번 (   )으세요/세요.

❸ 혹시 (   )는/은/ㄴ 것이 있으면 저한테 물어보세요.

❹ 저는 아는 사람이 (   )으면/면 거절을 못하는 편이에요.

❺ 전화해 주셔서 고마워요. (   ) 전화하려던 참이었어요.

-으려던 참이다

2. '-으려던 참이다'를 사용해 대화를 완성하십시오.

❶ 가 : 지금 서점에 갈 건데 같이 안 갈래요?

　　나 : 좋아요. 그렇지 않아도 필요한 책이 있어서 저도 **가려던 참이**
　　　　<u>었어요</u>.

❷ 가 : 에어컨 좀 꺼도 돼요?

　　나 : 네. 저도 ＿＿＿＿＿＿＿＿＿＿＿＿＿＿＿＿＿.
　　　　너무 오래 켜니까 머리가 아프네요.

❸ 가 : 늦어서 미안해. 음식 주문은 했어?

　　나 : 아니, ＿＿＿＿＿＿＿＿＿＿＿＿＿＿. 넌 뭐 먹을래?

❹ 가 : 자장면이 아직도 안 오는데 다시 전화해 봤니?

　　나 : 지금 ＿＿＿＿＿＿＿＿＿＿＿＿＿. 그런데 중국집 전화
　　　　번호 가 몇 번이었지?

❺ 가 : 미선 씨, 지금 집 앞에 도착했는데 빨리 나오세요.

　　나 : 네, 저도 지금 ＿＿＿＿＿＿＿＿＿＿＿＿. 조금만 기다려 주
　　　　세요.

❻ 가 : 앉아서 공부만 하니까 졸리네요. 커피 마시러 안 갈래요?

　　나 : 좋아요. 그렇지 않아도 ＿＿＿＿＿＿＿＿＿＿＿＿.

3. '-으려던 참이다'를 사용해 대화를 완성하십시오.

엄마 : 아침은 먹었니?

아들 : ❶ **지금 막 먹으려던 참이었어요.**

엄마 : 10시인데 아직도 안 먹었어? 그럼, 네 방 청소는 다 했지?

아들 : 아직이요, ❷ _____.

엄마 : 지금까지 아무것도 안 했다고? 혹시 너 컴퓨터 게임하는 거 아니야? 빨리 꺼!

아들 : 알겠어요. 저도 지금 ❸ _____.

부인 : 언제 퇴근할 거예요?

남편 : 지금 막 ❹ _____ 으려던/려던 참이야.

부인 : 빨리 오세요. 참, 여행사에 전화해서 비행기 표를 예약했지요?

남편 : 아직. 지금 ❺ _____.
아침에는 시간이 없어서 못 했어.

부인 : 그런데 노래 소리가 들리네요. 지금 어디에 있어요? 사실대로 말해요.

남편 : 응, 사실은 노래방이야.
하지만 지금 ❻ _____. 금방 갈게.

4. 관계있는 문장을 연결해서 한 문장으로 만드십시오.

거기는 춥습니다. ● ●안으로 들어갑시다.

백화점은 비쌉니다. ● ●오늘 밤에 출발합시다.

가족들이 걱정합니다. ● ●시장에 가는 게 어때요?

곧 영화가 시작됩니다. ● ●두꺼운 옷을 가져가세요.

취직할 때 성적 증명서가 필요합니다. ● ●빨리 집에 전화하세요.

❶ 거기는 추울 텐데 두꺼운 옷을 가져가세요.

❷ _____ .

❸ _____ .

❹ _____ .

❺ _____ .

5. 히로시 씨가 한국에 출장을 왔습니다. 마중 나온 사람과 공항에서 이야기를 합니다. 다음 대화를 완성하십시오.

김준호 : 비행기를 오래 타고 오셔서 힘드시죠?

히로시 : 괜찮습니다. ❶ 바쁘실 텐데 을/ㄹ 텐데 이렇게 마중을 나와 주셔서 고맙습니다.

김준호 : 뭘요. ❷ _____ 을/ㄹ 텐데 가방을 저한테 주세요. 제가 들어 드릴게요.

히로시 : 아닙니다. 괜찮습니다.

김준호 : ❸ _____ 을/ㄹ 텐데 식사부터 할까요?

히로시 : 네, 좋습니다.

(식사 후)

김준호 : 잘 드셨습니까?

히로시 : 네, 맛있게 먹었습니다. 참, 지난번에 말씀 드린 서류 내일까지 부탁 드리겠습니다. ❹ _____ 을/ㄹ 텐데 _____

_____ .

김준호 : 아닙니다. 저희가 해야 할 일인데요.
그럼 호텔로 갈까요? 오늘은 ❺ _____ 을/ㄹ 텐데 푹 쉬세요.

어휘

1. 다음 [보기]에서 알맞은 말을 골라 빈 칸에 쓰십시오.

> [보기]　굽을 갈다　　　　　　다듬다　　　　　　다림질을 하다
>
> 　　　　드라이클리닝하다　　염색하다　　　　파마를 하다

❶ 미장원에 가서 **파마를 하니까** 으니까/니까 다른 사람처럼 보여요.

❷ 다리미가 고장 나서＿＿＿＿＿＿을/ㄹ 수 없었어요.

❸ 머리를 기르려고 하니까 많이 자르지 말고＿＿＿＿＿기만 해 주세요.

❹ 흰머리가 너무 많아서 어제 미용실에서＿＿＿＿＿었어요/았어요/였어요.

❺ 이런 옷은 물빨래를 하면 안 돼요. 세탁소에서＿＿＿＿＿어야/아야/여야 해요.

❻ 구두를 너무 오래 신어서＿＿＿＿＿어야/아야/여야 하는데 수선하는 곳이 어디 예요?

> [보기]　　갈색　　앞머리　　자르다　　짙다　　찌르다　　유행이다

❶ 여름에는 하얀 피부보다 (　**갈색**　) 피부가 더 건강해 보여요.

❷ (　　　　　)이/가 너무 길어서 답답해 보여요.

❸ 속눈썹이 자꾸 눈을 (　　　　)어서/아서/여서 아파요.

❹ 요즘은 긴 치마보다 짧은 치마가 (　　　　)이에요/예요.

❺ 이것 좀 (　　　　)으려고/려고 하는데 가위 좀 빌려 주세요.

❻ 밝은 색 옷은 쉽게 더러워지니까 좀 (　　　　)은/ㄴ 색이 좋을 것 같아요.

-거든요

2. 어떻게 말해야 할까요? '-거든요'를 사용해 상황에 맞게 문장을 만드십시오.

❶ 수선집	바지를 좀 줄여 주세요. **❶** <u>너무 길거든요.</u>
❷ 음식점	너무 맵지 않게 해 주세요. **❷** _____ 거든요.
❸ 세탁소	이 옷 내일까지 드라이클리닝해 주세요. **❸** _____ .
❹ 약국	두통약 좀 주세요. **❹** _____ .

3. 연극 대회의 역할을 정하려고 합니다. '-거든요'를 사용해 문장을 완성하십시오.

역할	이런 사람이면 좋겠어요.
❶ 감독	연극에 대해서 잘 아는 사람
❷ 대본 쓰기	글을 재미있게 쓸 수 있는 사람
❸ 분장	역할에 맞게 화장을 잘 할 수 있는 사람
❹ 음악	여러 종류의 음악에 대해서 잘 아는 사람
❺ 소품 준비	연극에 필요한 물건들을 가지고 있는 사람
❻ 무대	무대를 꾸며 본 경험이 있는 사람

❶ 에릭 　　: 제가 감독을 할게요. <u>연극 동아리에서 연극을 많이 해 봤거든요.</u>

❷ 수지 　　: 저는 대본을 쓸게요. _____ .

❸ 유카 　　: 제가 분장을 맡을게요. _____ .

❹ 샤오밍 　: 저는 음악을 준비할게요. _____ .

❺ 히로시 　: 그럼 제가 소품을 준비할게요. _____ .

❻ 안드레이 : 무대는 제가 멋있게 꾸밀게요. _____ .

-고말고요

4. '-고말고요'를 사용해 대화를 완성하십시오.

❶ 가 : 영화 표가 두 장 생겼는데 같이 갈래?

　　나 : 그럼, <u>가고말고</u>. 고마워. 저녁은 내가 살게.

❷ 가 : 지우개 좀 써도 돼?

　　나 : 그럼, ... 필요할 땐 언제든지 가져가서 써.

❸ 가 : 혹시 밍밍 씨를 아세요?

　　나 : .... 2급 때 같은 반 친구였어요.

❹ 가 : 결혼하니까 어때요? 남편이 잘 해 줘요?

　　나 : 그럼요. .... 요즘 정말 행복해요.

❺ 가 : 엄마, 책을 사야 하는데 돈 좀 주실 수 있어요?

　　나 : 그럼, ... 그 책으로 열심히 공부해서 시험 잘 봐야
　　　　한다.

❻ 가 : 내가 바빠서 아르바이트를 그만둬야 하는데 혹시 네가 할 생각이 있니?

　　나 : .... 그렇지 않아도 아르바이트를 찾고 있었어.

5. '-고말고요'를 사용해 대화를 완성하십시오.

> ### 오케이 이삿짐센터
>
> 1. 이사 시간 : 오전 5시~오후 8시까지
> 2. 에어컨, 정수기 설치 무료
> 3. 못 박기, 그림 걸어 주기
> 4. 이사 전후 청소 서비스
> 5. 1주일 전까지 취소하면 100% 환불 가능

올가 : 여보세요? 오케이 이삿짐센터지요? 다음 달에 이사를 할
　　　 예정인데 궁금한 게 있어서요. 몇 가지 좀 물어봐도 돼요?

직원 : 네, ❶ <u>되고말고요</u>. 뭐든지 물어보세요.

올가 : 아침 일찍 이사를 하고 싶은데 가능할까요?

직원 : 그럼요, ❷ ＿＿＿＿＿＿＿＿＿＿＿＿＿＿＿ 고말고요. 오전
　　　 5시부터 가능합니다.

올가 : 에어컨이 있는데 이사한 집에 다시 설치해 주시나요?

직원 : 그럼요, ❸ ＿＿＿＿＿＿＿＿＿＿＿＿＿＿＿ 고말고요.

올가 : 벽에 걸 그림이 좀 많은데 못도 박아 주세요?

직원 : ❹ ＿＿＿＿＿＿＿＿＿＿＿＿＿＿. 못을 박을 곳만 정해 주세요.

올가 : 광고지를 보니까 이사가 끝나면 청소를 해 주신다고 했는데
　　　 정말이에요?

직원 : ❺ ＿＿＿＿＿＿＿＿＿＿＿＿＿＿.

올가 : 좋아요. 그럼 예약하겠어요. 그런데 혹시 취소하면 돈을 다시
　　　 받을 수 있나요?

직원 : ❻ ＿＿＿＿＿＿＿＿＿＿＿＿＿＿. 하지만 일주일 전에는
　　　 연락을 주셔야 해요.

2과 3항

어휘

1. 다음 [보기]에서 알맞은 말을 골라 빈 칸에 쓰십시오.

> [보기]   경력자   보수   시간제   이력서   자기소개서   초보자

주인 : 어서 오세요? 무슨 일로 오셨나요?

학생 : 저 아르바이트할 학생을 구한다는 광고를 보고 왔는데요.
　　　사실 이런 일을 한 번도 해 본 적이 없는데······. ❶ <u>초보자</u>도 가능한가요?

주인 : 네. 물론 이런 일을 해 본 ❷ _____ 이/가 좋기는 하지만 괜찮아요.
　　　열심히 하면 금방 배울 수 있어요.

학생 : 일은 몇 시부터 하나요?

주인 : 우리 가게는 ❸ _____ 이에요/예요. 원하는 시간을 정해서 그때만
　　　하면 돼요. ❹ _____ 은/는 일한 만큼 주고요.

학생 : 그럼 내일부터 할까요?

주인 : 좋아요. 그럼 내일 올 때 자신을 간단히 소개하는 ❺ _____ 와/과
　　　그동안의 경력을 알 수 있는 ❻ _____ 을/를 써 가지고 오세요.

학생 : 알겠습니다. 열심히 일하겠습니다.

2. 다음 [보기]에서 알맞은 말을 골라 빈 칸에 쓰십시오.

> [보기]   경험   근무 시간   아르바이트   구하다   힘들어하다

❶ 방학이 되면 (**아르바이트**)을/를 찾는 학생들이 많아요.

❷ 작가가 되려면 여러 가지 (　　　　　)을/를 많이 쌓아야 해요.

❸ 일이 많아서 그런지 태우 씨가 아주 (　　　　　)어요/아요/여요.

❹ 우리 회사는 월급은 많은 편인데 (　　　　　)이/가 길어서 늘 늦게 끝나요.

❺ 요즘 어렵고 힘든 일은 다 하기 싫어하기 때문에 사람을 (　　　　　)기가 아주
　 어려워요.

문법

-었었다

3. 다음 글을 읽고 밑줄 친 곳을 바꾸십시오.

> 내가 한국에 처음 온 것은 ❶ 10년 전이었다. 이번에는 인천 공항에 내렸지만 그 때는 ❷ 김포 공항에 내렸다. 김포 공항에서 나왔을 때 ❸ 눈이 왔다. 눈이 와서 차가 많이 밀렸던 생각이 난다.
>
> 그때 여기는 ❹ 아주 조용한 동네였다. ❺ 작고 예쁜 집들이 많았는데....... 지금은 아파트밖에 없다. 또, 근처에 산이 있어서 ❻ 공기도 아주 좋았다. 지금은 큰길과 높은 건물이 많아져서 교통도 복잡하고 공기도 안 좋은 것 같다.

❶ 내가 한국에 처음 온 것은 **10년 전이었었다**.

❷ 이번에는 인천 공항에 내렸지만 그때는   .

❸ 김포 공항에서 나왔을 때   .

❹ 그때 여기는   .

❺   .

❻ 또, 근처에 산이 있어서   .

4. 아빠의 어린 시절에 대해서 물었습니다. '-었었다'를 사용해 대답을 완성하십시오.

아빠	할아버지	할머니	아빠 친구	작은 아버지
어렸을 때는 책을 아주 좋아해서 늘 책만 읽었다.	날마다 친구들하고 늦게까지 놀아서 자주 야단을 맞았다.	숙제를 안 해서 수업이 끝난 후에 벌로 청소를 한 적이 많았다.	어렸을 때 아주 말랐다. 별명이 갈비였다.	어렸을 때는 동생인 나를 잘 때렸다.

아이   : 아빠는 어렸을 때 어땠어요?

아빠   : ❶ **어렸을 때는 책을 좋아해서 늘 책만 읽었었어**. 요즘은 읽을 시간이 없지만.

할아버지 : ❷   .

할머니   : ❸   .

친구   : ❹   .

작은 아버지 : ❺   .

-던데

5. 다음 표를 보고 '-던데'를 사용해 대화를 만드십시오.

서울에서 구경하기 좋은 곳	(국립 중앙 박물관) 인사동, 롯데월드
전망이 좋은 곳	63빌딩, N서울타워, 워커힐 호텔
당일로 여행하기 좋은 곳	강화도, 남이섬, 인천, 판문점
외국인이 먹기에 좋은 음식	갈비, 불고기, 비빔밥, 삼겹살, 잡채
생일 선물로 많이 주는 것	귀걸이, 꽃, 옷, 와인, 책, 케이크
쇼핑하기 좋은 곳	남대문 시장, 동대문 시장, 백화점, 면세점

❶ 가 : 내일 친구가 서울에 오는데 어디에 가면 좋을까요?

　 나 : **국립 중앙 박물관에 볼 것이 많던데 거기에 가 보세요.**

❷ 가 : 전망이 좋은 곳에서 데이트를 하고 싶은데 어디가 좋은지 아세요?

　 나 : ....

❸ 가 : 당일로 여행을 가려고 하는데 어디가 좋을까요?

　 나 : ....

❹ 가 : 외국에서 손님이 오시는데 무슨 음식을 준비하는 게 좋을까요?

　 나 : ....

❺ 가 : 모레가 여자 친구 생일인데 무슨 선물을 사야 할지 모르겠어요.

　 나 : ....

❻ 가 : 친구가 같이 쇼핑을 하자고 하는데 어디로 갈까요?

　 나 : ....

6. 두 사람이 데이트를 합니다. 다음 대화를 완성하십시오.

남자 : 어디로 갈까요? ❶ <u>**요즘 재미있는 영화가 많**</u>던데 극장에 갈까요?

여자 : 오늘은 날씨도 좋은데 답답한 극장보다 롯데월드가 어때요?
　　　 ❷ _____ 던데 거기에 가요.

남자 : 거기는 입장료가 ❸ _____ 던데 연세 공원이 어때요?
　　　 돈도 안 들고 산책하기도 좋으니까 거기로 가요.
　　　 (산책 후)

남자 : 좀 걸으니까 배가 고픈데요. 저기 보이는 저 중국집 어때요?
　　　 ❹ _____ 던데 저 집으로 갑시다.

여자 : 그 옆에 있는 음식점이 보이시죠?
　　　 지난번에 가 보니까 ❺ _____ 던데 거기로 가요.
　　　 분위기도 좋고요.
　　　 (식사 후)

남자 : 오늘 데이트 아주 즐거웠습니다. 다음 주말에도 시간이 있어요?

여자 : 네, 시간이 있어요. 그런데 저, 부탁이 있어요.
　　　 지난번에 같이 만났던 친구가 ❻ _____ 던데
　　　 다음에 같이 나올 수 있나요?

남자 : 뭐, 뭐라고요?

어휘

1. 다음 [보기]에서 알맞은 말을 골라 빈 칸에 쓰십시오.

> [보기] 고장 나다   사용 설명서를 읽다
>   서비스 센터에 맡기다   서비스 센터에서 찾다
>   수리를 받다   전화로 문의하다

가 : 제 카메라가 ❶ **고장 난** 은/ㄴ 것 같아요.

나 : 그럼 ❷ 먼저 _____ 어/아/여 보세요. 다 읽어 본 후에 고장인 것 같으면 서비스 센터에 ❸ _____ 어/아/여 보세요. 전화하면 자세히 가르쳐 줄 거예요.

가 : 진짜 고장이면 제가 직접 ❹ _____ 어야/아여/여야 하나요?

나 : 카메라처럼 작은 건 직접 가지고 가야 해요.

가 : 그렇군요. 그런데 한국에서 산 것이 아닌데 ❺ _____ 을/ㄹ 수 있을까요?

나 : 아마 받을 수 있을 거예요.

가 : 수리가 끝나면 찾으러 가야겠지요?

나 : 직접 ❻ _____ 을/ㄹ 수도 있지만 돈을 내면 택배로도 받을 수 있을 거예요.

가 : 그래요? 그러면 그렇게 해야 되겠네요.

2. 다음 [보기]에서 알맞은 말을 골라 빈 칸에 쓰십시오.

> [보기]   무료   비용   걸리다   구입하다   맡기다

❶ 전화가 (**걸리**)기는 하지만 상대방의 목소리가 잘 안 들려요.

❷ 평일에 결혼을 하면 결혼식 (   )을/를 줄일 수가 있대요.

❸ 오만 원 이상 물건을 사시면 (   )으로/로 배달해 드립니다.

❹ 컴퓨터를 새로 (   )으려고/려고 하는데 어느 회사 제품이 좋아요?

❺ 짐이 무거워서 들고 다니기가 힘이 드는데 혹시 짐을 (   )는/은/ㄴ 곳이 있어요?

문법

피동사

3. 다음 중 맞는 것에 ○표 하십시오.

❶ 바다가 (보는, ⟨보이는⟩) 방으로 주세요.

❷ 고양이가 개한테 (쫓고, 쫓기고) 있어요.

❸ 벌레한테 (물렸을, 물었을) 때 이 약을 바르세요.

❹ 밸런타인데이에는 초콜릿이 많이 (팔려요, 팔아요).

❺ 선물을 사러 백화점에 갔는데 문이 (닫아, 닫혀) 있었어요.

❻ 오래간만에 운동을 하니까 스트레스가 (풀렸어요, 풀었어요).

4. 다음 글을 읽고 주어진 동사를 알맞은 형태로 바꿔 쓰십시오.

등산을 하다가 산 속에서 길을 잃었다. 한참 헤매다 보니까 밤 12시가 다 되었다. 그런데 저쪽에 집이 하나 ❶ **보였다** 었다/았다/였다. 좀 기분이
(보다)
이상했지만 벨을 눌렀다. 어떤 사람이 나오는 소리가 ❷ ＿＿＿＿＿＿ 었다/았다/였다. 그리고 문이 ❸ ＿＿＿＿＿＿ 었다/았다/였다.
(듣다)
(열다)

"으악"

하얀 한복을 입고 머리가 긴 여자가 나왔다. 그 여자 품에는 까만 고양이가
❹ ＿＿＿＿＿＿ 어/아/여 있었다.
(안다)
"저, 실례지만 여기서 하룻밤만 잘 수 있을까요?"

"피곤하실 텐데 들어오세요."

그 여자가 안내한 방으로 갔다. 벽에는 이상한 여자의 그림이 ❺ ＿＿＿＿＿＿
(걸다)
어/아/여 있었고 방에는 먼지가 가득 ❻ ＿＿＿＿＿＿ 어/아/여 있었다. 잠을
(쌓다)
자려고 누웠지만 잠이 오지 않았다.

겨우 잠이 들었는데 새벽 2~3시쯤 이상한 소리가 들려서 깼다. 문을 조금
열어 보니까 사람들이 빨간 물을 마시는데 꼭 피 같았다. 나는 너무 놀라서
창문으로 나갔다. 한참 뛰어가는데 그 집의 주인이 쫓아왔다. 결국 나는 그
주인에게 ❼ ＿＿＿＿＿＿ 었다/았다/ 였다.
(잡다)
주인은 나한테 "손님, 방값은 내고 가세요." 라고 말하면서 종이 한 장을
주었다. 거기에는 이렇게 ❽ ＿＿＿＿＿＿ 어/아/여 있었다.
(쓰다)
(저희 귀신 펜션을 이용해 주셔서 감사합니다. 저희 펜션에서는 무섭지 않으면
돈을 받지않습니다.)

"으악"

더 놀라운 것은 하룻밤 방값이었다. 하루에 30만 원이었다.

-어 놓다

5. 다음 표를 보고 '-어 놓다'를 사용해 대화를 완성하십시오.

<신데렐라 도와주기>

파티에 가기 전에 해야 할 일	파티에 가기 위해 한 일
시장에 가서 장보기 → 쥐 청소기 돌리기 → 고양이 다림질하기 → 개	파티에 입고 갈 드레스 만들기 → 쥐 유리 구두 사기 → 고양이 타고 갈 자동차 빌리기 → 개

신데렐라는 오늘 파티에 가고 싶지만 할 일이 너무 많습니다.
그런데 착한 동물 친구들이 도와주겠다고 합니다.

쥐 : 신데렐라야, 어서 파티에 갈 준비를 해.

신데렐라 : 아직 집안일을 하나도 못 했는데 어떻게 파티에 갈 수 있겠니?

쥐 : 걱정하지 마. ❶ <u>**내가 시장에 가서 장을 봐 놓을게.**</u>

고양이 : ❷ _____.

개 : ❸ _____.

신데렐라 : 고마워. 그런데 파티에 가려면 드레스를 만들어야 하는데…….

쥐 : 그래서 내가 ❹ _____ 어/아/여 놓았어.

고양이 : ❺ _____.

개 : ❻ _____.
　　　하지만 자동차는 12시까지 돌려줘야 하니까 12시 전에 꼭
　　　돌아와야 해.

6. 오늘이 어머니 생신이어서 태우와 태준 씨는 생신 파티 준비를 했습니다. 두 사람이 한 일은 무엇입니까? '-어 놓다'를 사용해 문장을 만드십시오.

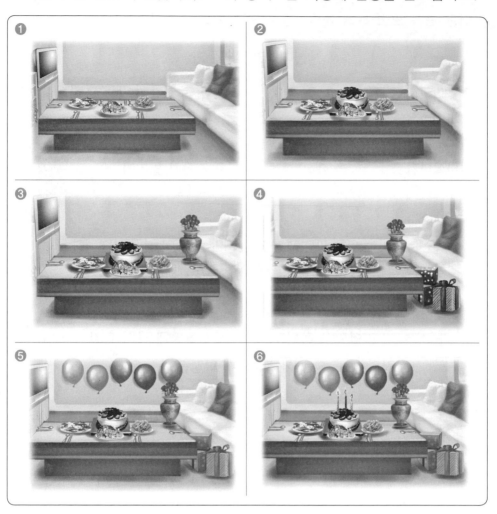

두 사람은 생신 파티를 하려고

❶ 상을 차려 놓았습니다.

❷ ....

❸ ....

❹ ....

❺ ....

❻ ....

2과 5항   우리 동네 슈퍼 이야기

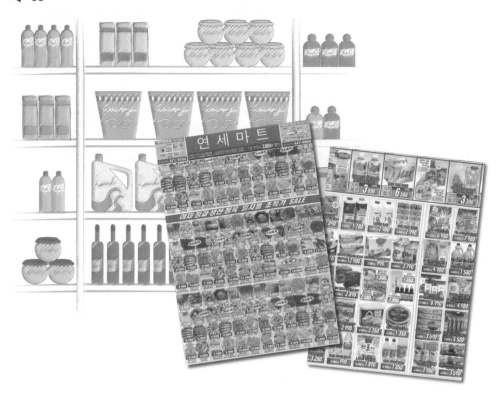
🔊 05

1. 슈퍼에서 물건을 싸게 사는 방법은 무엇입니까?

2. 여러분 나라의 슈퍼와 한국의 슈퍼는 다른 점이 무엇입니까?

나는 우리 동네 슈퍼마켓을 아주 좋아한다. 그 슈퍼는 버스정류장에서 내리면 바로 보이는 아파트 상가[1] 지하 1층에 있다. 그 슈퍼는 큰 회사에서 운영하는[2] 대형 슈퍼도 아닌데 다른 작은 슈퍼에 비해서 아주 크고 깨끗하다. 그리고 여러 가지 물건 종류도 많은데다가 가격도 싼 편이다. 한 두 정거장 더 가면 대형 할인점[3]도 있지만 거기는 너무 복잡하고 차를 타야 하니까 불편하다.

내가 처음 그 슈퍼에 간 것은 이 아파트로 이사 와서 얼마 되지 않았을 때였다. 그 날 아침 신문에 끼어[4] 온 전단지[5]에는 믿을 수 없이 싼 가격이 적혀 있었다. 그리고 개업 기념으로 일주일 동안 15,000원 이상 사면 사은품[6]도 준다고 써 있었다. 선착순[7] 100명에게는 개업[8] 떡도 준다고 했다. 문 여는 시간에 맞춰 가니까 벌써 문 앞에서 10명쯤 되는 사람들이 줄을 서서 문이 열리기를 기다리고 있었다. 슈퍼 문이 열리자마자 바로 들어가니까 직원들이 밝은 목소리로 인사하며 따뜻한 떡을 나눠 주었다. 그 옆 과일 코너 아주머니는 환하게[9] 웃으며 "이 수박 한 번 시식해[10] 보세요."라고 했다. 달콤한[11] 수박 냄새가 났다. 한 조각 먹어보니까 아주 달고 맛있었다. 빨간 글씨로 '수박 한 통에 7,000원 특가[12] 판매'라고 쓰여 있는 것을 보고 수박을 한 통 샀다. 두부[13] 코너에서는 하나 사면 하나를 더 주는 1+1 행사를 하고 있었다. 커피를 사면 증정품[14]으로 머그컵을 주었다. 두부랑 커피 이것저것 사니까 금방 15,000원이 넘었다. 수박이 무거워서 사은품과 같이 배달을 시켰다.

5

10

15

20

그 날 이후로 그 슈퍼에 자주 들르게[15] 되었다. 몇 번 가다 보니까 물건을 더 싸게 살 수 있는 여러 가지 방법도 알게 되었다. 첫 번째 방법은 토요일에 슈퍼에 가는 것이다. 그 슈퍼는 토요일 오후 2시부터 5시까지 고기, 생선, 야채를 20% 싸게 판다. 그리고 토요일과 일요일에 3만 원 이상 사면 할인[16] 쿠폰을 준다. 이 할인 쿠폰으로 세 가지 물건을 20% 싸게 살 수 있다. 그래서 나는 가능하면 토요일 오후에 슈퍼에 가서 장을 보고[17] 할인 쿠폰도 받는다. 두 번째 방법은 할인 코너를 이용하는 것이다. 유통기한이 얼마 남지 않은 우유나 요구르트, 조금 오래된 채소나 과일은 따로 모아서 20%~50% 싸게 판다. 나는 금방 마실 우유나 요구르트 등은 이 코너에서 자주 산다. 마지막 방법은 특별행사기간을 이용하는 것이다. 그 때에는 날마다 몇 가지 상품을 정해서 아주 싸게 판다. 그 기회를 잘 이용하면 좋은 물건을 싼 값에 살 수 있다. 많이 쓰는 휴지나 비누, 치약 등은 이 때 사면 좋다.

　　내가 그 슈퍼에 자주 가는 이유는 많다. 우선 그 슈퍼의 물건은 질이 좋다. 과일은 참 달고 채소도 아주 싱싱해서 냉장고에 며칠 동안 있어도 괜찮다. 그리고 자주 가다 보니까 직원들과 친해져서 채소 코너 아주머니는 덤[18]도 주신다. 가격표를 붙이고 나서 꼭 조금씩 더 넣어 주신다. 하지만 뭐니 뭐니 해도 제일 좋은 점은 과일뿐만 아니라 삼겹살, 커피, 만두, 빵, 냉면 등 여러 가지 시식이 많다는 것이다.

　　요즘에는 직접 가지 않아도 물건을 살 수 있기 때문에 인터넷으로 장을 보는 사람들이 많다. 하지만 나는 직접 눈으로 보면서 물건을 고르는 것이 좋다. 왜냐하면 사람들과 만나서 이런저런 이야기도 할 수 있고 맛도 보면서 사는 재미를 느낄 수 있기 때문이다.

1)	상가	shopping center	（商街）商店街
2)	운영하다	to operate, manage	（運營）經營；營運
3)	할인점	discount store	（割引店）折扣店
4)	끼다	to be inserted, put inside	夾
5)	전단지	flier	（傳單紙）傳單
6)	사은품	free (promotional) gift	（謝恩品）贈品
7)	선착순	order of arrival; first-come first-serve basis	（先著順）先搶先贏
8)	개업	to open for business	（開業）開張
9)	환하다	bright, radiant	（歡 -) 明朗的；豁然
10)	시식하다	to try (sample) food	（試食 -) 試吃
11)	달콤하다	sweet (flavor)	甜甜的
12)	특가	special price	（特價）特價
13)	두부	tofu (bean curd)	（豆腐）豆腐
14)	증정품	giveaway, free gift	（贈呈品）禮物
15)	들르다	to stop by	順便去
16)	쿠폰	coupon	禮券
17)	장을 보다	to shop for groceries	去市場買菜
18)	덤	something given extra as complimentary; a free gift	贈品；加送的東西

어휘 연습

1. <보기>에서 알맞은 말을 골라 (   )에 쓰십시오.

[보기]

| 끼다 | 달콤하다 | 시식하다 | 운영하다 | 장을 보다 |

1) 자동차 문에 옷이 (   )어서/아서/여서 찢어졌다.

2) 요즘에는 부부가 함께 (   )는/은/ㄴ 젊은 사람들이 많다.

3) 우리 아버지께서는 20년 동안 컴퓨터 회사를 (   )고 계신다.

4) 어제 커피와 함께 먹은 초코 케이크가 참 (   )었다/았다/였다.

5) 새로 나온 과자를 (   )는/은/ㄴ 행사가 우리 학교 앞에서 있었다.

2. 다음 단어 중 맞지 <u>않는</u> 것을 고르십시오. (   )

❶ 사은품   ❷ 증정품   ❸ 해산품   ❹ 생활용품

3. 다음 글의 내용에 맞게 <보기>에서 알맞은 말을 골라 (   )에 쓰십시오.

[보기]

| 덤 | 상가 | 사은품 | 전단지 | 할인점 | 유통기한 |

내가 자주 가는 슈퍼는 우리 아파트 (   ) 지하에 있다.
처음 슈퍼가 문을 열었을 때 일찍 온 손님들에게 개업 떡도 주고
15,000원 이상 산 사람들에게는 (   )도 주었다. 그 슈퍼는
깨끗한데다가 가격도 싼 편이다. 직원들과도 친해져서 채소를 사면 조금씩
(   )을/를 준다. 가끔 있는 행사 기간 중에는 몇 가지 물건은
(   )보다도 싸게 판다. 물론 (   )을/를 잘 보고 그날 싸게
판매하는 물건이 무엇인지 알아야 한다. 그리고 우유나 요구르트
등은 (   )이/가 언제인지를 잘 보고 사야 한다.

내용 이해

1. 이 글을 읽고 다음 표를 완성하십시오.

슈퍼의 위치	
슈퍼의 특징	
물건을 싸게 사는 방법	1)
	2)
	3)
내가 자주 가는 이유	1)
	2)
	3)

2. 내가 좋아하는 슈퍼에 대한 설명으로 맞는 것은 무엇입니까? (   )

❶ 슈퍼가 넓고 물건이 다양하다.

❷ 큰 회사에서 운영하는 대형 슈퍼이다.

❸ 깨끗하지만 다른 슈퍼보다 가격은 좀 비싸다.

❹ 버스정류장 근처여서 주차하기가 좀 불편하다.

3. 다음 중 개업식 행사는 무엇입니까? (   )

❶ 1+1 행사   ❷ 머그컵 증정

❸ 사은품 증정   ❹ 할인 쿠폰 증정

4. 물건을 싸게 살 수 있는 설명으로 맞는 것은 무엇입니까? (   )

❶ 토요일 2시부터 5시까지 우유를 싸게 살 수 있다.

❷ 할인 쿠폰이 있으면 세 가지를 20% 싸게 살 수 있다.

❸ 주말에 3만 원 이상 사면 20% 할인 쿠폰을 쓸 수 있다.

❹ 할인코너를 이용하면 세 가지를 50%까지 싸게 살 수 있다.

5. 이 글의 내용과 같으면 ○, 다르면 × 하십시오.

❶ 이 슈퍼를 알게 된 것은 신문을 통해서였다.   (   )

❷ 특별행사기간 동안에는 주로 생활용품을 산다.   (   )

❸ 이 슈퍼에 자주 가는 이유는 시식이 많기 때문이다.   (   )

❹ 이 슈퍼에서는 손님 중 100명을 뽑아 개업 떡을 주었다. (   )

1. 이야기를 듣고 질문에 대답하십시오.

1) 다음 표를 완성하십시오.

	아르바이트를 하려는 이유	아르바이트를 해서 받은 돈으로 하고 싶은 것
1위		부모님 선물 구입
2위	학비를 벌기 위해서	
3위		

2. 이야기를 듣고 질문에 대답하십시오.

1) 다음 중에서 맞는 것을 고르십시오. (   )

❶ 비가 왔지만 등산을 가기로 해서 갔다.

❷ 등산을 할 때 휴대 전화기가 떨어져서 물에 빠졌다.

❸ 휴대 전화는 1시간 만에 수리가 됐다.

❹ 휴대 전화를 수리하려면 돈이 많이 든다.

2) 왜 '배보다 배꼽이 크다'라고 했습니까? 쓰십시오.

....

3. 이야기를 듣고 질문에 대답하십시오.

1) 이사 떡을 모두에게 돌린 이유는 무엇입니까? 두 가지를 쓰십시오.

❶ ....

❷ ....

2) 이사 떡을 받은 사람들의 반응은 어땠습니까? <u>아닌</u> 것을 고르십시오. (   )

❶ 반가워하는 사람들이 많았다.

❷ 자기 집으로 초대한 사람도 있다.

❸ 누구냐고 하면서 문을 열어 주지 않는 사람도 있었다.

❹ 다른 것을 갖다 주면서 잘 지내자고 하는 사람도 있었다.

말하기·쓰기연습

다음 글을 읽고 어떻게 하면 좋을지 써 보십시오. 그리고 친구와 같이 이야기해 보십시오.

한국에 와서 기숙사에서 살다가 얼마 전에 원룸으로 이사했어요. 기숙사가 좋은 점도 있지만 불편한 점도 많았어요. 특히 두 사람이 같이 방을 쓰는 것이 좀 불편했어요. 그래서 부모님이 보내 주신 돈과 아르바이트를 해서 모은 돈으로 작지만 깨끗한 방을 구했어요. 얼마나 기뻤는지 몰라요. 그런데 그 기분도 잠깐, 그날 밤부터 달라졌어요. 위층에 사는 사람이 너무 시끄러워서 잠을 잘 수가 없었어요. 밤 늦게 들어와서 샤워하는 소리, 음악 소리, 걸어다니는 소리 등등. 다음날 위층에 올라가서 이야기했어요. 그 사람은 아르바이트 때문에 늦게 돌아와서 그랬다고 했어요. 앞으로 조용히 하겠다고도 했고요. 하지만 그날 이후에도 달라지지 않았어요. 매일 12시쯤 되면 시끄러운 소리가 나요. 어떻게 해야 할까요?

제 3 과 건강

3과 1항

1. 다음 [보기]에서 알맞은 말을 골라 빈 칸에 쓰십시오.

> [보기] 고혈압   불면증   비만   스트레스   운동 부족   흡연

❶ 가 : 회사일 때문에 신경을 많이 쓰니까 머리도 아프고 식욕도 없어요.

　　나 : (**스트레스**) 때문입니다. 마음을 편하게 하시고 좀 쉬세요.

❷ 가 : 요즘 통 잠을 잘 수가 없어요.

　　나 : (　　　　　　　)인 것 같습니다. 이 약을 드시면 잘 주무실 수 있을 겁니다.

❸ 가 : 의사 선생님, 제 아이가 어떻습니까?

　　나 : 키에 비해서 몸무게가 너무 많이 나갑니다.

　　　 이렇게 계속 살이 찌면 (　　　　　　) 아동이 될 수 있습니다.

❹ 가 : 제 혈압이 다른 사람보다 높지요?

　　나 : 네, 아주 높습니다. (　　　　　　)이니까/니까 조심하셔야 합니다.

❺ 가 : 선생님, 제가 담배를 꼭 끊어야 하나요?

　　나 : 물론이지요. (　　　　　　)처럼 건강에 나쁜 것은 없어요.

❻ 가 : 요즘 몸무게가 자꾸 늘어서 고민이에요. 혹시 무슨 병이 있는 게 아닐까요?

　　나 : 운동을 안 하지요? 특별한 병은 아니고 (　　　　　　)인 것 같군요.

　　　 내일부터 운동을 시작하십시오.

2. 다음 [보기]에서 알맞은 말을 골라 빈 칸에 쓰십시오.

> [보기]   과로   안색   뭐니 뭐니 해도   몸살이 나다   무리하다

❶ 직장인들 중에는 **과로** 으로/로 쓰러지는 사람들이 많다.

❷ 진수 씨의 ＿＿＿＿＿＿＿ 이/가 안 좋네요. 아픈가 봐요.

❸ 한국의 대표적인 음식은 ＿＿＿＿＿＿＿ 김치예요.

❹ 아직은 병이 다 나은 것이 아니니까 너무 ＿＿＿＿＿＿＿ 지 마십시오.

❺ 어제 하루 종일 추운 곳에서 떨어서 그런지 ＿＿＿＿＿＿＿ 었다/았다/였다.

문법

-어야

3. 다음 문장을 '-어야'를 사용해 바꾸십시오.

❶ 한국말을 잘 하려면 연습을 많이 해야 해요.

　→ **연습을 많이 해야 한국말을 잘 할 수 있어요.**

❷ 비행기를 타려면 여권이 있어야 해요.

　→ ＿＿＿＿＿＿＿ 어야/아야/여야 ＿＿＿＿＿＿＿.

❸ 좋은 자리에 앉으려면 일찍 가야 합니다.

　→ ＿＿＿＿＿＿＿ 어야/아야/여야 ＿＿＿＿＿＿＿.

❹ 회의를 시작하려면 사장님이 오셔야 합니다.

　→ ＿＿＿＿＿＿＿＿＿＿＿＿＿.

❺ 운전면허 시험을 보려면 18세 이상이 되어야 합니다.

　→ ＿＿＿＿＿＿＿＿＿＿＿＿＿.

4. 다음 그림을 보고 '-어야'를 사용해 문장을 만드십시오.

< 최고의 상을 받은 방법이 뭐예요? >

❶ 과학자 : **하루도 쉬지 않고 연구해야 좋은 결과를 얻을 수 있어요.**

❷ 요리사 : ....

❸ 금메달을 딴 선수 : ....

❹ 슈퍼 모델 대회에서 1등한 여자 : ....

❺ 자동차를 제일 많이 판 사람 : ....

❻ 좋은 영화를 많이 만든 영화감독 : ....

-는다면

5. 여러분이 다음과 같은 상황이라면 어떻게 하겠습니까? 알맞은 대답을 쓰십시오.

상황	하고 싶은 일	대답
❶ 돈과 시간이 많다.	☑ 세계 여행을 한다. ☐ 갖고 싶었던 것을 산다.	돈과 시간이 많다면 세계 여행을 하고 싶어요.
❷ 고등학교 때로 다시 돌아간다.	☐ 재미있게 논다. ☐ 공부를 열심히 한다.	
❸ 앞으로 1년밖에 살 수 없다.	☐ 남은 시간을 가족과 같이 보낸다. ☐ 하지 못했던 일을 한다.	
❹ 아무도 없는 섬에 혼자 간다.	☐ 컴퓨터를 가지고 간다. ☐ 강아지를 데리고 간다.	
❺ 옛날 사람을 만날 수 있다.	☐ 세종대왕을 만나고 싶다. ☐ 돌아가신 할아버지를 만나고 싶다.	

6. '-는다면'을 사용해 대화를 완성하십시오.

❶ 가 : 네가 선생님이면 어떻게 할 거야?

　나 : **내가 선생님이라면 시험을 보지 않겠어.**

❷ 가 : 복권에 당첨되면 무엇을 하고 싶어요?

　나 : _____ 는다면/ㄴ다면 _____ .

❸ 가 : 이 세상에서 전쟁이 없어지면 어떨까요?

　나 : _____ .

❹ 가 : 옛날로 돌아갈 수 있으면 언제로 돌아가고 싶어요?

　나 : _____ .

❺ 가 : 남자/여자로 다시 태어나면 가장 하고 싶은 것이 뭐예요?

　나 : _____ .

3과 2항

어휘

1. 다음 [보기]에서 알맞은 말을 골라 빈 칸에 쓰십시오.

> [보기] 생기다   쌓이다   소모하다   줄다   풀리다

> 회사 일 때문에 늘 피로가 ❶ **쌓여** 어/아/여 있는 직장인 여러분!
>
> 살이 쪘다고 걱정만 하지 말고 운동을 시작해 보세요.
>
> 언제, 어디서나 간단히 할 수 있는 운동 기구가 나왔습니다.
>
> 이것으로 하루 30분, 2주일만 운동을 하시면 2kg 이상 체중이 ❷ ....고 한 달 후에는 팔뚝에 멋진 근육이 ❸ .... 을/ㄹ 겁니다.
>
> 하루 30분 운동으로 달리기를 1시간 하는 만큼의 열량을 ❹ .... 을/ㄹ 수 있습니다. 멋진 내 몸을 보면 그동안에 쌓였던 모든 스트레스가 ❺ ....
>
> .... 을/ㄹ 겁니다.
>
> 지금 당장 전화 주세요.

2. 다음 [보기]에서 알맞은 말을 골라 빈 칸에 쓰십시오.

> [보기] 노력   식욕   깨우다   상쾌하다   생기다   유지하다

❶ 친구들이 많이 (**생겨서**) 어서/아서/여서 학교생활이 재미있어요.

❷ 요즘 (   )이/가 없어서 통 먹을 수가 없어요.

❸ 열심히 (   )을/를 하면 좋은 결과가 올 거예요.

❹ 좋은 성적을 계속 (   )으려면/려면 열심히 공부해야 해요.

❺ 땀을 흘려 운동을 한 후에 샤워를 하면 기분이 (   )어요/아요/여요.

❻ 엄마가 저를 (   )었지만/았지만/였지만 제가 일어나지 않아서 지각했어요.

문법

-어야지요

3. '-어야지요'를 사용해 대화를 완성하십시오.

❶ 가 : 내일이 시험인데 아직 시작도 못 했어요. 어떻게 하지요?

　　나 : 미리미리 **준비를 해야지요** ~~어야지요/아야지요~~/여야지요.

❷ 가 : 피곤해서 그냥 자고 싶어요.

　　나 : 그래도 하던 일은 끝내고 ＿＿＿＿＿ 어야지요/아야지요/여야지요.

❸ 가 : 중요한 약속이 있었는데 잊어버렸어요.

　　나 : 그런 중요한 약속은 ＿＿＿＿＿ 어야지요/아야지요/여야지요.

❹ 가 : 부모님께 전화한 지 벌써 한 달이 넘었어요.

　　나 : ＿＿＿＿＿＿＿＿＿＿＿＿＿＿＿＿＿＿＿ .

❺ 가 : 용돈을 받은 지 일주일밖에 안 됐는데 벌써 다 썼어요.

　　나 : ＿＿＿＿＿＿＿＿＿＿＿＿＿＿＿＿＿＿＿ .

❻ 가 : 책을 빌린 지 한 달이 지났는데도 아직까지 반납을 못했어요.

　　나 : ＿＿＿＿＿＿＿＿＿＿＿＿＿＿＿＿＿＿＿ .

4. 다음 그림을 보고 '-어야지요'를 사용해 대화를 완성하십시오.

❶ 가 : 대학교에 꼭 입학하고 싶어요.

　 나 : **그럼 공부를 열심히 해야지요.**

❷ 가 : 날씬해지고 싶어요.

　 나 : _____.

❸ 가 : 빨리 승진하고 싶어요.

　 나 : _____.

❹ 가 : 저는 통역사가 되는 것이 꿈이에요.

　 나 : _____.

❺ 가 : 담배만 피우면 목이 아프고 기침이 나요.

　 나 : _____.

❻ 가 : 자동차로 우리나라 여기저기를 여행하고 싶어요.

　 나 : _____.

5. 다음 그림을 보고 문장을 완성하십시오.

① 동생이 음식을 _____남겼어요_____ 었어요/<del>왔어요</del>/<del>였어요</del>.

② 영수가 모기를 _____ 었어요/왔어요/였어요.

③ 아빠가 아기를 _____ 었어요/왔어요/였어요.

④ 수지가 택시를 _____ 었어요/왔어요/였어요.

⑤ 올가 씨가 할머니를 차에 _____ 었어요/왔어요/였어요.

⑥ 내가 친구한테 가방을 _____ 었어요/왔어요/였어요.

6. 다음 문장을 완성하십시오.

① 다른 사람의 시험지를 **보면** 안 돼요. 물론 다른 사람한테 시험지를

보여 어/아/여 주는 것도 안 되고요.

② 아이들은 혼자서 옷을 못 **벗으니까** 어머니들께서는 아이의 옷을

_____ 어/아/ 여 주세요.

③ 아이들이 밥을 잘 안 **먹을** 때 엄마들이 따라다니면서 아이들한테 밥을

_____ 어/아/여 주는데 그것은 좋지 않습니다.

④ 아이들은 늦게 **자면** 키가 안 큰대요. 일찍 _____ 으세요/세요.

어휘

1. 다음 식품은 어디에 속하는지 쓰십시오.

> [보기] 곡류   생선류   육류   발효 식품   인스턴트 식품

종류	식품	열량
❶ 곡류	밥 1공기	149kcal
❷	김치 100g	67kcal
❸	생선 1마리	250kcal
❹	햄버거 1개	458kcal
❺	소고기 100g	250kcal

2. 다음 [보기]에서 알맞은 말을 골라 빈 칸에 쓰십시오.

> [보기] 건강식   김장   귀찮다   대표적이다   번거롭다   손이 많이 가다

❶ 날마다 일기를 쓰는 것은 좀 (**귀찮**)지만 한국어 공부에 큰 도움이 돼요.

❷ 바쁘실 텐데 (   )게 해 드려서 죄송합니다.

❸ 동대문은 조선 시대의 (   )는/은/ㄴ 건축물이에요.

❹ 영양제를 먹는 것보다 (   )을/를 먹는 게 더 좋아요.

❺ 예전에는 겨울이 오기 전에 (   )을/를 하는 것이 주부들의 가장 큰 일이었어요.

❻ 약과는 (   )는/은/ㄴ 음식이지만 맛도 좋고 영양도 풍부해서 많은 사람들이 좋아한다.

문법

이라든가

3. 다음 표를 보고 '이라든가'를 사용해 질문에 대답하십시오.

학용품	장난감	책	액세서리	생활용품	건강식품
공책	공	소설	반지	커피 메이커	인삼
연필	자동차	잡지	목걸이	커피 잔	꿀
필통	북	만화책	귀걸이	액자	녹차

❶ 가 : 초등학교에 입학하는 조카가 있는데 무슨 선물이 좋을까요?

　나 : <u>**연필이라든가 필통 같은 학용품을 사 주는 게 좋을 것 같아요.**</u>

❷ 가 : 세 살짜리 아이한테 무슨 선물을 하면 좋을까요?

　나 : ＿＿＿＿＿＿ 이라든가/라든가 ＿＿＿＿＿＿ 같은 ＿＿＿＿＿＿＿＿.

❸ 가 : 병원에 입원해 있는 친구한테 가려고 하는데 뭘 가지고 가는 게 좋을까요?

　나 : ＿＿＿＿＿＿ 이라든가/라든가 ＿＿＿＿＿ 같은 ＿＿＿＿＿＿＿＿.

❹ 가 : 곧 여자 친구의 생일인데 무슨 선물을 받으면 기뻐할까요?

　나 : ＿＿＿＿＿＿ 이라든가/라든가 ＿＿＿＿＿ 같은 ＿＿＿＿＿＿＿＿.

❺ 가 : 다음 달에 친구가 결혼을 하는데 무슨 선물이 좋을까요?

　나 : ＿＿＿＿＿＿＿＿＿＿＿＿＿＿＿＿＿＿＿＿＿＿＿＿＿＿＿＿.

❻ 가 : 다음 주 토요일이 할머니 생신인데 무슨 선물을 사는 게 좋을까요?

　나 : ＿＿＿＿＿＿＿＿＿＿＿＿＿＿＿＿＿＿＿＿＿＿＿＿＿＿＿＿.

YONSEI KOREAN WORKBOOK 3

4. '이라든가'를 사용해 질문에 대답하십시오.

❶ 가 : 한국 사람들은 어디에서 결혼식을 많이 해요?

　　 나 : <u>예식장이라든가 교회 같은 곳에서 많이 해요.</u>

❷ 가 : 시간이 나면 뭘 해요?

　　 나 : ....　.

❸ 가 : 무슨 운동을 좋아해요?

　　 나 : ....　.

❹ 가 : 어떤 음료수를 준비할까요?

　　 나 : ....　.

❺ 가 : 신혼여행은 어디로 많이 가요?

　　 나 : ....　.

❻ 가 : 시험을 보는 친구에게 어떤 선물을 해요?

　　 나 : ....　.

–는다고 하던데

5. 다음을 보고 대화를 완성하십시오.

❶

한국 사람들이 가장 좋아하는 중국음식 1위는 자장면	가 : 한국 사람들이 **가장 좋아하는 중국 음식은** **자장면이라고** ~~는다고/다고/으라고/자고/냐고~~ 하던데 한번 먹어 볼까요? 나 : 좋아요. 저도 한번 먹어 보고 싶었어요.

❷

김민우 씨 결혼식 9월 30일 토요일, 동문회관 1시 많이 참석해 주세요.

가 : 민우 씨가 _____ 는다고/다고/
으라고/자고/냐고 하던데 갈 거예요?
나 : 그럼요. 가서 축하해 줘야지요.

❸

문자메시지
시험 보는 날이 언제지? 알면 가르쳐 줘.
-승연-

가 : _____ 는다고/다고/으라고/
자고/냐고 하던데 아세요?
나 : 이번 주 수요일 아니에요?

❹

안내 게시판
4월 12일 수요일 오전 9시부터 오후 6시까지 물이 안 나옵니다.

가 : _____ 는다고/다고/
으라고/자고/냐고 하던데 _____?
나 : 네. 저도 어제 안내문을 보고 알았어요.

❺

도쿄행 · 비행기를 타실 분은 45번 문으로 오십시오

가 : _____ 는다고/다고/으라고/
자고/냐고 하던데 _____?
나 : 저쪽으로 똑바로 가세요.

6. '-는다고 하던데'를 사용해 대화를 완성하십시오.

> ### 제주도
>
> - 유명한 곳 : 한라산, 우도(바다가 아름다운 섬), 귤 농장
> - 맛있는 음식 : 돼지고기, 생선회, 전복죽, 해물 뚝배기
> - 숙박지 : 신라 호텔, 롯데 호텔, 바다 펜션, 제주 민박
> - 선물 : 귤, 파인애플, 돌하르방(돌로 만든 인형)

에릭 : 우리 제주도에 가서 뭘 할까?

샤오밍 : ❶ 한라산이 아주 멋있다고 하던데 하루는 등산을 하면 어때?

에릭 : 좋아. 그럼 등산을 한 다음엔 바다에 가자.

❷ _____ .

샤오밍 : 그래, 그러자. 그런데 제주도에 가서 뭘 먹지?

에릭 : ❸ _____ .

그런데 잠은 어디에서 잘까?

샤오밍 : ❹ _____ ?

에릭 : 호텔은 너무 비싸지 않아?

❺ _____ .

샤오밍 : 그래. 그럼 네가 예약해.

제주도엔 유명한 물건이 많다고 하던데 선물로 뭘 사 오는 게 좋을까?

에릭 : ❻ _____ .

샤오밍 : 좋아, 그러자. 친구들한테 주면 좋아할 거야.

어휘

1. 다음 [보기]에서 알맞은 말을 골라 빈 칸에 쓰십시오.

> [보기]   과식   소식   육식   채식   편식   식습관

❶ 너무 많이 먹는 것   (**과식**   )

❷ 조금 먹는 것   (   )

❸ 채소만 먹는 것   (   )

❹ 음식을 먹는 개인의 습관   (   )

❺ 자기가 좋아하는 것만 먹는 것   (   )

❻ 소고기나 돼지고기 등 고기를 먹는 것   (   )

2. 다음 [보기]에서 알맞은 말을 골라 빈 칸에 쓰십시오.

> [보기]   비결   식사량   장수   삶다   정하다   중요하다

❶ 기름에 볶거나 튀기는 것보다 (**삶아**   ) 어/아/여 먹는 게 건강에 더 좋대요.

❷ 학교에서 인기가 많던데 그 (   ) 좀 가르쳐 주세요.

❸ 여행갈 곳을 (   )으시면/시면 저희 여행사로 연락해 주세요.

❹ (   ) 마을에 가면 100세 이상 되는 노인들을 많이 볼 수 있어요.

❺ 저는 뭐니 뭐니 해도 건강이 제일 (   )는다고/ㄴ다고/다고 봐요.

❻ 다이어트를 한다고 너무 굶지 마시고 (   )을/를 잘 조절해 보세요.

-는다고 보다

3. 다음은 유카 씨와 태우 씨가 한 이야기입니다. '-는다고 보다'를 사용해 대화를 완성하십시오.

	유카	태우
사형 제도	사형 제도가 필요하다.	사형 제도는 필요하지 않다.
성형 수술	수술 후 자신감을 얻을 수 있으면 해도 된다.	수술 후 부작용이 많으니까 안 하는 것이 낫다.
한국 경제의 미래	곧 좋아질 것이다.	몇 년 동안은 어려울 것이다.

사회자 : 사형 제도에 대해서 어떻게 생각하세요?

유카　　: ❶ 저는 사형 제도가 필요하다고 봐요.

태우　　: ❷ ....

사회자 : 성형 수술에 대해서 어떻게 생각하세요?

유카　　: ❸ ....

태우　　: ❹ ....

사회자 : 앞으로 한국 경제는 어떻게 될까요?

유카　　: ❺ ....

태우　　: ❻ ....

4. 다음을 보고 '-는다고 보다'를 사용해 질문에 대답하십시오.

대도시의 문제

- 교통이 복잡하다.
- 주택이 부족하다.

서울 같은 대도시의 문제는 뭐라고
생각하십니까?

❶ 교통이 복잡한 것이 문제라고 봐요.

❷ _____.

이런 문제를 해결하려면 어떻게 해야 할까요?

❸ 교통 문제를 해결하려면 _____

_____.

❹ 주택 문제를 해결하려면 _____

_____.

-는답니다

5. 다음 그림을 보고 문장을 만드십시오.

내 동생
공부, 운동 모두 잘 함.
고등학교 때 축구 선수였음.

우리 집 강아지
귀여움.
사람들 말을 잘 알아들음.

기타
중학교 때 샀음.
소리가 맑고 깨끗함.

❶ 제 동생인데 공부도 잘 하고 운동도 잘 한답니다 는답니다/답니다/이랍니다.

❷ 제 동생은 _____ 는답니다/답니다/이랍니다.

❸ 우리 집 강아지인데 _____ 는답니다/답니다/이랍니다.

❹ 제 강아지는 _____ 는답니다/답니다/이랍니다.

❺ 제 기타인데 _____ 는답니다/답니다/이랍니다.

❻ 제 기타는 _____ 는답니다/답니다/이랍니다.

6. 다음 그림을 보고 '-는답니다'를 사용해 대화를 완성하십시오.

❶ 가 : 서울에서는 어디가 유명해요?

　　나 : **경복궁이 유명하답니다.**

❷ 가 : 인천에는 뭐가 있어요?

　　나 : _____ .

❸ 가 : 이천은 뭐가 유명해요?

　　나 : _____ .

❹ 가 : 불국사라는 절은 어디에 있어요?

　　나 : _____ .

❺ 가 : 전주에 유명한 음식이 있어요?

　　나 : _____ .

❻ 가 : 부산에 가면 꼭 가 봐야 할 곳이 어디예요?

　　나 : _____ .

🔊 09

그림 출처: 슬로시티

1. 느리게 사는 것과 게으르게 사는 것은 어떻게 다를까요?

2. 여러분이 얼마나 '느리게' 살고 있는지 ✔하십시오.

식사 시간이 20분을 넘지 않는다.	( )
대형 마트에서 물건을 살 때가 많다.	( )
휴대폰을 가지고 있지 않으면 불안하다.	( )
일주일에 패스트푸드를 5회 이상 먹는다.	( )
사서 먹는 것이 직접 요리하는 것보다 좋다.	( )
걷는 것이 싫어서 멀지 않은 곳도 자동차를 이용한다.	( )

"느림이라는 말은 그냥 빠름의 반대가 아니다. 느리게 살기는 옛날로 돌아가자는 것이 아니다. 느리게 살기는 미래를 향해1) 가면서 과거와 현재를 잊지 않는 것이다." 이 말은 느리게 살기 운동을 만든 **파올로 사투르니니**의 말이다. 느리게 살기 운동은 1999년 이탈리아의 한 작은 마을 **그레베 인 키안티**에서 시작되었다.

이 마을에는 큰 공장2)이 없다. 마을의 많은 사람들은 전통적인 방법으로 일을 하면서 산다. 농부들은 대개 농장3)에서 올리브4)와 포도를 키운다. 엄마와 딸은 손수건과 식탁보5)를 직접 손으로 만든다. 아버지와 아들은 양을 직접 키워서 치즈를 만든다. 마을의 숲에서 나오는 나무만으로 가구를 만들어 판매하는6) 사람도 있다. 이런 물건들은 도시의 백화점에서 파는 물건보다 값이 비싸지만 이 마을을 찾는 관광객들에게 인기가 많다.

이 마을에는 대형 마트나 패스트푸드점7)이 없다. 그 이유는 인스턴트 식품을 먹지 않는 것이 건강에 얼마나 중요한지 알기 때문이다. 신선한8) 고기와 채소는 주변9)에 얼마든지 있어서 언제든지 음식을 만들어서 먹을 수 있다. 집 안에 쌓아 놓고 먹을 필요가 없기 때문에 마을 사람들은 큰 냉장고를 사용하지 않는다. 음식점에서도 마을에서 직접 농사해서10) 키운 재료로 옛날 방법을 이용해서 음식을 만든다.

5

10

15

- 파올로 사투르니니 : 느리게 살기 국제연맹 창시자 | Paolo Saturnini (the founder of the International Federation of Slow Living) | 保羅・薩圖尼尼：緩慢城市聯盟創始人
- 크레베 인 키안티 : 이탈리아 중북부의 작은 마을로 최초의 느리게 살기 마을이 있는 곳 | Graebe in Chianti (a town in Italy, where the movement of Slow Living was first introduced) | 格雷貝・基安第：位於義大利中北部的一個小村莊，是「緩慢城市」運動最初的發源地

이 마을에는 현대식[11] 건물들이 거의 없다. 이곳의 전 시장[12]인 사투르니니는 전통과 자연을 보호하면서 마을을 개발하기[13] 위해서 새 건물을 많이 짓지 못하게 했다. 사람들은 마음대로[14] 새 건물을 짓지 못하기 때문에 오래된 건물을 고쳐서 쓴다. 마을 사람들이 살고 있는 집들은 대부분[15] 그들의 아버지, 할아버지 때부터 살던 집이다. 관광객이 많아지면서 마을에 호텔이 필요하게 되었을 때는 오래된 성[16]을 고쳐서 호텔로 만들었다. 또한 마을에 들어와 살 사람이 아니면 이곳의 땅[17]이나 집을 살 수 없다. 그 이유는 이 마을의 특별한 생활 방식[18]을 보호하기 위해서이다. 이런 규칙들 때문에 마을 사람들은 전통을 지키면서 살 수 있게 되었다.

　　크레베 인 키안티와 같은 느리게 살기 마을은 여러 나라 사람들에게서 관심을 받고 있다. 그 이유는 다른 마을에 없는 것들이 여기에 있기 때문이다. 이곳에는 전통적인 방법으로 만든 물건이 있고, 필요할 때 바로 먹을 수 있는 신선한 음식 재료들이 있다. 또 사람만 다닐 수 있게 만든 좁은 길도 있다. 이런 것 때문에 이곳 사람들은 전통의 소중함을 배우고 건강한 삶[19]을 살면서 생활의 여유를 느낀다. 평소[20]에 우리들의 생활을 편리하게 해준다고 생각했던 것들이 없어서 느리게 살기 마을에서의 생활이 불편하게 보일 수도 있다. 하지만 그런 것들이 없기 때문에 이 마을 사람들은 더 많은 행복과 여유를 느끼며 살아간다.

5

10

15

20

1)	향하다	to head toward	(向 -) 向著；面對
2)	공장	factory	(工場) 工廠
3)	농장	farm	(農場) 農場
4)	올리브	olive	橄欖樹
4)	식탁보	tablecloth	(食卓布) 桌布
6)	판매하다	to sell	(販賣) 販賣
7)	패스트푸드점	fast food restaurant	速食店
8)	신선하다	fresh	(新鮮 -) 新鮮的；新穎的
9)	주변	surroundings	(周邊) 周圍；四周
10)	농사하다	to farm	(農事 -) 種田；做農活
11)	현대식	modern style	(現代式) 現代的
12)	시장	mayor	(市長) 市長
13)	개발하다	to develop	(開發 -) 開發；開拓
14)	마음대로	as one likes	隨心所欲地；隨便地
15)	대부분	most, the majority	(大部分) 大部分
16)	성	castle	(城) 城堡
17)	땅	land	土地
18)	생활 방식	lifestyle	(生活方式) 生活方式
19)	삶	living, life	生活；生存
20)	평소	usual, ordinary	(平素) 平時

어휘 연습

1. <보기>에서 알맞은 말을 골라 (   )에 쓰십시오.

> [보기]
> 향하다   개발하다   농사하다   신선하다   판매하다

1) 바다와 가까운 마을에는 (   )는/은/ㄴ 생선이 많다.

2) 세일 기간에는 여러 가지 물건을 아주 싸게 (   )는다/ㄴ다/다.

3) 시골에 계신 부모님은 매년 직접 (   )는/은/ㄴ 곡식을

   보내주신다.

4) 아이는 엄마를 보고 엄마를 (   )어서/아서/여서 뛰어왔다.

5) 그 회사에서 이번에 (   )는/은/ㄴ 제품은 이전 제품만 못하다.

2. '키우다'와 같이 쓸 수 <u>없는</u> 단어는 무엇입니까? (   )

❶ 강아지   ❷ 손톱   ❸ 아이   ❹ 채소

3. 다음 글의 내용에 맞게 <보기>에서 알맞은 말을 골라 (   )에 쓰십시오.

[보기]

땅	공장	주변	대부분	현대식	마음대로

이탈리아에는 느리게 살기 마을이 있다. 이곳에는 큰 (   )이/가 없다. 마을 사람들은 (   ) 전통적인 방법으로 일을 한다. 또한 이곳에는 대형 마트나 패스트푸드점이 없다. 그 이유는 마을에서 나는 신선한 음식 재료를 필요할 때마다 (   )에서 쉽게 구할 수 있기 때문이다. 이곳에서는 건물을 (   )지을 수 없기 때문에 (   )건물이 거의 없다. 마을 사람들은 조상들이 살던 집에서 생활하고, 새 건물이 필요할 때에는 오래된 건물을 고쳐서 사용한다. 이 마을에서 살지 않을 사람은 (   )이나/나 집을 살 수 없기 때문에 마을 사람들은 전통을 지키며 살 수 있다. 이 마을에는 사람들의 생활을 편리하게 해주는 것들은 없지만 이곳에만 있는 것들이 있어서 마을 사람들은 좀 더 여유를 느끼며 산다.

내용 이해

1. 이 글을 읽고 빈칸을 채우십시오.

느리게 살기 마을에 없는 것

1. _____

2. _____

3. _____

느리게 살기 마을에 있는 것

1. _____

2. _____

3. _____

2. 이 마을에 현대식 호텔을 짓지 <u>않는</u> 이유는 무엇입니까? (   )

① 관광객이 별로 없어서
② 마을에 필요하지 않기 때문에
③ 전통과 자연을 보호하기 위해서
④ 새 건물을 못 짓게 하는 법이 있기 때문에

3. 마을 사람들의 집에 큰 냉장고가 <u>없는</u> 이유는 무엇입니까? (   )

① 시간이 많아서 자주 시장에 가기 때문에
② 신선한 재료들을 바로 구할 수 있기 때문에
③ 옛날 방법을 이용해서 음식을 만들기 때문에
④ 물건을 한 번에 많이 살 수 있는 대형 마트가 없기 때문에

4. 느리게 살기 마을에 대한 설명으로 맞는 것은 무엇입니까? (   )

① 이 마을에서 파는 물건들은 값이 싸서 인기가 많다.
② 자연보호를 위해서 함부로 현대식 건물을 지을 수 없다.
③ 마을 사람들의 집을 고쳐서 관광객들이 지낼 곳을 만들었다.
④ 마을 사람들은 신선한 음식 재료를 미리 사서 냉장고에 넣어 둔다.

5. 이 글의 내용과 같으면 ○, 다르면 × 하십시오.

① 마을 사람들은 땅을 사고 팔 수 있다.   (   )
② 이 마을에서는 새 건물을 지을 수 없다.   (   )
③ 관광객들은 이 마을이 불편하기 때문에 좋아한다.   (   )
④ 느리게 살기 운동은 옛날 방식으로 돌아가자는 것이다.   (   )

1. 이야기를 듣고 질문에 대답하십시오.

1) <u>이것</u>은 무엇입니까? 쓰십시오.

....

2. 뉴스를 듣고 질문에 대답하십시오.

1) 다음 중 맞는 것을 고르십시오. (　　　　)

❶ 장수 노인들은 하루에 9시간 이상 잔다.
❷ 장수 노인들은 식물성 음식을 주로 먹고 동물성 음식은 거의 먹지 않았다.
❸ 장수 노인들 중에는 혼자서 식사를 하는 사람이 많았다.
❹ 술과 담배는 장수와는 별로 관계가 없는 것으로 나타났다.

2) 건강식품은 장수에 도움이 되나요? 쓰십시오.

....

.

3. 이야기를 듣고 질문에 대답하십시오.

1) 들은 내용과 같으면 ○표, 다르면 ×표 하십시오.

❶ 조깅은 옆 사람과 이야기를 하면서 할 수 있는 운동이다. 　　　　　(　　　)
❷ 조깅할 때 준비 운동을 하지 않아도 된다. 　　　　　(　　　)
❸ 조깅할 때는 힘들어도 걷지 말고 뛰어야 한다. 　　　　　(　　　)
❹ 초보자는 가볍게 시작해서 달리는 거리를 점점 늘리는 것이 좋다. (　　　)

말하기 · 쓰기 연습

다음 글을 읽고 여러분은 어떻게 생각하는지 써 보십시오. 그리고 친구와 같이 이야기 해 보십시오.

> 일본의 한 노화 연구소에서는 도쿄에 사는 100세 이상 장수 노인 70명과 60세~84세 노인 1812명을 조사한 결과, 평소 성실한 사람, 외향적이고 적극적인 사람, 그리고 신경이 예민한 사람이 100세 이상 살 가능성이 많은 것으로 조사됐습니다. 그 이유가 뭘까요? 정말 성격과 오래 사는 것이 관계가 있을까요?

제4과 공연과 감상

4과 1항

어휘

1. 다음 이야기를 읽고 [보기]에서 알맞은 말을 골라 빈 칸에 쓰십시오.

[보기] 작품명   관람 연령   공연 장소   공연 일시   작품 해설

오늘 친구한테서 오페라 '심청'의 표를 선물 받았다. 이번 주 토요일(11월 7일) 저녁 7시, 오페라 극장에서 하는 공연이었다. 이 작품은 우리나라의 옛날이야기인 '심청전'을 오페라로 만든 것이라고 한다. 신문에서 보니까 전통과 현대의 만남으로 우리만의 특색이 잘 나타난 공연이라고 쓰여 있었다. 그래서 7살짜리 딸과 같이 공연을 보려고 했는데 9살이 넘어야 볼 수 있다고 한다. 그래서 부모님께 표를 드렸다.

❶ **작품명** : 오페라 '심청'
❷ ⋯⋯⋯⋯ : 11월 7일 7시
❸ ⋯⋯⋯⋯ : 오페라 극장
❹ ⋯⋯⋯⋯ : 9세 이상
❺ ⋯⋯⋯⋯ : 전통과 현대의 만남 우리만의 특색있는 오페라

2. 다음 [보기]에서 알맞은 말을 골라 빈 칸에 쓰십시오.

> [보기]　　공연　　　　무대　　　　의상　　　　자막　　　　말할 것도 없다

❶ 주말에는 오후 4시와 7시에 (**공연**)을/를 합니다.

❷ 그 식당은 분위기가 아주 좋아요. 맛은 (　　　　　)고요.

❸ 연극이 끝나자 모든 배우들이 (　　　　) 위로 올라와서 인사를 했다.

❹ 그 여배우의 (　　　　　)에는 다이아몬드가 달려 있어 조명을 받을 때마다 반짝 거렸다.

❺ 오늘 외국 영화를 봤는데 (　　　　　)이/가 너무 빨리 지나가서 다 읽을 수가 없었다.

문법

만 못하다

3. 다음 문장을 '만 못하다'를 사용해 바꾸십시오.

❶ 이 회사가 전에 일하던 회사보다 일하기가 좋아요.

　→ **전에 일하던 회사가 이 회사만 못해요.**

❷ 형이 동생보다 똑똑해요.

　→ 동생이 ＿＿＿＿＿＿＿＿＿＿＿＿＿＿＿＿＿＿ 만 못해요.

❸ 말하기 성적이 쓰기 성적보다 좋아요.

　→ 쓰기 성적이 ＿＿＿＿＿＿＿＿＿＿＿＿＿＿＿ 만 못해요.

❹ 이 사전이 전자 사전보다 더 편리해요.

　→ ＿＿＿＿＿＿＿＿＿＿＿＿＿＿＿＿＿＿＿ 만 못해요.

❺ 어머니가 만든 음식이 비싼 식당 음식보다 맛있어요.

　→ ＿＿＿＿＿＿＿＿＿＿＿＿＿＿＿＿＿＿＿＿＿＿＿.

❻ 자판기 커피가 고급 커피숍 커피보다 더 맛있어요.

　→ ＿＿＿＿＿＿＿＿＿＿＿＿＿＿＿＿＿＿＿＿＿＿＿.

4. 다음 표를 보고 '만 못하다'를 사용해 대화를 완성하십시오.

	나 (태우)	히로시	안드레이
말하기 점수	89점	89점	84점
듣기 점수	80점	76점	80점
읽기 점수	83점	83점	90점
쓰기 점수	82점	88점	82점

태우　　 : 선생님, 저는 머리가 정말 나쁜가 봐요.

선생님 : 왜 그렇게 생각하는데요?

태우　　 : 전 이번 시험 준비를 정말 열심히 했어요. 그렇지만 쓰기 점수는

❶ **히로시만 못 해요** ~~어요/아요/여요~~. 읽기 점수는 ❷ ＿＿＿＿＿＿＿＿＿＿ 고요.

선생님 : 정말 속상하겠네요. 하지만 말하기는 안드레이 씨가 ❸ ＿＿＿＿＿＿＿＿ 고

듣기는 ❹ ＿＿＿＿＿＿＿＿＿＿＿＿으니까/니까 힘내서 더

열심히 공부하세요.

	연세 노트북	한국 노트북
기능	적다	많다
디자인	예쁘다	예쁘지 않다

밍밍　　 : 노트북을 사려고 하는데 어떤 게 좋을까?

샤오밍 : 기능은 ❺ ＿＿＿＿＿＿＿＿＿＿＿＿＿＿＿＿＿＿＿＿.

하지만 디자인은 ❻ ＿＿＿＿＿＿＿＿＿＿＿＿＿＿＿＿＿.

노트북은 비싼 물건이니까 잘 생각해 보고 결정해.

-는 대신에

5. 다음 그림을 보고 대화를 완성하십시오.

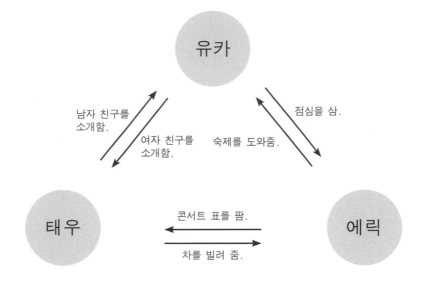

❶ 유카 : 오늘 숙제가 어렵던데 좀 도와줄 수 있어?

    에릭 : 그럼 내가 **숙제를 도와주**는 대신에 오늘 점심 사야 해.

❷ 에릭 : 여자 친구랑 오늘 놀이 공원에 가기로 했는데 차 좀 빌려 줄 수 있니?

    태우 : 그래. 그러면 내가 _____ 는 대신에 지난 주에 네가 산 콘서트 표를 나한테 팔아라.

❸ 태우 : 지난번에 봤던 네 친구가 정말 예쁘던데 좀 소개해 줘.

    유카 : 그럼 내가 _____ 는 대신에 나한테도 멋진 남자 친구 소개해 주는 거지?

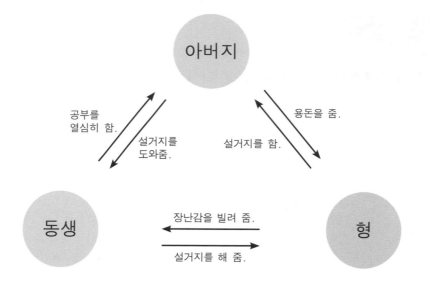

4 아버지 : 오늘 어머니가 안 계시니까 네가 설거지 좀 해라.

형 　　 : 그럼 .... 는 대신에 용돈 좀 더 주세요.

5 형 　　 : 설거지 좀 해 줘.

동생 　 : 그럼 .... 는 대신에 형 장난감 좀 빌려 줘.

6 동생 　 : 아빠, 설거지 좀 도와주세요.

아버지 : 그럼 .... 는 대신에 ....

.... 그런데, 잠깐. 설거지는 네 형한테 부탁한 것

같은데…….

6. 다음 글을 읽고 '–는 대신에'를 사용해 질문에 대답하십시오.

5월 3일 토요일 비

오늘부터 1박 2일로 친구들과 부산으로 여행을 가기로 했다. **❶ 처음에는 제주도에 가려고 했지만 비행기 표가 비싸서 부산으로 정했다.** 고속버스를 타려고 했지만 벌써 표가 매진이 되어서 우리는 **❷ 고속버스를 타지 않고 기차를 타고 갔다.** 기차를 탄 우리들은 배가 고팠다. 영화에서 본 것처럼 삶은 계란하고 사이다를 마시고 싶었지만 기차에서 계란은 팔지 않았다. 그래서 **❸ 계란을 못 먹고 빵을 사서 먹었다.** 기차에서 내린 우리는 해운대에 갔다. 바닷가를 조금 산책하니까 배가 고파졌다. **❹ 바닷가에 왔으니까 생선회를 먹어야겠다고 생각했지만 올가 씨가 회를 먹지 못해서 생선 구이를 시켜 먹었다.** 맛있었다.

식사를 하고 호텔로 왔다. **❺ 처음에는 밍밍 씨 친구 집에서 자기로 했었지만 그 친구한테 갑자기 일이 생겨서 호텔에서 자기로 했다.** 밍밍 씨는 숙박비를 혼자 내겠다고 했다. 그래서 우리는 **❻ 숙박비를 내지 않고 밍밍 씨에게 맛있는 저녁을 사 줬다.**

---

❶ 우리는 제주도에 가는 대신에 부산으로 여행을 가기로 정했다.

❷ 우리는 _____ 는 대신에 기차를 탔다.

❸ 우리는 기차 안에서 _____ 는 대신에 빵을 사 먹었다.

❹ 올가 씨가 회를 먹지 못해서 _____ 는 대신에 생선 구이를 먹었다.

❺ _____ 에서 자기로 했다.

❻ 밍밍 씨가 _____ .

4과 2항

어휘

1. 다음 [보기]에서 알맞은 말을 골라 빈 칸에 쓰십시오.

> [보기] 변경하다   예매하다   예약하다   취소하다   확인하다   환불 받다

❶ 시험 결과를 **확인하려고** ~~으려고~~/려고 사무실에 전화했다.

❷ 휴가철이어서 호텔을 미리 ＿＿＿＿＿＿＿＿ 었다/았다/였다.

❸ 일이 많아서 오늘 약속을 ＿＿＿＿＿＿＿ 어야겠다/아야겠다/여야겠다.

❹ 지금 세운 계획을 다른 것으로 ＿＿＿＿＿＿＿ 으려면/려면 돈이 너무 많이 든다.

❺ 추석에 고향에 가려면 몇 달 전에 기차표를 ＿＿＿＿＿＿＿ 어야/아야/여야 합니다.

❻ 어제 산 옷을 교환하려고 갔는데 마음에 드는 옷이 없어서 그냥 ＿＿＿＿＿＿＿
었다/았다/였다.

2. 다음 [보기]에서 알맞은 말을 골라 빈 칸에 쓰십시오.

> [보기] 인터넷 사이트   좌석   가입하다   간단하다   선택하다   알려 주다

❶ 이 곳의 약도는 (**인터넷 사이트**)에서 보실 수 있습니다.

❷ 시간이 없으니까 (＿＿＿＿＿)게 말씀드릴게요.

❸ 출근 시간이어서 버스에 빈 (＿＿＿＿＿)이/가 없었다.

❹ 미안한데 김 선생님 전화번호 좀 (＿＿＿＿＿)을래?/ㄹ래?

❺ 전공을 (＿＿＿＿＿)는/은/ㄴ 것은 중요한 일이니까 잘 생각해서 결정하세요.

❻ 사진을 배우고 싶어서 어제 사진 동호회에 (＿＿＿＿＿)었어요/았어요/였어요.

-는다고 해서

3. 다음 그림을 보고 대화를 완성하십시오.

❶

오늘은 무척 덥겠습니다.

가 : 왜 그렇게 옷을 얇게 입고 왔어요?

나 : **오늘 무척 덥다고** ~~는다고~~/다고/~~으라고~~/
자고 해서 옷을 얇게 입고 왔어요.

❷

정말 재미있대요.

가 : 오늘 뭐 할 거예요?

나 : '정'이라는 영화가 _____
는다고/다고/으라고/자고 해서 그 영화를
보러 가려고요.

❸

혼자서 술 마시고 있다.

가 : 이렇게 밤 늦게 어디 가세요?

나 : 친구가 _____
는다고/다고/으라고/자고 해서 그 술집에
가는 길이에요.

❹

문자메시지

어제 고향에서 돌아
왔어요.

▶ 전송 후 저장 ▶   80

가 : 오늘 뭐 했어?

나 : 친구가 _____
는다고/다고/으라고/자고 해서 친구를
만나러 갔다가 왔어.

❺

오늘 수영장에 가자.

가 : 오늘 오후에 뭐 할 거예요?

나 : 여동생이 _____
는다고/다고/으라고/자고 해서 수영장에
다녀오려고요.

4. 다음 이야기를 읽고 '-는다고 해서'를 사용해 질문에 대답하십시오.

옛날에 떡을 파는 어머니와 남매가 살고 있었어요. 어느 날 어머니는 집으로 돌아오는 길에 호랑이를 만났어요. 호랑이는 "떡을 하나 주면 안 잡아먹겠다." 하고 말했어요. 그래서 어머니는 떡을 줬어요. 조금 후에 또 호랑이가 나타나서 "떡을 하나 주면 안 잡아먹겠다." 라고 했지만 이번에는 떡이 없었어요. 호랑이는 어머니를 잡아먹고 아이들까지 잡아먹으러 집으로 갔어요. 그리고는 "애들아, 엄마다. 빨리 문 열어라." 라고 말했어요. 아이들은 엄마 목소리가 이상했지만 문을 열어 줬어요. 호랑이를 보자마자 아이들은 집 뒤에 있는 나무 위로 올라갔어요. 호랑이는 아이들에게 어떻게 나무 위로 올라갔냐고 물었어요. 오빠가 "손에 참기름을 바르고 올라왔어요." 하고 말했어요. 호랑이는 참기름을 바르고 나무 위로 올라가려고 했지만 자꾸 미끄러졌어요. 그것을 본 착한 여동생이 "도끼를 쓰면 쉽게 올라올 수 있는데……." 라고 말해줬어요. 호랑이가 도끼를 써서 나무 위로 올라오기 시작하자 아이들은 기도를 했어요. "하느님, 우리를 불쌍하게 생각하면 줄을 내려 주세요." 하늘에서 튼튼한 줄이 내려왔고 아이들은 줄을 잡고 하늘로 올라갔어요. 이것을 본 호랑이도 자기에게도 줄을 내려 달라고 기도했어요. 하늘에서 줄이 내려오기는 했지만 오래된 줄이 내려와서 떨어져 죽었어요. 하느님은 오빠는 해가, 동생은 달이 되라고 말씀하셨어요. 하지만 여동생이 "밤은 어두워서 너무 무서워." 하고 말하자 오빠가 달이 되겠다고 했어요. 그렇게 해서 오빠는 달이, 동생은 해가 되었어요.

❶ 어머니는 왜 호랑이에게 떡을 줬습니까?

떡을 주면 호랑이가 안 잡아먹겠다고 해서 호랑이에게 떡을 줬습니다.

❷ 아이들은 왜 문을 열어 줬습니까?

호랑이가 _____ 아이들은 문을 열었습니다.

❸ 호랑이는 왜 참기름을 발랐습니까?

오빠가 _____ 참기름을 발랐습니다.

❹ 호랑이는 어떻게 나무 위로 올라갔습니까?

동생이 _____ 도끼를 써서 올라갔습니다.

❺ 하느님은 왜 아이들에게 줄을 내려 줬습니까?

_____ 아이들에게 줄을 내려 줬습니다.

❻ 오빠는 왜 달이 되었습니까?

_____ 오빠가 달이 되었습니다.

5. 다음 대화를 완성하십시오.

❶ 가 : 지금 밍밍 씨 집에 있지요?

나 : 아니요, 아까 **전화를 받**고서 나갔는데요.

❷ 가 : 대학 졸업 후에 뭘 하실 거예요?

나 : _____ 고서 유학을 가려고 해요.

❸ 가 : 그 친구는 회사를 그만두고 요즘 뭘 해요?

나 : _____ 고서 여행을 하고 있대요.

❹ 가 : 요즘 감기가 심하던데 올가 씨는 금방 나으셨네요.

나 : 네, _____ 고서 금방 나았어요.

❺ 가 : 아까는 아무 일도 아닌데 아이한테 왜 그렇게 화를 냈어요?

나 : 저도 _____ 고서 후회했어요.

❻ 가 : 왜 이렇게 일찍 돌아왔어요? 오늘 친구 안 만났어요?

나 : 아니요. 만나기는 했는데 친구가 바쁘다고 해서 _____ 고서
금방 헤어졌어요.

6. 다음 글을 읽고 질문에 대답하십시오.

> 재료 : 닭 한 마리, 인삼, 찹쌀, 마늘, 파, 소금, 후추
> (1) 닭은 흐르는 물에 여러 번 깨끗이 씻어 놓는다.
> (2) 찹쌀은 한 시간 정도 불리고, 인삼은 깨끗이 씻고, 대추는 씨를 빼 놓는다.
> (3) 찹쌀과 마늘, 인삼, 대추를 닭 뱃속에 넣고 찹쌀이 나오지 않도록 이쑤시개로 구멍을 막아 놓는다.
> (4) 큰 냄비에 닭과 인삼, 대추를 넣고 닭이 물 속에 들어갈 정도로 물을 붓는다.
> (5) 센 불에서 끓이다가 약한 불로 줄여 살이 익을 때까지 끓인다.
> (6) 닭을 그릇에 담고 소금, 후추를 같이 낸다.

유카 : 승연아, 삼계탕 끓이는 방법 좀 알려 줄래?

승연 : 그래. 먼저 ❶ **닭을 깨끗이 씻어** 놓고서 다른 재료들을 손질해. 그리고, 닭 뱃속에 찹쌀과 인삼, 마늘, 대추를 ❷ .... 고서 재료들이 밖으로 나오지 않도록 이쑤시개로 구멍을 막아.

유카 : 그런 다음에는?

승연 : 찹쌀을 넣은 닭을 냄비에 ❸ .... 고서 닭이 잠길 정도로 물을 부어. 센 불에서 끓으면 약한 불로 줄이고 살이 완전히 익을 때까지 끓여. 다 익은 닭을 그릇에 예쁘게 ❹ .... 고서 소금, 후추와 같이 상에 올리면 끝나.

유카 : 그래? 생각보다 어렵지 않네. 내가 ❺ .... 고서 연락할게. 꼭 먹으러 와.

어휘

1. 다음 [보기]에서 알맞은 말을 골라 빈 칸에 쓰십시오.

> [보기] 감동적이다   신나다   심각하다   우울하다   환상적이다

❶ 그 쇼는 (**환상적인**)는/은/ㄴ 분위기로 사람들에게 인기가 높았다.

❷ 날씨가 흐려서 기분이 (   )어졌다/아졌다/여졌다.

❸ 주인을 위해서 죽은 개의 이야기는 아주 (   )었다/았다/였다.

❹ 기분이 나쁠 때 (   )는/은/ㄴ 음악을 들으면 기분이 좋아집니다.

❺ 의사 선생님 표정이 너무 (   )어서/아서/여서 동생이 큰 병에 걸린
줄 알았다.

2. 다음 [보기]에서 알맞은 말을 골라 빈 칸에 쓰십시오.

> [보기] 대사   마지막   목소리   연기   인상적이다   훌륭하다

❶ 그 배우는 (**연기**)을/를 너무 잘 해서 진짜 같아요.

❷ 오래간만이다. 우리가 (   )으로/로 만난 게 언제였지?

❸ 그 여자는 떨리는 (   )으로/로 경찰의 질문에 대답했다.

❹ 이번 연극은 (   )이/가 많아서 배우들이 많이 힘들어했어요.

❺ 물에 빠진 어린이를 구한 청년이 (   )은/ㄴ 시민상을 받았다고 한다.

❻ 그 영화의 마지막 장면이 아주 (   )어서/아서/여서 며칠이 지나도 잊
혀지지 않아요.

–을 뿐만 아니라

3. 다음을 보고 두 문장을 골라 문장을 만드십시오.

사 전

- 예문이 적다
- 예문이 많다
- 설명이 쉽다
- 설명이 어렵다

❶ 그 사전은 **예문이 적을** 을/ㄹ 뿐만 아니라 **설명도 어렵다.**

❷ 그 사전은 ⋯⋯⋯⋯⋯⋯⋯⋯⋯⋯⋯ 을/ㄹ 뿐만 아니라 ⋯⋯⋯⋯⋯⋯⋯⋯⋯⋯⋯.

우리 아이

- 조금 먹다
- 많이 먹다
- 잘 안 먹다
- 자주 먹다

❸ 우리 아이는 밥을 ⋯⋯⋯⋯⋯⋯⋯⋯ 을/ㄹ 뿐만 아니라 ⋯⋯⋯⋯⋯⋯⋯⋯⋯⋯.

❹ 우리 아이는 밥을 ⋯⋯⋯⋯⋯⋯⋯⋯ 을/ㄹ 뿐만 아니라 ⋯⋯⋯⋯⋯⋯⋯⋯⋯⋯.

우리 학교

- 캠퍼스가 넓다
- 캠퍼스가 아름답다
- 숙제가 많다
- 시험을 자주 보다

❺ 우리 학교는 ⋯⋯⋯⋯⋯⋯⋯⋯⋯⋯ 을/ㄹ 뿐만 아니라 ⋯⋯⋯⋯⋯⋯⋯⋯⋯⋯.

❻ 우리 학교는 ⋯⋯⋯⋯⋯⋯⋯⋯⋯⋯ 을/ㄹ 뿐만 아니라 ⋯⋯⋯⋯⋯⋯⋯⋯⋯⋯.

4. 다음 이야기를 읽고 '-을 뿐만 아니라'를 사용해 광고를 완성하십시오.

연세 리조트

저희 리조트는 공기 좋고 경치 좋은 강원도에 위치하고 있으며 교통이 편리합니다. 또, 깨끗하고 조용합니다.

리조트 근처에는 바다와 산이 있어서 수영도 할 수 있고 등산도 할 수 있습니다. 그리고, 골프장과 수영장이 있어서 어른들과 아이들 모두가 즐길 수 있습니다.

식사는 리조트 안의 식당에서 하실 수 있습니다. 또 주방이 있어 직접 만들어 드실 수도 있습니다.

저희 홈페이지에 들어오시면 자세한 정보를 얻을 수 있고 할인권도 받으실 수 있으니까 많이 이용해 주십시오.

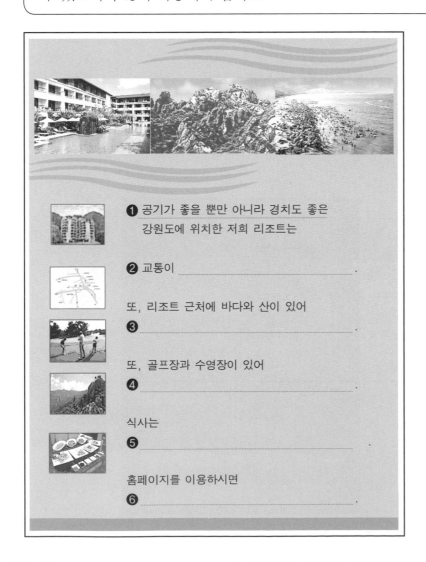

❶ 공기가 좋을 뿐만 아니라 경치도 좋은
　 강원도에 위치한 저희 리조트는

❷ 교통이 ＿＿＿＿＿＿＿＿＿＿＿＿＿＿.

또, 리조트 근처에 바다와 산이 있어

❸ ＿＿＿＿＿＿＿＿＿＿＿＿＿＿＿＿.

또, 골프장과 수영장이 있어

❹ ＿＿＿＿＿＿＿＿＿＿＿＿＿＿＿＿.

식사는

❺ ＿＿＿＿＿＿＿＿＿＿＿＿＿＿＿＿.

홈페이지를 이용하시면

❻ ＿＿＿＿＿＿＿＿＿＿＿＿＿＿＿＿.

5. 다음 그림을 보고 이 사람의 생각을 쓰십시오.

① 빨리 점심을 먹어야지 어야지/아야지/여야지.

② .... 어야지/아야지/여야지.

③ .... 어야지/아야지/여야지.

④ .... 어야지/아야지/여야지.

⑤ .... 어야지/아야지/여야지.

⑥ .... 어야지/아야지/여야지.

6. 다음 그림을 보고 사람들의 생각을 쓰십시오.

상여금을 받으면

① <u>어머니께 선물을 사 드려야지</u> 어야지/아야지/여야지.

② _____ 어야지/아야지/여야지.

③ _____ 어야지/아야지/여야지.

④ _____ 어야지/아야지/여야지.

⑤ _____ 어야지/아야지/여야지.

⑥ _____ 어야지/아야지/여야지.

어휘

1. 다음 단어의 뜻을 찾아 연결하고 알맞은 말을 골라 빈 칸에 쓰십시오.

권하다 ●   ● 계획이나 의견을 내놓다.

소개하다 ●   ● 어떤 일을 하거나 무엇을 해 보라고 말하다.

안내하다 ●   ● 인사를 시키거나 설명을 해서 알게 해 주다.

제안하다 ●   ● 어떤 행사나 장소를 알려 주거나 데려다 주다.

추천하다 ●   ● 알맞은 사람이나 물건을 다른 사람에게 소개하고 권하다.

❶ 어머니는 손님에게 차를 __권했다__ 었다/았다/였다.

❷ 저희 가족을 _____ 겠습니다.

❸ 저에게 맞는 일자리 좀 _____ 어/아/여 주세요.

❹ 주인아주머니는 손님들을 2층으로 _____ 었다/았다/였다

❺ 친구가 이번 주말에 봉사 활동을 하러 가자고 _____ 었다/았다/였다.

2. 다음 [보기]에서 알맞은 말을 골라 빈 칸에 쓰십시오.

[보기]   사물놀이   인기   확   지루하다   흥겹다

❶ 승연 씨는 예쁠 뿐만 아니라 성격도 좋아서 친구들한테 (**인기**) 이/가 좋아요.

❷ 어제 공연에서는 (   )은/ㄴ 장단에 맞춰 춤을 추는 사람도 있었다.

❸ 그 영화는 내용을 알고 봐서 그런지 보는 내내 (   )었다/았다/였다.

❹ 징, 꽹과리, 장구, 북, 이 네 가지 악기를 가지고 연주하는 것이 (   )입니다.

❺ 노래방에 가서 큰 소리로 노래를 부르면 쌓인 스트레스가 (   ) 풀리는 것 같다.

-을 만하다

3. '-을 만하다'를 사용해 대화를 완성하십시오.

❶ 가 : 재미있는 책 좀 추천해 주세요.

나 : '그 사람'이라는 책이 읽을 만하던데 한번 읽어 보세요.

❷ 가 : 방학 때 친구하고 여행을 가려고 하는데 어디로 가면 좋을까요?

나 : _____ .

❸ 가 : 그 식당은 뭐가 맛있어요?

나 : _____ .

❹ 가 : _____ ?

나 : 이번에 영화제에서 상을 받은 그 영화는 어때요?

❺ 가 : 두 시간 정도 걸으니까 더 못 걷겠다. 넌 괜찮아?

나 : 난 아직은 _____ .

❻ 가 : 그 사람 _____ ? 일을 맡겨도 괜찮을까요?

나 : 그럼요, 태우 씨라면 믿을 수 있고말고요. 걱정하지 마시고 맡겨 보세요.

4. 다음은 구두쇠 아저씨가 이웃 사람과 하는 대화입니다. '-을 만하다'를 사용해 대화를 완성하십시오.

구두쇠 : 이 옷 버리시는 겁니까?

이웃　 : 네, 그런데요.

구두쇠 : 저 주세요. 아직 ❶ <u>입을 만한데요</u>~~는데요/은데요~~/ㄴ데요. 이 신

　　　　발도 버리 시는 거예요?

이웃　 : 네.

구두쇠 : 그럼, 이 신발도 저 주세요. 아직 ❷ ＿＿＿＿＿＿＿ 는데요/은데

　　　　요/ㄴ데요. 이 가방도 버리지 마세요. 아직 ❸ ＿＿＿＿＿＿ 는

　　　　데요/은데요/ㄴ데요.

이웃　 : 네. 그럼 이 비디오테이프도 가지고 가시겠어요? ❹ ＿＿＿＿＿＿

　　　　는/은/ㄴ 영화라고 해서 샀는데 저는 별로 재미가 없어서요.

구두쇠 : 네, 주세요. 혹시 그 케이크도 버리는 건가요?

　　　　아직 ❺ ＿＿＿＿＿＿ 는/은/ㄴ 것 같은데 저 주세요.

이웃　 : 아니요, 이건 너무 오래 돼서 안 드시는 게 좋을 것 같아요.

구두쇠 : 아, 그래요? 그런데 이런 ❻ ＿＿＿＿＿＿ 는/은/ㄴ 만한 물건

　　　　을 왜 버리세요? 다음에 물건을 버릴 때에는 저한테 꼭 연락

　　　　해 주세요.

5. 다음 대화를 완성하십시오.

❶ 가 : 샤오밍 씨, 밍밍 씨 못 보셨어요?

　나 : 아까 집에 간다고 했으니까 지금 **집에 있을걸요** 을걸요/ㄹ걸요. 집으로

　　　전화해 보세요.

❷ 가 : 오늘 백화점에 사람이 많을까요?

　나 : 주말이니까 ＿＿＿＿＿＿＿＿＿＿ 을걸요/ㄹ걸요.

❸ 가 : 그분이 날마다 전화를 안 받던데요.

　나 : 10시쯤 전화하면 ＿＿＿＿＿＿＿걸요/ㄹ걸요. 그 시간에 집에 돌아오거든요.

❹ 가 : 승연 씨가 내일 회사에 일찍 나올까요?

　나 : 언제나 일찍 나오니까 내일도 ＿＿＿＿＿＿＿＿＿＿ 을걸요/ㄹ걸요.

❺ 가 : 손님들이 점심을 드시고 오실까요?

　나 : 3시에 오신다고 하니까 점심은 ＿＿＿＿＿＿＿＿＿ 을걸요/ㄹ걸요.

❻ 가 : 태우 씨가 비행기를 탔을까요?

　나 : 지금 1시지요? 12시 비행기를 탄다고 했으니까 ＿＿＿＿＿＿＿＿＿ 을걸요/

　　　ㄹ걸요.

6. 다음 그림을 보고 대화를 완성하십시오.

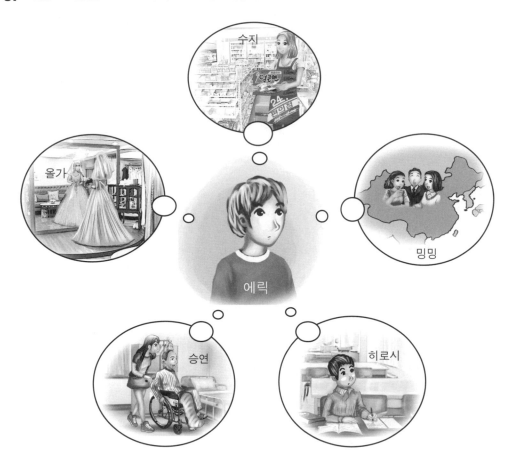

유카 : 에릭 씨, 방학인데 우리 반 친구들과 같이 여행을 가는 게 어때요?

에릭 : 저는 갈 수 있는데, 다른 친구들은 아마 ❶ **갈 수 없을걸요** 을걸요/~~ㄹ걸요~~.

유카 : 왜요? 다들 바쁘대요? 수지 씨도 바쁘대요?

에릭 : 수지 씨는 요즘 아르바이트를 해서 ❷ ＿＿＿＿＿＿＿＿ 을걸요/ㄹ걸요.

유카 : 그럼, 밍밍 씨는요?

에릭 : 밍밍 씨는 벌써 ❸ ＿＿＿＿＿＿＿＿＿ 을걸요/ㄹ걸요.

유카 : 히로시 씨는요?

에릭 : 히로시 씨는 취업 준비 때문에 ❹ ＿＿＿＿＿＿＿ 을걸요/ㄹ걸요.

유카 : 승연 씨도 바쁜가요?

에릭 : 승연 씨 할아버지께서 많이 편찮으시대요.
　　　 그래서 요즘 날마다 ❺ ＿＿＿＿＿＿＿＿ 을걸요/ㄹ걸요.

유카 : 그럼 올가 씨는요?

에릭 : 올가 씨는 다음 달에 결혼을 하니까 ❻ ＿＿＿＿＿＿ 을걸요/ㄹ걸요.

유카 : 그렇군요. 여행은 다음 방학에 가야겠네요.

1. 이 그림들은 특별한 의미가 있습니다. 어떤 의미가 있을까요?

2. 여러분 나라에서 왕, 장수, 행복한 결혼을 상징하는 것은 무엇입니까?

사람마다 생각과 느낌은 다르다. 사람들은 이러한 차이를 소리, 말, 이미지[1]로 표현해서 음악, 미술, 문학 작품을 만들었다. 그렇기 때문에 한국의 옛날 그림을 보면 옛날 한국인들이 어떤 생각을 했고 또 어떻게 살아왔는지를 알 수 있다. 그림을 볼 때 옛 사람의 눈으로 보고 옛 사람의 마음으로 느끼면 그림을 더 잘 이해할 수 있다. 5

　　옛날에 부모들은 아들의 방에 '연화도'라는 그림을 병풍[2]으로 만들어 책상 뒤에 놓았다. 그런데 그림을 보면 사실과 다른 점들이 몇 가지 있다. 첫 번째, 이 그림에는 물고기와 연꽃[3]이 같이 그려져 있다. 보통 물속의 물고기를 그리면 물 위의 연꽃이 보이지 않아 연꽃을 그릴 수 없다. 또 이와 마찬가지로 물 위의 연꽃을 그리면 물속의 물고기가 보이지 않기 때문에 10 물고기를 그릴 수 없다. 두 번째, 더러운 진흙물[4]에서 피는 연꽃과 깨끗한 물속에 사는 물고기가 함께 그려져 있다. 마지막으로, 같은 그림 속에 7월에 피는 연꽃과 겨울새인 원앙[5]이 있다. 서로 다른 계절에 볼 수 있는 것들이 한 그림 속에 있다. 왜 옛날 한국 사람들은 이렇게 그림을 그렸을까? 그리고 이 그림에서 무엇을 표현하려고 했을까? 15

　　연꽃은 더러운 물에서 자라지만 좋은 향기를 가진 예쁜 꽃을 피우기 때문에 깨끗함과 겸손함[6]을 상징한다[7]. 또 연꽃은 꽃이 피는 동시에[8] 많은 열매[9]를 맺기[10] 때문에 자식을 많이 낳는 것을 의미한다. 그림 왼쪽 위를 보면 원앙 두 마리가 날고 있는데 원앙은 원래[11] 부부 사이가 좋은 새이다. 그래서 원앙이 그림에 있으면 부부가 오래 함께 잘 살기를 바라는 것을 20 뜻한다. 부부 사이가 좋으면 자식도 많이 얻는다[12]. 따라서 연화도는 늘 겸손한 마음으로 열심히 살고, 결혼을 해서 자식을 많이 낳고 부부가 함께 오래 잘 살기를 바라는 부모의 마음이 담겨 있는 그림이다.

    한국의 궁궐에 가 보면 왕이 앉아 있던 의자 뒤에는 그림이 하나 있다. 이 그림은 '일월오봉도'이다. 그런데 이 그림을 잘 보면 이상한 점들이 있다. 먼저 해와 달이 하늘에 같이 떠 있다. 낮과 밤이 함께 할 수 없는데 이 그림 왼쪽에는 달이, 오른쪽에는 해가 떠 있다. 또 양 옆에 그려져 있는 붉은[13] 소나무[14]는 산만하다. 소나무가 산보다 더 가까이 있기는 하지만 소나무 크기가 너무 크다. 왜 이 그림은 사실과 다르게 비과학적인[15] 것일까?

    일월은 해와 달을 말하는데, 해와 달은 낮과 밤에 쉬지 않고 세상의 모든 것들을 환하게 비추고[16] 있다. 이것은 왕이 백성[17]을 위한 정치를 하기 위해 쉬지 않고 노력해야 함을 의미한다. 오봉은 한국을 지키고 보호하는 다섯 개의 산을 의미한다. 동쪽의 금강산, 서쪽의 묘향산, 남쪽의 지리산, 북쪽의 백두산, 그리고 가운데의 삼각산을 가리킨다[18]. 이 다섯 산이 나라를 지키는 것처럼 왕도 나라를 지켜야 하는 것이다. 또 폭포에서 떨어지는 물은 아래로 흘러 산과 나무, 땅을 적시고[19] 있는데 이 물은 백성에 대한 왕의 사랑을 의미한다.

    이 그림에는 세상의 모든 것들이 다 들어 있다. 하지만 이 그림은 미완성[20] 이다. 왜냐하면 우주는 하늘과 땅 그리고 사람이 하나가 되어야 완성될 수 있는데, 이 그림에는 사람이 없기 때문이다. 백성을 위해서 부지런히[21] 일하는 왕이 그림 앞에 서야 이 그림은 완성될 수 있다. 쉬지 않고 세상을 비추는 해와 달처럼, 나라를 지키는 다섯 개의 산처럼, 그리고 땅의 모든 것을 적시는 폭포의 물처럼, 왕이 좋은 정치를 해서 백성들을 편안하고 잘 살 수 있게 하라는 의미를 가진 그림이다. 즉 일월오봉도는 왕의 힘을 상징하는 것이 아니라, 왕을 깨우치기[22] 위한 그림이다.

이 두 그림에서 알 수 있듯이 한국화는 그림에 나오는 소재23)의 의미를 이해해야 그림을 읽을 수 있다. 또 소재가 상징하는 것이 각각 다르기 때문에 사실과 다르게 어울리지 않는 소재가 한 그림에 그려지기도 한다. 따라서 한국화는 그림의 아름다움뿐만 아니라 보고 읽는 즐거움이 있다.

1)	이미지	image	圖像
2)	병풍	folding screen	(屏風) 屏風
3)	연꽃	lotus flower	(蓮 -) 蓮花
4)	진흙물	muddy water	泥塘
5)	원앙	mandarin duck	(鴛鴦) 鴛鴦
6)	겸손하다	modest, humbl	(謙遜 -) 謙虛的
7)	상징하다	to symbolize	(象徵 -) 象徵；代表
8)	동시에	at the same time, simultaneously	(同時 -) 同時
9)	열매	fruit	果實
10)	맺다	to bear	結 (果實)
11)	원래	naturally, by nature	(原來) 原來
12)	얻다	to bear (a child)	生 (孩子)
13)	붉다	red, crimson	紅色的
14)	소나무	pine tree	松樹
15)	비과학적이다	unscientific	(非科學的 -) 沒有科學根據的
16)	비추다	to illuminate, light (up)	照耀；映照
17)	백성	the people (of a country)	(百姓) 百姓
18)	가리키다	to refer to, indicate	指
19)	적시다	to wet, supply with water	弄濕；沾濕
20)	미완성	incomplete	(未完成) 未成品
21)	부지런히	diligently	勤奮地
22)	깨우치다	to enlighten, make (a person) realize	啟發；引導
23)	소재	subject matter	(素材) 材料；原料

어휘 연습

1. <보기>에서 알맞은 말을 골라 (   )에 쓰십시오.

> [보기]
>
> 맺다   얻다   가리키다   겸손하다   상징하다

❶ 시계 바늘이 정확히 5시를 (   )고 있었다.

❷ 친구가 쓰던 책을 공짜로 (   )었다/았다/였다.

❸ 연세대학교를 (   )는/은/ㄴ 동물은 독수리이다.

❹ 사과나무는 가을에 그 열매를 (   )는다/ㄴ다/다.

❺ 그는 모든 것을 다 가졌지만 늘 자신을 낮추는 (   )는/은/ㄴ
사람이다.

2. 두 단어의 관계가 <u>다른</u> 것을 고르십시오. (   )

❶ 가능하다 – 비가능하다   ❷ 편하다 – 불편하다
❸ 과학적이다 – 비과학적이다   ❹ 규칙적이다 – 불규칙적이다

3. 다음 글의 내용에 맞게 <보기>에서 알맞은 말을 골라 (   )에 쓰십시오.

[보기]

| 백성 | 소재 | 부지런히 | 비추다 | 적시다 | 깨우치다 | 비과학적이다 |

　한국의 옛날 그림은 보는 즐거움과 읽는 즐거움이 함께 있다. 궁궐에 가면 '일월오봉도'를 볼 수 있는데, 잘 보면 사실과 맞지 않는 (　　　　)는/은/ㄴ 점들을 찾을 수 있다. 하지만 해와 달 등의 (　　　　)이/가 상징하는 것을 알게 되면 그림을 잘 이해할 수 있다. 해와 달은 쉬지 않고 세상의 모든 것을 환하게 (　　　　)기 때문에, 일월은 왕이 나라를 위해서 (　　　　) 일해야 함을 의미한다. 그리고 오봉은 한국을 보호하는 다섯 개의 산을 가리키는데, 왕도 이 산들처럼 나라를 지켜야 함을 뜻한다. 또 폭포의 물이 흘러내려서 땅의 모든 것을 (　　　　)는/은/ㄴ 것처럼 왕이 좋은 정치를 해야 (　　　　)이/가 편안하게 살 수 있음을 의미한다. 즉 일월오봉도는 왕을 (　　　　)는/은/ㄴ 그림이다.

내용 이해

1. 이 글을 읽고 다음 표를 채우십시오.

	연화도	일월오봉도
소재	연꽃, 원앙, 물고기	해, 달, 산, 소나무, 폭포
소재가 의미하는 것	1) 연꽃: 2) 원앙:	1) 일월: 2) 산: 3) 폭포:
비과학적인 점		

2. 한국의 옛날 그림에 대한 설명으로 맞지 **않는** 것은 무엇입니까? ( )

❶ 소재가 상징하는 것이 있다.
❷ 미완성으로 끝난 그림이 많다.
❸ 그림을 이해하려면 옛사람의 눈과 마음을 가져야 한다.
❹ 사실과 맞지 않는 이상한 점들이 있지만 전하는 메시지가 있다.

3. 연화도에 대한 설명으로 맞는 것은 무엇입니까? ( )

❶ 아들의 건강을 바라는 부모의 마음이 담겨 있다.
❷ 부모가 자식이 결혼할 때 선물로 주었던 그림이다.
❸ 연꽃은 자식을 많이 낳을 수 있음을 의미하기도 한다.
❹ 연꽃은 깨끗한 물에서 자라기 때문에 깨끗함을 의미한다.

4. 일월오봉도에 대한 설명이 **아닌** 것은 무엇입니까? ( )

❶ 왕이 이 그림 앞에 서야 완성될 수 있다.
❷ 이 그림은 왕이 부지런히 일하라는 뜻도 있다.
❸ 이 그림에는 하늘과 땅의 온 세상이 그려져 있다.
❹ 왕의 힘을 상징하는 그림으로 왕 자리 뒤에서만 볼 수 있다.

5. 이 글의 내용과 같으면 ○, 다르면 × 하십시오.

❶ 일월오봉도에서 일월은 장수를 상징한다 ( )
❷ 일월오봉도의 오봉은 한국을 지키는 5개의 산을 뜻한다. ( )
❸ 연화도에는 각각 다른 계절에 볼 수 있는 소재들이 나온다. ( )
❹ 연화도는 자식이 겸손한 태도로 살기를 바라는 부모의 마음이
담겨 있다. ( )

1. 대화를 듣고 질문에 대답하십시오.

1) 들은 내용과 같으면 ○표, 다르면 ×표 하십시오.

❶ 남자는 여자 친구와 영화를 보고 싶어한다. ( )

❷ 남자가 보려는 영화는 남자들뿐만 아니라 여자들에게도 인기가 많다. ( )

❸ 여자는 이 영화를 벌써 봤다. ( )

❹ 주말에는 표가 없어서 남자는 오늘 영화를 볼 것이다. ( )

2. 이야기를 듣고 질문에 대답하십시오.

1) 이 사람은 왜 공연을 보러 갔습니까? ( )

❶ 금요일이어서   ❷ 친구가 공연을 보여 준다고 해서

❸ 연주자가 친구여서   ❹ 바이올린 연주를 좋아해서

2) 들은 내용과 같은 것을 고르십시오. ( )

❶ 이 사람은 '예술의 전당'에서 일한다.

❷ 나는 친구의 바이올린 공연을 보러 갔다.

❸ 오늘 연주도 좋았지만 지난번 바이올린 연주만 못했다.

❹ 이 공연은 환상적이고 감동적이었다.

3) 공연을 보기 전에 이 사람은 바이올린 연주에 대해 어떻게 생각했습니까?
쓰십시오.

_____

다음 글을 읽고 여러분이라면 어떻게 할지 써 보십시오. 그리고 친구와 같이
이야기해 보십시오.

나는 가수 ○○를 정말 좋아한다. 이번 달에 있는 콘서트 표를 구하지
못해 실망하고 있었는데 마침 친구가 고향에 돌아가야 해서 그 표를 판
다고 했다. 사고 싶어하는 친구들이 많아서 나는 일주일 동안 매일 그 친
구에게 부탁을 했다. 정말 어렵게 표를 얻었는데 표를 확인해 보니까 콘
서트 날짜가 시험 전날이었다. 이번 쓰기 시험은 많이 어렵다고 하고 게
다가 공부할 문법도 많아서 공부하는데 시간이 많이 걸릴 텐데……. 나
는 중간시험을 못 봐서 기말 시험은 꼭 잘 봐야 한다. 그런데 ○○의 다음
콘서트는 1년 후에나 있다고 한다. ○○ 콘서트를 봐야 할까? 아니면, 시
험공부를 해야 할까? 어떻게 하는 게 좋을까?

제5과 사람

5과 1항

어휘

1. 다음 [보기]에서 알맞은 말을 골라 빈 칸에 쓰십시오.

> [보기] 능력이 뛰어나다   성공하다   유명하다   인기가 좋다   인정을 받다

❶ 그분은 열심히 노력해서 결국 (**성공했어요**)였어요/왔어요/였어요.

❷ 그분이 여자들한테 (   )는/은/ㄴ 이유는 잘 생긴데다가 매너도 좋아서이다.

❸ 다른 사람보다 빨리 승진이 된 걸 보면 그 사람이 회사에서 (   )고 있는 거겠지요?

❹ 그 식당은 칼국수로 (   )어서/아서/여서 그 식당에 온 사람들은 모두 칼국수만 먹어요.

❺ 그 사람은 컴퓨터를 다루는 (   )어서/아서/여서 컴퓨터에 무슨 문제만 생기면 사람들은 다 그 사람을 찾는다.

2. 다음 [보기]에서 알맞은 말을 골라 빈 칸에 쓰십시오.

> [보기] 실력   패션쇼   평   겨우   나오다

❶ 그 노래가 요즘 인기여서 그 가수가 텔레비전에 날마다 (**나온다**)는다/ㄴ다/다.

❷ 어제는 너무 피곤해서 (   ) 세수만 하고 잤다.

❸ 그 작품에 대한 (   )이/가 좋아서 상을 기대해도 될 것 같다.

❹ 지난 주말에는 디자이너인 친구의 (   )에 초대 받아서 다녀왔다.

❺ 좋은 회사에 취직하려면 먼저 (   )을/를 쌓아야 한다고 생각해요.

-는 모양이다

3. '-는 모양이다'를 사용해 대화를 완성하십시오.

❶ 가 : 오늘 날씨가 좋지 않네요.

나 : **구름이 많이 낀 걸 보니까 곧 비가 올** 는/은/을 모양이에요.

❷ 가 : 아무도 전화를 안 받아요.

나 : 집에 사람이 ＿＿＿＿＿＿＿＿＿＿＿＿＿＿＿ 는/은/을 모양이에요.

❸ 가 : 샤오밍 씨가 팔에 깁스를 하고 왔던데요.

나 : 어제 농구를 하다가 넘어졌는데 그때 ＿＿＿＿＿＿＿＿＿＿

＿＿ 는/은/을 모양이네요.

❹ 가 : 안드레이 씨가 어디에 가지요?

나 : 책을 들고 가는 걸 보니까 ＿＿＿＿＿＿＿＿＿＿＿ .

❺ 가 : 이 식당 음식이 맛있어요?

나 : 잘 모르겠지만 이렇게 사람이 많은 걸 보니까 ＿＿＿＿＿＿＿

＿＿＿＿＿＿＿＿＿＿＿＿＿＿＿ .

❻ 가 : 히로시 씨가 시험을 잘 봤대요?

나 : ＿＿＿＿＿＿＿＿＿＿＿＿＿ 는/은/ㄴ 걸 보니까 ＿＿＿＿＿＿

＿＿＿＿＿＿＿＿＿＿＿＿＿＿＿ .

4. 다음 그림을 보고 문장을 완성하십시오.

❶ 어머니께서 **상을 차리시**는 걸 보니까 **가족들이 곧 저녁을 먹을**는/은/을 모양입니다.

❷ 오빠가 ＿＿＿＿＿＿＿＿＿＿ 는 걸 보니까 ＿＿＿＿＿＿＿＿＿＿ 는/은/을
모양입니다.

❸ 할아버지께서 ＿＿＿＿＿＿＿＿＿ 는 걸 보니까 ＿＿＿＿＿＿＿＿＿＿ 는/은/을
모양입니다.

❹ 남동생이 ＿＿＿＿＿＿＿＿＿＿ 는 걸 보니까 ＿＿＿＿＿＿＿＿＿＿ 는/은/을
모양입니다.

❺ 승연이가 ＿＿＿＿＿＿＿＿＿＿ 는 걸 보니까 ＿＿＿＿＿＿＿＿＿＿ 는/은/을
모양입니다.

❻ 아버지께서 ＿＿＿＿＿＿＿＿＿ 는 걸 보니까 ＿＿＿＿＿＿＿＿＿＿ 는/은/을
모양입니다.

-을 뿐이다

5. '-을 뿐이다'를 사용해 대화를 완성하십시오.

❶ 가 : 그 분을 잘 아세요?

나 : 아니요, 이름만 **알** 을/ㄹ 뿐이에요.

❷ 가 : 그림을 참 잘 그리시네요. 혹시 화가세요?

나 : 아니에요. 그림 그리는 것을 좋아해서 ＿＿＿＿＿＿＿＿ 을/ㄹ 뿐이에요.

❸ 가 : 많이 편찮으시면 집에 가서 쉬세요.

나 : 아니에요. 머리가 조금 ＿＿＿＿＿＿＿＿ 을/ㄹ 뿐입니다.

❹ 가 : 도와주셔서 감사합니다.

나 : 뭘요. 제가 할 일을 ＿＿＿＿＿＿＿＿ 을/ㄹ 뿐인데요.

❺ 가 : 어제 같이 영화를 보시던 그 분은 남자 친구이신가요?

나 : 아니요, 같이 공부하는 ＿＿＿＿＿＿＿＿＿＿＿＿ .

❻ 가 : 이번 시험 성적이 좋던데요. 무슨 비결이 있나요?

나 : 비결은요. 수업만 열심히 ＿＿＿＿＿＿＿＿＿＿＿ .

6. 다음 메모를 보고 문장을 완성하십시오.

9월

11일(월)	미장원 가기	❶ 오늘 미장원에 가서 긴 머리를 자르고 파마를 했다. 하숙집 아주머니와 친구들이 너무 예뻐서 누군지 몰랐다고 했다. **파마만 했을** 을/ㄹ 뿐인데…….
12일(화)	신문 발표 준비	❷ 오늘 학교에서 발표를 했다. 발표 준비 때문에 며칠 동안 잠을 자지 못했다. 지금은 아무 생각도 나지 않는다. 그냥 _____ 을/ㄹ 뿐이다.
13일(수)	유카 씨에게 연락하기	❸ 지난주에 유카 씨 생일 파티에서 만난 친구가 학교에서 나한테 인사를 했다. 옆에 있던 친구들이 잘 생긴 그 친구를 소개해 달라고 했다. 그냥 파티에서 _____ 을/ㄹ 뿐인데.
14일(목)	아르바이트	❹ 오늘은 기분이 몹시 나빴다. 사장님이 다른 직원들한테 내가 말이 많다고 했다. 나는 사장님 질문에 _____ 을/ㄹ 뿐인데…….
15일(금)	승연 씨 집들이	❺ 오늘 승연 씨가 집들이를 했다. 그래서 수업이 끝나고 승연 씨 집에 가서 조금 도와줬다. 친구들이 음식이 맛있다고 했다. 승연 씨는 내 덕분이라고 했다. 나는 그냥 조금 _____ 을/ㄹ 뿐인데.
16일(토)	가족 모임	❻ 나는 주말마다 할머니께 전화를 드린다. 친척 어른들은 모두 나를 칭찬했다. 나는 그냥 할머니께 _____ 을/ㄹ 뿐인데…….

어휘

1. 다음 [보기]에서 알맞은 말을 골라 빈 칸에 쓰십시오.

[보기] 고집이 세다   게으르다   꼼꼼하다
        냉정하다   무뚝뚝하다   성격이 급하다

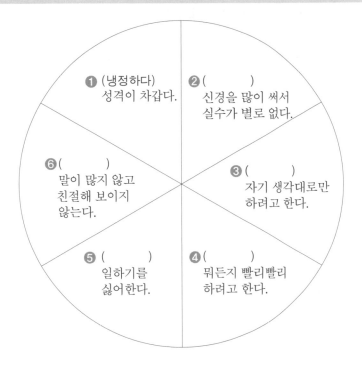

❶ (냉정하다)
성격이 차갑다.

❷ (   )
신경을 많이 써서
실수가 별로 없다.

❸ (   )
자기 생각대로만
하려고 한다.

❹ (   )
뭐든지 빨리빨리
하려고 한다.

❺ (   )
일하기를
싫어한다.

❻ (   )
말이 많지 않고
친절해 보이지
않는다.

2. 다음 [보기]에서 알맞은 말을 골라 빈 칸에 쓰십시오.

[보기] 마치   무척   옮기다   챙기다   충분하다

❶ 직장을 (**옮기**)고 싶은데 어디 좋은 곳이 없을까?

❷ 오후에 비가 온다고 하니까 우산 꼭 (   )어/아/여.

❸ 그 사람은 노래를 너무 잘 불러서 (   ) 가수 같았다.

❹ 아이들이 먹을 거니까 이 정도면 (   )을/ㄹ 것 같은데요.

❺ 내가 장학금을 받았다는 이야기를 듣고 아버지는 (   ) 기뻐하셨다.

-는다면서요?

3. 다음 대화를 읽고 밑줄 친 내용을 확인하십시오.

> 올가 : 에릭 씨, 주말에 뭘 하셨어요?
> 에릭 : 저는 유카 씨하고 같이 **①** <u>국립 극장에 갔어요</u>.
> 올가 : 극장에요? 무엇을 봤어요?
> 에릭 : 유카 씨가 **②** <u>발레를 좋아해서</u> 같이 **③** <u>'호두까기 인형'</u> 을 보고 왔어요.
> 올가 : 그래요? 재미있었어요?
> 에릭 : 네, 전에도 본 적은 있었지만 어제 공연은 특히 **④** <u>더 재미있었어요</u>.
> 올가 : 공연을 보고서 뭘 했어요?
> 에릭 : 유카 씨하고 극장 근처에 있는 **⑤** <u>남산을 산책했어요</u>.
> 올가 : 공연이 끝나고요?
> 에릭 : 네, 밤이어서 사람도 많지 않고 **⑥** <u>야경도 아름다워서</u> 아주 좋았어요.

[올가 씨가 유카 씨를 만나서 이야기한다.]

올가 : 어제 에릭 씨하고 같이 **①** <u>국립 극장에 갔다면서요?</u> ~~는다면서요?/다면서요?~~
~~/이라면서요?~~

유카 : 네, 발레를 보러 갔어요.

올가 : 발레를 **②** ＿＿＿＿＿＿＿＿＿ 는다면서요?/다면서요?/이라면서요?

유카 : 네, 아주 좋아해요. 두 달에 한 번쯤은 꼭 공연을 보러 가요.

올가 : 어제는 '호두까기 인형' 을 **③** ＿＿＿＿＿＿＿＿＿ 는다면서요?/다면서요?/이라
다면서요?

유카 : 네, 여러 번 봤지만 볼 때마다 느낌이 다른 공연이거든요.

올가 : 어제 공연은 **④** ＿＿＿＿＿＿＿＿ 는다면서요?/다면서요?/이라다면서요?

유카 : 네, 아주 재미있었어요.

올가 : 공연을 보고 에릭 씨하고 **⑤** ＿＿＿＿＿ 는다면서요?/다면서요?/이라면서요?

유카 : 네, 사람이 많지 않아서 산책하기에 좋았어요.

올가 : **⑥** ＿＿＿＿＿＿＿＿ 는다면서요?/다면서요?/이라면서요?

유카 : 네, 아주 아름다웠어요. 다음에는 올가 씨도 같이 가요.

4. 다음 대화를 완성하십시오.

❶ 가 : 에릭 씨 부모님께서 **서울에 계시다면서요?** 는다면서요?/다면서
　　　요?/~~이라면 서요?~~

　　나 : 네, 그래서 주말마다 부모님 댁에 다녀온대요. 정말 부러워요.

❷ 가 : 수지 씨 여동생은 한국에 오래 살아서 ＿＿＿＿＿＿＿＿＿ 는다
　　　면서요?/다면서요?/이라면서요?

　　나 : 네, 한국 사람처럼 한국말을 잘 한대요.

❸ 가 : 오늘이 ＿＿＿＿＿＿＿＿＿＿ 는다면서요?/다면서요?/이라면서요?

　　나 : 아니요, 제 생일은 지났는데요.

❹ 가 : 어제 백화점에서 쇼핑했어요.

　　나 : 요즘 세일 기간이어서 ＿＿＿＿＿＿＿＿＿ 는다면서요?/다면서
　　　요?/이 라면서요?

❺ 가 : 밍밍 씨하고 ＿＿＿＿＿＿＿ 는다면서요?/다면서요?/이라면서요?

　　나 : 네, 밍밍 씨가 제 비밀을 친구들한테 이야기해서요. 그래서 싸웠
　　　어요.

❻ 가 : 어제 그 축구 경기 봤어요?

　　나 : 보고 싶었는데 일이 너무 늦게 끝나서 못 봤어요. ＿＿＿＿＿＿＿
　　　는다면서요?/다면서요?/이라면서요?

만하다

5. 두 문장이 같은 뜻이 되도록 만드십시오.

➊ 동생의 키가 형과 비슷해요. → 동생이 _____ **형** _____ 만해요.

➋ 우리 집과 저 집 크기가 비슷해요. → 우리 집이 _____ 만해요.

➌ 고양이가 이 가방 크기와 비슷해요. → 고양이가 _____ 만해요.

➍ 제 얼굴이 시디(CD) 크기와 같아요. → 제 얼굴이 _____ 만해요.

➎ 내 방이 교실 크기의 반 정도 돼요. → 내 방이 _____ 만해요.

6. 다음 [보기]에서 단어를 골라 한국 사람들이 많이 쓰는 표현을 만드십시오.

[보기]	남산	단춧구멍	모기 소리	손바닥	주먹	쥐꼬리

➊ 목소리가 아주 작아요.

→ **목소리가 모기 소리**만해요.

➋ 방이 아주 작아요.

→ _____ 만해요.

➌ 배가 많이 불러요.

→ _____ 만해요.

➍ 눈이 아주 작아요.

→ _____ 만해요.

➎ 월급이 아주 적어요.

→ _____ 만해요.

➏ 얼굴이 아주 작아요.

→ _____ . 만해요.

어휘

1. 다음 [보기]에서 알맞은 말을 골라 빈 칸에 쓰십시오.

[보기] 기부하다   낭비하다   돈을 벌다   저축하다   절약하다   투자하다

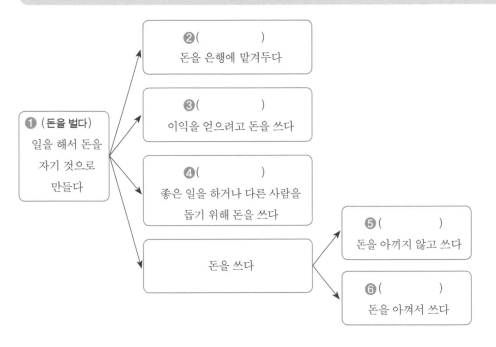

2. 다음 [보기]에서 알맞은 말을 골라 빈 칸에 쓰십시오.

[보기]   소식   자신   혹시   놀랍다   대단하다   말이다

❶ 오랫동안 (소식)이/가 끊긴 친구에게서 연락이 왔다.

❷ (   ) 김 선생님 전화번호를 알고 있으면 좀 알려 줄래?

❸ 50년 동안 잠을 자지 않은 사람이 있다는 (   )은/ㄴ 이야기를 들었다.

❹ 다른 사람과 한 약속보다 (   )과/와 한 약속을 지키는 것이 더 어렵다.

❺ 그 사람을 아십니까? 아까 학교 앞에서 인사한 사람 (   )습니다/ ㅂ니다.

-기란

3. '-기란'을 사용해 두 문장을 한 문장으로 바꾸십시오.

❶ 외국어를 공부하다 / 쉽지 않은 일입니다.

→ <u>외국어를 공부하기란 쉽지 않은 일입니다.</u>

❷ 직업을 바꾸다 / 보통 일이 아니에요.

→ ....

❸ 좋은 부모가 되다 / 참 어려운 일이지요.

→ ....

❹ 까다로운 사람과 일하다 / 쉬운 일은 아니지요.

→ ....

❺ 아르바이트를 하면서 공부를 하다 / 어려운 일이에요.

→ ....

4. 다음 글을 읽고 '-기란'을 사용해 여러분의 생각을 쓰십시오.

나 　 : 밍밍 씨, 한국 생활이 어때요? 많이 힘들지요?

밍밍 : 네, 날마다 하루에 네 시간씩 한국말 수업을 들어야 해서 무척 힘들어요.

나 　 : ❶ <u>외국어로 수업을 듣기란 쉬운 일이 아니지요.</u>

밍밍 : 날마다 숙제도 많고 꼭 해야 해요.

나 　 : ❷ 날마다 ....

밍밍 : 또 수업 끝나고 아르바이트도 해야 하고요.

나 　 : ❸ ....

밍밍 : 아르바이트를 할 때는 아무리 힘들어도 손님에게 친절하게 대해야 해요.

나 　 : ❹ ....

밍밍 : 아르바이트가 끝나고 집에 와서는 집안일도 해야 해요.

나 　 : ❺ ....

　　　　그래도 열심히 생활하는 밍밍 씨가 참 보기 좋아요. 힘내세요.

–었던 것 같다

5. 다음은 옛 조상들이 쓰던 물건들의 사진입니다. 사진을 보고 무엇을 할 때 쓰던 물건 인지 [보기]에서 골라 빈 칸에 쓰십시오.

> [보기]   곡식을 갈다   곡식을 빻다   여름을 시원하게 보내다
>   실을 만들다   다림질을 하다   화장실로 사용하다

❶

이 물건으로 **곡식을 빻았던** <del>었던</del>/았던/<del>였던</del> 것 같아요.

❷

이 물건으로 ....
었던/았던/였던 것 같아요.

❸

이 물건으로 ....
었던/았던/였던 것 같아요.

❹

이 물건으로 ....
었던/았던/였던 것 같아요.

❺

이 물건으로 ....
었던/았던/였던 것 같아요.

❻

이 물건을 ....
었던/았던/였던 것 같아요.

6. 다음 대화를 완성하십시오.

❶ 가 : 집에 누가 왔던 있던/왔던/였던 것 같아요. 서랍이 다 열려 있어요.
　　나 : 경찰에 신고부터 해야겠어요.

❷ 가 : 이 노래는 전에 ＿＿＿＿＿＿＿＿＿＿ 었던/았던/였던 것 같아요.
　　나 : 네, 옛날 노래를 이 가수가 다시 부른 거래요.

❸ 가 : 이 근처에 식당이 ＿＿＿＿＿＿＿＿＿＿ 었던/았던/였던 것 같은데요.
　　나 : 네, 그런데 얼마 전에 문을 닫았어요.

❹ 가 : 저 사람 언제 ＿＿＿＿＿＿＿＿＿＿ 었던/았던/였던 것 같아. 낯이 많이 익어.
　　나 : 그럼 가서 인사해 봐.

❺ 가 : 제 안경 못 보셨어요?
　　나 : 조금 전 까지 식탁 위에 ＿＿＿＿＿＿＿＿＿＿ 었던/았던/였던 것 같은데요.
　　　　한번 가 보세요.

❻ (영화를 보면서)
　　가 : 이 영화 재미있지?
　　나 : 응, 그런데 전에 한 번 ＿＿＿＿＿＿＿＿＿＿ 었던/았던/였던 것 같아. 주인공도 낯이
　　　　익고 내용도 알겠어.

어휘

1. 이 사람은 어떤 일을 하면 좋을까요? [보기]에서 알맞은 말을 골라 빈 칸에 쓰십시오.

> [보기] 교육자   사업가   언론인   연예인   정치인

❶ 새로운 소식을 사람들에게 제일 먼저 알리고 싶어요.   (**언론인**)

❷ 제 회사를 하나 갖고 싶어요.   (   )

❸ 국민들을 위해 일하고 싶어요.   (   )

❹ 아이들을 좋아하고 가르치기를 좋아해요.   (   )

❺ 다른 사람들 앞에서 노래하고 춤추기를 좋아해요.   (   )

2. 다음 [보기]에서 알맞은 말을 골라 빈 칸에 쓰십시오.

> [보기] 마음이 넓다   배려하다   존경하다   화를 내다   흐뭇하다

❶ 아버지께서는 거짓말을 한 나에게 무섭게 (**화를 내셨다**)으셨다/셨다.

❷ 저는 케네디 같은 정치가가 되고 싶어요. 그분을 (   )어요/아요/
여요.

❸ 그 사람은 너무 자기만 생각해요. 남을 (   )는/은/ㄴ 마음부터
배워야겠다.

❹ 선생님은 우리 반 학생들의 연극을 보시고 무척 (   )어하셨다/
아하셨다/여하셨다.

❺ 우리 부장님께서는 (   )으셔서/셔서 직원들의 작은 실수를
이해해 주시고 용서해 주신다.

-었을 텐데

3. '-었을 텐데' 를 사용해 두 문장을 한 문장으로 바꾸십시오.

❶ 힘들었을 것 같아요. / 푹 쉬세요.

→ **힘들었을 텐데 푹 쉬세요.**

❷ 비행기가 도착했을 거예요. / 왜 연락이 없지?

→ ....

❸ 번거로우셨을 것 같다. / 도와주셔서 감사합니다.

→ ....

❹ 날씨가 많이 추웠을 거예요. / 고생하지 않으셨어요?

→ ....

❺ 친구들은 다 돌아갔을 거예요. / 혼자서 할 수 있겠어요?

→ ....

4. 다음 대화를 완성하십시오.

❶ 가 : 교실에 가서 학생들에게 빨리 알려 줘야겠어요.

　 나 : **지금은 학생들이 다 돌아갔**었을/았을/였을 텐데 내일 알려 주세요.

❷ 가 : 샤오밍 씨가 이번에 장학금을 탔어요.

　 나 : 그래요? 일을 하면서 공부하기가 ....었을/았을/
였을 텐데 정말 대단해요.

❸ 가 : 내가 보낸 소포가 벌써 ....었을/았을/였을 텐데 왜
아직까지 연락이 없지?

　 나 : 소포 받으면 연락한다고 했으니까 조금만 더 기다려 봐.

❹ 가 : 어제가 여자 친구 생일이었는데 깜빡 잊고 축하한다는 말도 못 했어요.

　 나 : ....었을/았을/였을 텐데 빨리 연락해 보세요.

❺ 가 : 수업이 ....었을/았을/였을 텐데 왜 아이들이 안
오지요?

　 나 : 걱정하지 마세요. 수업이 끝나고 친구들하고 놀다 오는 거겠지요.

5. '-거든' 을 사용해 대화를 완성하십시오.

❶ 가 : 수리가 다 됐나요?

　　나 : 네. 다 됐습니다. **혹시 또 문제가 생기**거든 서비스 센터로 연락하십시오.

❷ 가 : 다음 연휴에 고향에 좀 다녀오려고 해.

　　나 : 그럼 부탁 하나만 해도 될까? ＿＿＿＿＿＿＿＿＿＿＿＿거든
　　　　우리 부모님께 선물 좀 전해 줄래?

❸ 가 : 일찍 집에 가려고요? 선생님께서 찾으시면 뭐라고 하지요?

　　나 : ＿＿＿＿＿＿＿＿＿＿＿＿＿＿ 거든 몸이 아파서 일찍 집에
　　　　갔다고 해 주세요.

❹ 가 : 어제 연극을 보셨다면서요? 다음에는 저도 데려가 주세요.

　　나 : 네, ＿＿＿＿＿＿＿＿＿＿＿＿＿＿＿＿＿＿＿.

❺ 가 : 오늘 안드레이 씨를 만나신다면서요? ＿＿＿＿＿＿＿＿＿
　　　　＿＿＿＿＿＿＿＿＿＿＿＿＿＿.

　　나 : 네, 전해 드리겠습니다.

❻ 가 : 어디 아프세요? ＿＿＿＿＿＿＿＿＿＿＿＿＿＿＿＿＿.

　　나 : 아니에요. 좀 피곤할 뿐이에요.

6. 한 주부가 외출하면서 집에 있는 아이에게 부탁하는 내용입니다. 다음을 보고 대화를 완성하십시오.

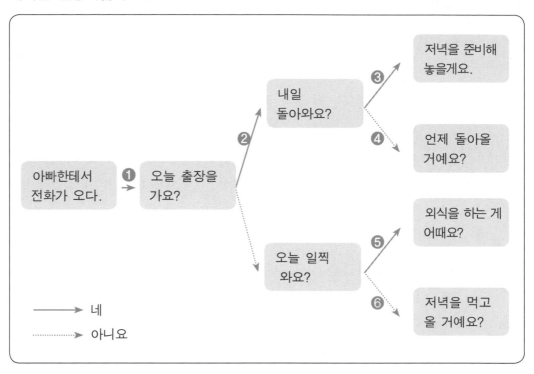

❶ 엄마가 외출한 사이에 <u>**아빠한테서 전화가 오**</u> 거든 오늘 출장을 가시냐고 여쭤 봐.

❷ 출장을 .... 거든 내일 돌아오시냐고 여쭤 봐.

❸ 내일 .... 거든 맛있는 저녁을 준비해 놓겠다고 해.

❹ 내일 .... 거든 언제 돌아오실 거냐고 여쭤 봐.

출장을 안 가신다고 하시거든 오늘 일찍 오시냐고 여쭤 봐.

❺ 오늘 .... 거든 오늘 저녁은 외식을 하는 게 어떠냐고 여쭤 봐.

❻ 오늘 늦게 .... 거든 ....

🔊 16

1. 마더 테레사, 슈바이처, 나이팅게일, 앙리 뒤낭 등은 어떤 공통점이 있습니까?

2. 여러분 나라에 와서 큰 도움을 준 외국인이 있습니까?

언더우드, 한국 이름 원두우는 연세대학교를 세운 사람이다. 1859년 영국에서 태어난 언더우드는 1885년 스물다섯 살에 미국의 선교사[1]로 한국에 왔다. 그 때 그에게는 여러 인생의 길이 있었다. 기업가[2]로서의 삶, 교육자로의 삶, 종교인으로서의 삶, 그리고 사랑하는 약혼녀와의 미래 등 안정[3]되고 행복한 삶이 그에게 있었다. 그러나 그가 이 모든 것을 뒤로 하고 한국에 왔다. 그리고 1916년 57세, 그가 삶을 마칠 때까지 그는 한국과 연세의 발전을 위해 온 힘을 쏟았다.

언더우드는 한국의 교육을 위해 힘을 많이 쏟았다. 고아[4]를 위한 학교를 세웠고 곳곳에 초등학교도 세웠으며, 한국인을 위한 영한사전과 한영사전도 만들었다. 그리고 그 때 유행하던 콜레라를 없애는 등 의료 활동에 힘을 기울였으며 성경을 번역하고[5] 그리스도 신문을 발행하는[6] 등 선교 활동도 열심히 했다.

그는 1915년 연희전문학교를 세웠는데 이것이 1957년에 세브란스 의과 대학과 합쳐져 연세대학교가 되었다. 언더우드는 그 당시 낮게 평가되던[7] 상업을 전공하는 상과[8]를 만들어서 후에 연세대 최고의 학과가 되게 했다. 그는 한국의 전통문화와 역사를 존중하면서[9] 현대적인 교육을 통해 한국 사회의 지도자를 키웠다.

그의 교육에 대한 뜻은 후손[10]들에게도 이어졌다. 언더우드 2세 원한경, 3세 원일한과 4세 원한광도 연세대학교에서 학생들을 가르쳤다. 이렇게 그의 후손들은 교육을 통해 그의 뜻을 이어 나갔으며 한국과 연세의 발전[11]을 위해 여러 가지로 노력했다.

병이 심해져서 1916년 1월 미국으로 돌아간 언더우드는 그 해 10월 고향 애틀랜타에서 세상을 떠났다. 그는 죽기 전에 부인에게 미소와 함께 마지막 말을 남겼다. "나, 거기까지 가야 하는데……" 라며 그는 죽으면서도 한국을, 그리고 연세를 생각했다. 1995년, 그는 그의 바람대로 한국에 돌아와 서울 양화진 외국인 선교사 묘지[12]에 묻히게[13] 되었다. 그의 한국에 대한 사랑과 열정은 지금도 많은 한국인들에게 힘을 주고 있다.

•언더우드: 선교사. 연세대학교 설립자 | Horace Grant Underwood (1859~1916) | 安德伍 : 荷拉斯・格蘭特・安德伍 (1859~1916)

1)	선교사	missionary	(宣教士) 傳教士
2)	기업가	businessman, entrepreneur	(企業家) 企業家
3)	안정	stability	(安定) 安定；穩定
4)	고아	orphan	(孤兒) 孤兒
5)	번역하다	to translate	(翻譯 -) 筆譯
6)	발행하다	to publish	(發行 -) 發行；出版
7)	평가되다	to evaluate, assess	(評價 -) 被評論
8)	상과	business school, business department	(商科) 商科
9)	존중하다	to respect, honor	(尊重 -) 尊重
10)	후손	descendant	(後孫) 後代子孫
11)	발전	advancement, development	(發展) 發展
12)	묘지	cemetery	(墓地) 墓地
13)	묻히다	to be buried	埋葬

어휘 연습

1. <보기>에서 알맞은 말을 골라 (   )에 쓰십시오.

[보기]

묻히다　　발행하다　　번역하다　　존중하다　　평가되다

❶ 이 도자기는 땅 속에 200년 동안 (   )어/아/여 있었다.

❷ 나는 외국의 유명한 소설을 우리나라 말로 (   )고 싶다.

❸ 연세대학교는 매주 월요일에 대학신문을 (   )는다/ㄴ다/다.

❹ 나라마다 문화가 다르기 때문에 서로의 문화를 (   )어야/아야/여야 한다.

❺ 그 사람의 업무 처리 능력이 높게 (   )어서/아서/여서 빨리 부장이 되었다.

2. 두 단어의 관계가 <u>다른</u> 것을 고르십시오. (   )

❶ 조상 – 후손　　　　　　　　❷ 선배 – 후배

❸ 오전 – 오후　　　　　　　　❹ 식후 – 후식

YONSEI KOREAN WORKBOOK 3

3. 다음 글의 내용에 맞게 <보기>에서 알맞은 말을 골라 (   )에 쓰십시오.

[보기]

| 고아 | 묘지 | 발전 | 후손 | 선교사 | 안정되다 |

연세대학교를 세운 언더우드는 1885년에 한국에 (   )으로/로 왔다. 그는 한국에서 부모가 없는 (   )들을 위한 학교와 초등학교를 세웠다. 그리고 신문을 발행하고 성경을 한국어로 번역하기도 했다, 그는 한국의 전통문화와 역사를 존중하면서 교육에 힘썼다. 그런 그의 뜻은 (   )들에게 이어졌다. 그들도 연세대학교에서 교수로 가르치는 등 여러 활동을 하면서 한국과 연세의 (   )을/를 위해 많은 노력을 했다. (   )는/은/ㄴ 삶을 포기하고 한국에 온 언더우드의 (   )은/는 한국의 양화진에 있다.

내용 이해

1. 다음은 언더우드와 관련된 중요한 사건입니다. 관계있는 것끼리 연결하십시오.

1859년 ●   ● 영국에서 태어났다.

1885년 ●   ● 연희전문학교를 세웠다.

1915년 ●   ● 미국 선교사로 한국에 오게 되었다.

1916년 ●   ● 한국 서울 양화진 외국인 묘지에 묻혔다.

1957년 ●   ● 병으로 미국에 돌아가 고향 애틀랜타에서 죽었다.

1995년 ●   ● 연희전문학교와 세브란스 의과대학이 합쳐져 연세대학교가 되었다.

2. 다음 중 언더우드가 한 일이 <u>아닌</u> 것은 무엇입니까? (   )

❶ 고아를 위한 학교를 세웠다.
❷ 초등학교를 여러 개 세웠다.
❸ 콜레라를 없애기 위해 노력했다.
❹ 영한사전과 영어 신문을 만들었다.

3. 연세대와 관련하여 언더우드가 한 일이 <u>아닌</u> 것은 무엇입니까? (   )

❶ 후에 연세대가 될 연희전문학교를 설립했다.
❷ 연세대의 최고의 학부가 될 상과를 만들었다.
❸ 연세대학교 교수를 지내고 초대 총장이 되었다.
❹ 교육을 통해서 한국 사회의 지도자를 키워냈다.

4. 언더우드와 그의 후손들에 대한 설명으로 맞는 것은 무엇입니까? (   )

❶ 언더우드는 한국어로 성서를 번역했다.
❷ 원한광은 연세대학교에서 총장을 지냈다.
❸ 원한경은 그리스도 신문을 처음 발행했다
❹ 원일한은 콜레라를 없애기 위해 노력했다.

5. 이 글의 내용과 같으면 ○, 다르면 × 하십시오.

❶ 언더우드의 묘지는 지금 한국 서울에 있다.   (   )
❷ 언더우드는 한국 서울에서 그의 생을 마쳤다.   (   )
❸ 언더우드는 죽을 때 고향 땅에 묻히기를 원했다.   (   )
❹ 언더우드는 한국의 전통문화와 역사를 존중했다.   (   )

1. 대화를 듣고 질문에 대답하십시오.

1) 이 남자가 본 여자 친구의 첫인상은 어땠습니까? 쓰십시오.

....

2) 이 남자의 여자 친구는 성격이 어떻습니까? 쓰십시오.

....

3) 들은 내용과 같으면 ○표, 다르면 ×표 하십시오.

❶ 남자는 여자 친구를 친구한테서 소개 받았다. (　　)
❷ 여자는 남자의 여자 친구가 예쁘다고 다른 사람한테서 들었다. (　　)
❸ 이 남자의 여자 친구는 배우이다. (　　)
❹ 이 남자는 주말에 부모님께 자신의 여자 친구를 소개할 것이다. (　　)

2. 이야기를 듣고 질문에 대답하십시오.

1) 들은 내용과 같으면 ○표, 다르면 ×표 하십시오.

❶ 데이비드와 친구가 된 것은 몇 달 전이었다. (　　)
❷ 데이비드는 맞벌이 부부여서 경제적으로 넉넉한 것 같았다. (　　)
❸ 데이비드는 대학에서 요리를 전공한 유명한 호텔의 요리사이다. (　　)
❹ 데이비드는 자기가 만든 음식을 다른 사람이 행복한 마음으로 먹을 때
　제일 기쁘다고 한다. (　　)
❺ 데이비드는 지금 하는 일에 아주 만족해하는 것 같다. (　　)

2) 이 사람은 어떤 사람이 가장 행복한 사람이라고 생각했습니까? 쓰십시오.

....

다음 글을 읽고 여러분의 생각을 써 보십시오. 그리고 친구와 같이 이야기해 보십시오.

> 한국 사람들은 다른 사람들에게 관심이 많은 것 같습니다. 공적인 일이나 사적인 일 모두에서 그런 것 같습니다. 이런 점은 때에 따라 장점이 되기도 하고 단점이 되기도 합니다. 서로에게 무관심한 사회보다는 정이 있는 따뜻한 사회가 될 수 있다는 점에서는 장점이 되지만, 너무 지나친 관심으로 다른 사람을 피곤하거나 귀찮게 만들 수 있다는 점에서는 단점이 되기도 합니다. 남에게 관심이 많은 한국 사람에 대해 여러분은 어떻게 생각하십니까?

복습 문제 (1과 – 5과)

I. 다음 [보기]에서 알맞은 말을 골라 빈 칸에 쓰십시오.

[보기]	경험	관심`	비결	실력	거의
	겨우	뭐니 뭐니 해도	구입하다	마음먹다	배려하다
	심각하다	인상적이다	존경하다	챙기다	충분하다

1. 태우 씨는 (   )이/가 뛰어난 사람이에요.
2. 요즘 환경 문제가 아주 (   )어요/아요/여요.
3. 인생에서 제일 중요한 것은 (   ) 건강이지요.
4. 새 차를 (   )으려면/려면 비용이 얼마나 들까요?
5. 열심히 공부했는데도 (   ) 70점밖에 못 받았어요.
6. 산꼭대기에 (   ) 다 왔으니까 조금만 힘을 냅시다.
7. 제가 가장 (   )는/은/ㄴ 사람은 우리 부모님이에요.
8. 아주 젊어 보이시는데 무슨 특별한 (   )이/가 있나요?
9. 지금까지 여행한 곳 중에서 제일 (   )은/ㄴ 곳이 어디예요?
10. 하숙집 아주머니는 엄마처럼 저를 잘 (   )어/아/여 주십니다.
11. 시간이 (   )으니까/니까 서두르지 말고 천천히 준비하십시오.
12. 저는 동양의 문화에 (   )이/가 있어서 한국으로 유학을 왔어요.
13. 새해에는 꼭 내 꿈을 이루기 위해서 노력하기로 (   )었다/았다/였다.
14. 이 일은 초보자보다는 (   )이/가 많은 사람한테 맡기는 것이 좋습니다.
15. 자기 자신만 아는 사람이 아니라 남을 (   )을/ㄹ 줄 아는 사람이 되어야 한다.

II. 어울리지 **않는** 말을 고르십시오.

1. 인사 (   )
   ❶ 인사를 받다   ❷ 인사를 나누다   ❸ 인사를 시키다   ❹ 인사를 주다
2. 수리 (   )
   ❶ 수리를 하다   ❷ 수리를 들다   ❸ 수리를 요청하다   ❹ 수리를 맡기다
3. 능력 (   )
   ❶ 능력이 있다   ❷ 능력을 받다   ❸ 능력이 뛰어나다   ❹ 능력이 없다
4. 경험 (   )
   ❶ 경험을 키우다   ❷ 경험을 쌓다   ❸ 경험을 살리다   ❹ 경험을 하다
5. 소개 (   )
   ❶ 소개를 하다   ❷ 소개를 받다   ❸ 소개를 시키다   ❹ 소개를 나누다

III. 빈 칸에 들어갈 수 **없는** 말을 고르십시오.

1. 우리 아버지는 (　　　　　　　)은/ㄴ 편이에요.
   ❶ 꼼꼼하다　　　　　　　　　❷ 냉정하다
   ❸ 정이 많다　　　　　　　　　❹ 흥겹다

2. 그 사람은 (　　　　　　　)는/은/ㄴ 사람이다.
   ❶ 다양하다　　　　　　　　　❷ 성공하다
   ❸ 유명하다　　　　　　　　　❹ 인정을 받다

3. 저는 너무 (　　　　　　　)은/ㄴ 것이 문제예요.
   ❶ 게으르다　　　　　　　　　❷ 고집이 세다
   ❸ 무뚝뚝하다　　　　　　　　❹ 흐뭇하다

4. 좋은 곳이 있으면 (　　　　　　　)어/아/여 주세요.
   ❶ 소개하다　　　　　　　　　❷ 안내하다
   ❸ 챙기다　　　　　　　　　　❹ 추천하다

5. 큰돈이 생긴다면 저는 (　　　　　　　)을/ㄹ 거예요.
   ❶ 기부하다　　　　　　　　　❷ 중요하다
   ❸ 저축하다　　　　　　　　　❹ 투자하다

IV. 다음 밑줄친 부분을 알맞은 형태로 고치십시오.

1. 벽에 달력이 ＿＿＿＿＿＿ 어/아/여 있어요. (걸다)
2. 차를 주차장에 ＿＿＿＿＿＿ 어/아/여 놓았어요. (서다)
3. 음악 소리가 ＿＿＿＿＿＿ 는 쪽으로 걸어갔어요. (듣다)
4. 의자가 너무 높은데 좀 ＿＿＿＿＿＿ 어/아/여 주세요. (낮다)
5. 경찰한테 운전 면허증을 ＿＿＿＿＿＿ 어/아/여 줍니다. (보다)
6. 내일 아침 6시에 저를 꼭 ＿＿＿＿＿＿ 어/아/여 주세요. (깨다)
7. 이번 사건의 범인이 ＿＿＿＿＿＿ 었나요/았나요/였나요? (잡다)
8. 아기가 엄마한테 ＿＿＿＿＿＿ 어서/아서/여서 자고 있어요. (안다)
9. 사장님이 누구한테 그 일을 ＿＿＿＿＿＿ 었어요/았어요/였어요? (맡다)
10. 의자 옆에 가방이 ＿＿＿＿＿＿ 어/아/여 있으니까 가지고 오세요. (놓다)

V. 다음 문자 메시지를 보고 간접 화법으로 고치십시오.

> ❶ 2급 때 같은 반 친구였던 율리아 씨가 오늘 한국에 와.
>
> ❷ 7시에 학교 앞 카페 '빈' 에서 만나기로 했어.
>
> ❸ 너도 시간이 되면 와.
>
> ❹ 같이 저녁을 먹으면서 이야기하자.
>
> ❺ 혹시 못 오면 연락해 줘.
>
> – 올가 –

수지 : 올가 씨한테서 문자 메시지가 왔어요.

에릭 : 올가 씨가 뭐래요?

수지 : ❶ _____ .

　　　❷ _____ .

　　　❸ _____ .

　　　❹ _____ .

　　　❺ 그리고 _____ .

에릭 : 좋겠네요. 저도 율리아 씨가 보고 싶은데 같이 가도 될까요?

VI. 다음 문장을 완성하십시오.

1. 날씨가 나쁜데도 _____ .

2. 20살 이상이 돼야 _____ .

3. 내가 대통령이 된다면 _____ .

4. 에릭 씨가 지금쯤 집에 도착했을 텐데 _____ .

5. 선생님이 오시거든 _____ .

VII. 다음 중 맞는 문장에 ○표 하십시오.

1. 수지 씨가 감기에 걸리던데요.　　　　　　　(　　)
   수지 씨가 감기에 걸렸던데요.　　　　　　　(　　)

2. 지난번에 산 구두가 참 예쁘던데요.　　　　(　　)
   지난번에 산 구두가 참 예뻤던데요.　　　　(　　)

3. 점심을 먹은데도 벌써 배가 고파요.　　　　(　　)
   점심을 먹었는데도 벌써 배가 고파요.　　　(　　)

4. 수업이 끝나자마자 식당으로 달려갔어요.　(　　)
   수업이 끝나는 대로 식당으로 달려갔어요.　(　　)

5. 옷은 옷걸이에 걸어 놓아라.　　　　　　　(　　)
   옷은 옷걸이에 걸려 놓아라.　　　　　　　(　　)

6. 10명 이상이 신청해야 그 수업을 들을 수 있어요.　(　　)
   10명 이상이 신청하고서 그 수업을 들을 수 있어요.　(　　)

7. 쓰기 실력이 말하기 실력만해요.　　　　　(　　)
   쓰기 실력이 말하기 실력만 못해요.　　　　(　　)

8. 전화를 받고서 나갔어요.　　　　　　　　　(　　)
   전화를 받아서 나갔어요.　　　　　　　　　(　　)

9. 그곳은 날씨도 좋은 뿐만 아니라 볼 것도 많아서 항상 관광객이 많아요.
   　　　　　　　　　　　　　　　　　　　　　　　　(　　)
   그곳은 날씨도 좋을 뿐만 아니라 볼 것도 많아서 항상 관광객이 많아요.
   　　　　　　　　　　　　　　　　　　　　　　　　(　　)

10. 에릭 씨와 저는 그냥 오빠, 동생 하면서 지내는 사이뿐이에요. (　　)
    에릭 씨와 저는 그냥 오빠, 동생 하면서 지내는 사이일 뿐이에요. (　　)

VIII. 다음 [보기]에서 알맞은 문형을 골라서 한 문장으로 만드십시오.

> [보기]   -어야   -는다고 하던데   -고서
>   -을 뿐만 아니라   -기란

1. 카드를 넣습니다. / 비밀 번호를 누르세요.

   ....

2. 자식을 잘 키웁니다. / 쉬운 일이 아닙니다.

   ....

3. 얼굴이 잘 생겼습니다. / 연기도 잘 합니다.

   ....

4. 영수증이 있습니다. / 환불 받을 수 있어요.

   ....

5. 학교에서 아르바이트를 할 사람을 찾습니다. / 빨리 가 보십시오.

   ....

> [보기]   -네요   -고요   -기만 하다   -던데

　아이가 갑자기 열이 나고 기침을 많이 했다. 밥도 잘 못 먹고 조금만 먹어도 토했다. 병원에 갔는데 의사 선생님이 진찰을 해 보고 심각하다고 말했다. 그리고 어린이 병원이 있는 연세 병원으로 가 보라고 했다.

의사　：　어떻게 오셨습니까?

엄마　：　아이가 열이 많이 나요. ❶ ....

의사　：　밥은 잘 먹나요?

엄마　：　아니요, 밥도 못 먹고 먹으면 ❷ ....

의사　：　진찰을 해 보니까 ❸ ....

　　　　　큰 병원으로 가시는 게 좋겠습니다.

엄마　：　어느 병원으로 가야 하나요?

의사　：　❹ .... 거기로 가 보세요.

   나는 방학 때 여행을 가고 싶어서 안드레이에게 같이 가지 않겠냐고 물었다. 안드레이도 좋다고 했다. 나는 부산이나 제주도에 가고 싶었는데, 안드레이가 경주에 볼 것이 많다고 해서 경주로 가기로 했다. 방학 때 가고 싶었지만 그때는 안드레이가 친구 결혼식 때문에 고향에 갔다가 와야 해서 시험이 끝나면 바로 출발하기로 했다.

히로시   : 방학 때 여행을 가려고 하는데 같이 가지 않을래?

안드레이 : ❺ _____.

         그런데 어디로 갈 거야?

히로시   : 아직 정하지 못했어. ❻ _____?

안드레이 : 물론 그런 곳도 좋지만 나는 한국의 문화와 역사를 알고 싶어.

         ❼ _____.

히로시   : 그래. 그럼 이번에는 경주로 가자. 방학하는 날 가는 건 어때?

안드레이 : 미안하지만 나는 ❽ _____.

         ❾ _____.

히로시   : 그럼, 시험이 끝나는 대로 가자.

X. 다음 대화를 완성하십시오.

1. 가 : 커피를 많이 마셔요?

   나 : 네, ＿＿＿＿＿＿＿＿＿＿＿으니까/니까 ＿＿＿＿＿＿＿＿＿＿＿는 편이에요.

2. 가 : 저는 지금 퇴근하려고 하는데 승연 씨는 안 가세요?

   나 : 저도 지금 ＿＿＿＿＿＿＿＿＿＿＿으려던/려던 참이었어요. 같이 나가요.

3. 가 : 유카 씨 전화번호를 아는 사람이 있어요?

   나 : ＿＿＿＿＿＿＿＿＿＿＿을/ㄹ 텐데 ＿＿＿＿＿＿＿＿＿＿＿.

4. 가 : 샤오밍 씨는 어렸을 때부터 이렇게 키가 컸어요?

   나 : 아니요, ＿＿＿＿＿＿＿＿＿＿＿었었어요/았었어요/였었어요.

5. 가 : 회의가 곧 시작될 텐데 서류는 다 준비됐나요?

   나 : 네, ＿＿＿＿＿＿＿＿＿＿＿어/아/여 놓았습니다.

6. 가 : 유학을 가려면 뭐부터 준비해야 할까요?

   나 : ＿＿＿＿＿＿＿＿＿＿＿어야지요/아야지요/여야지요.

7. 가 : 아이에게 제일 필요한 것이 무엇이라고 생각해요?

   나 : ＿＿＿＿＿＿＿＿＿＿＿는다고/다고/이라고 봐요.

8. 가 : 이번에 새로 나온 제품이 어때요?

   나 : ＿＿＿＿＿＿＿＿＿＿＿만 못해요.

9. 가 : 주말에 뭘 하셨어요?

   나 : ＿＿＿＿＿＿＿＿＿＿＿는다고/ㄴ다고/다고 해서 ＿＿＿＿＿＿＿＿＿＿＿.

10. 가 : 이번에 영화제에서 상을 받은 영화를 보고 싶은데 지금도 표가 있을까요?

    나 : ＿＿＿＿＿＿＿＿＿＿＿을걸요/ㄹ걸요.

11. 가 : 히로시 씨가 오늘은 웃지도 않고 말도 안 하네요.

    나 : ＿＿＿＿＿＿＿＿＿＿＿는/은/ㄴ 모양이에요.

12. 가 : 그 사람을 잘 아세요?

    나 : 아니요, ＿＿＿＿＿＿＿＿＿＿＿었을/았을/였을 뿐이에요.

13. 가 : ＿＿＿＿＿＿＿＿＿＿＿는다면서요?/ㄴ다면서요?/다면서요?

    나 : 네, 고향으로 돌아가서 취직할 거예요.

14. 가 : 그 회사는 일이 많다고 하던데 월급도 많은 편이에요?

    나 : 아니요, ＿＿＿＿＿＿＿＿＿＿＿만해요.

15. 가 : 요즘은 겨울에도 별로 춥지 않은 것 같아요. 옛날에는 어땠어요?

    나 : 그때는 ＿＿＿＿＿＿＿＿＿＿＿었던/았던/였던 것 같아.

십자말풀이 |

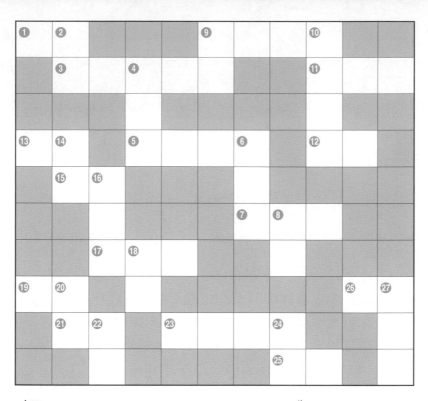

가로

1. 예술 작품을 보거나 듣고 이해하는 것
   음악 ○○
3. 영화를 좋아하는 사람들의 모임
5. 깨끗하고 시원하다
7. 여자들이 머리를 하러 가는 곳, 미용실
9. 물건들을 모으다
11. 집을 옮기려고 싸 놓은 물건
12. 소화가 안 될 때 입으로 나오는 소리
13. 어떤 것을 좋아해서 알고 싶어하는 것
15. 서로 맺은 관계 친구 ○○
17. 휴대 전화가 고장나면○○○센터에 가야 함.
19. 편지 봉투에 붙이는 것
21. 건물의 출입구
23. 어떤 문제나 정도가 매우 심하다
   환경 오염이 ○○○○
25. 가입하다
26. 채소만 먹는 것

세로

2. 극장에서 영화를 하는 것
4. 움직이는 영상
6. 다림질을 할 때 쓰는 것
8. 오래 사는 것
9. 물건이 고장나면 고치는 것
10. 살을 빼려고 하는 것
14. 잘 하는지 못 하는지 평가하는 것
16. 자기가 다닌 학교와 경력을 글로
   쓴 것
18. 자기만 아는 특별한 방법
20. 느낌이나 생각을 말이나 글로 나
   타내 는 것
22. 공연이나 경기를 구경하는 것
24. 모두들
27. 밥을 먹는 양

6과 1항

어휘

1. 다음 [보기]에서 알맞은 말을 골라 빈 칸에 쓰십시오.

> [보기]　결혼식　　　돌잔치　　　집들이　　　차례　　　회갑 잔치

　한국에는 여러 가지 가족 행사가 있습니다. 할아버지, 할머니의 예순 번째 생신에는 앞으로 오래오래 건강하게 사시라고 ❶ (**회갑 잔치**) 을/를 합니다. 그리고 아기가 건강하게 첫 번째 생일을 맞이한 것을 축하하는 ❷ (　　　　　)도 있습니다. 설날이나 추석 같은 명절에는 음식을 정성스럽게 차려 놓고 조상님들께 ❸ (　　　　　)을/를 지냅니다. 이사를 하면 손님을 초대해서 ❹ (　　　　　)도 합니다. 물론, 신랑, 신부가 새 가정을 이루는 ❺ (　　　　　)도 중요한 가족 행사 중의 하나입니다.

2. 다음 [보기]에서 알맞은 말을 골라 빈 칸에 쓰십시오.

> [보기]　빈대떡　　　큰어머니　　　안 그래도　　　우선　　　고생하다

❶ 가 : 저 동그랗고 납작한 음식은 이름이 뭐예요?
　　나 : (빈대떡) 이에요/~~예요~~. 한번 드셔 보세요.
❷ 가 : (　　　　　)은/는 누구를 가리키는 말이에요?
　　나 : 아버지 형님의 부인을 부르는 말이에요.
❸ 가 : 우리 다음 주에 이 선생님 찾아뵈러 가는데 같이 갈래?
　　나 : 좋아, 나도 같이 가. (　　　　　) 선생님을 뵈러 갈까 했었거든.
❹ 가 : 상 받으신 거 축하드립니다. 지금 누가 제일 생각나십니까?
　　나 : 지금까지 저 때문에 (　　　　　)으신/신 어머님이 제일 생각납니다.
❺ 가 : 이삿짐센터에서 왔습니다. 뭐부터 할까요?
　　나 : (　　　　　) 이 짐부터 싸 주시고요. 그 다음엔 저 가구들을 좀 옮겨 주세요.

-어다가

3. 다음 그림을 보고 '-어다가'를 사용해 문장을 완성하십시오.

❶

약국에서 약을 ~~사다가~~ ~~어다가~~/아다가/
~~여다가~~ 친구에게 줬어요.

❷

.... 어다가/아다가/여다
가 집에서 읽어요.

❸

.... 어다가/아다가/여다
가 내 방 꽃병에 꽂아 놓았어요.

❹

.... 어다가/아다가/여다
가 책상 위에 놓았어요.

❺

슈퍼마켓에서 ....

4. '-어다가'를 사용해 대화를 완성하십시오.

❶ 가 : 내일 놀이 공원에 가는데 점심은 어떻게 할까요?
　　나 : 김밥이나 **사다가 먹읍시다.**

❷ 가 : 심심한데 뭘 할까?
　　나 : 만화책이나 _____.

❸ 가 : 지난번에 빌려 드린 책 내일 돌려주실 수 있어요?
　　나 : 그럼요. 내일 _____ .

❹ 가 : 엄마, 지난번에 세탁소에 맡긴 옷 찾아오셨어요? 내일 꼭 입어야 하는데요.
　　나 : 알았어. 이따가 _____.

❺ 가 : 승연 씨, 죄송하지만 커피 좀 _____?
　　나 : 네. 안 그래도 저도 커피를 마시려던 참이었거든요.

❻ 가 : 이쪽 벽에 그림 좀 _____.
　　나 : 그거 좋겠는데요. 오늘 제가 사 올게요.

5. 다음 대화를 완성하십시오.

❶ 가 : 비가 많이 오는데 우산이 없네요. 빨리 가야 하는데……

　　나 : 그럼, **제 것**이라도/~~라도~~ 쓰고 가세요. 저는 친구랑 같이 쓰고 갈게요.

❷ 가 : 에어컨이 고장 나서 너무 더워요.

　　나 : .... 이라도/라도 켜세요. 조금은 나아질 거예요.

❸ 가 : 일을 오늘까지 다 끝내야 하는데 도와줄 사람이 없네요.

　　나 : 다른 사람이 없으면 .... 이라도/라도 도와 드릴까요?

❹ 가 : 지금 내가 이 일을 시작하기에는 너무 늦지 않았을까?

　　나 : 늦지 않았어. .... 이라도/라도 시작해 봐. 잘 할 수

　　　　있을 거야.

❺ 가 : 급한 일이 생겨서 오늘 못 가겠는데요.

　　나 : 그러면 .... 이라도/라도 오세요. 오셔서 보고

　　　　결정하시는 게 나으니까요.

❻ 가 : 지금은 지하철이 끊겼을 텐데 오실 수 있겠어요?

　　나 : .... 이라도/라도 갈 테니까 걱정마세요.

6. 다음 그림을 보고 '이라도'를 사용해 문장을 완성하십시오.

❶ 밥이 없으면 <u>빵</u> 이라도/라도 주세요.

❷ 주스가 없으면 .... 이라도/라도 마십시다.

❸ 전화를 자주 할 수 없으면 .... 이라도/라도 자주 .... 으세요/
세요.

❹ 제주도에 갈 수 없으면 ....

어휘

1. 다음 [보기]에서 알맞은 말을 골라 빈 칸에 쓰십시오.

[보기]　안부가 궁금하다　　　안부를 묻다　　　　안부를 전하다
　　　　안부 문자를 보내다　안부 인사를 드리다　안부 전화를 하다

❶ 친구한테 잘 지내냐고 휴대 전화로 (**안부 문자를 보냈다**) 었다/**았다**/였다.

❷ 어제는 할머니 댁에 (　　　　　　　　)으러/러 갔다. 할머니께서는
오랜만에 우리를 보고 아주 기뻐하셨다.

❸ 고향에 돌아간 친구가 2급 때 우리 반 친구들 모두 잘 지내냐고
(　　　　　　　　)었다 /았다/였다.

❹ 한국 여행을 하고 돌아가는 고향 친구에게 우리 부모님께
(　　　　　　　　)어/아/여 달라고 부탁했다.

❺ 오늘 우연히 초등학교 동창생을 길에서 만났다. 이런저런 이야기를
하니까 그때 친구들의 (　　　　　　　　)어졌다/아졌다/여졌다.

❻ 한국에 유학 온 뒤로 일주일에 한 번씩 고향에 계신 부모님께
(　　　　　　　　) 는다/ㄴ다. 전화로 부모님 목소리를 들으면 더
열심히 공부해야겠다는 생각이 든다.

2. 다음 [보기]에서 알맞은 말을 골라 빈 칸에 쓰십시오.

> [보기] 동창회   아까   야   준비 중이다   보이다

❶ 가 : 어제 (**동창회**)-은/는 어땠어요?

　나 : 아주 좋았어요. 오랜만에 초등학교 때 친구들을 만나니까 다시 그때로
　　　돌아간 기분이 들었어요.

❷ 가 : (　　　　　), 지금 어디야? 친구들이 다 기다리고 있는데.

　나 : 그래? 거의 다 왔어. 빨리 갈게. 조금만 기다려.

❸ 가 : 승연 씨는 요즘 많이 바쁜가 봐요.

　나 : 네, 다음 달에 유학을 가려고 (　　　　)거든요.

❹ 가 : 이 집은 왜 이렇게 비싸요?

　나 : 전망이 좋아서 그래요. 저기 한강이 (　　　　)지요?

❺ 가 : 내 책 못 봤니? 여기에 있었던 것 같은데…….

　나 : 아, 그 책이요? (　　　　) 승연 씨가 분실물 센터에 가지고 가던데요.

-더라

3. 다음 그림을 보고 대화를 완성하십시오.

❶

　　　　　　　　남자 : 샤오밍 씨가 어디 갔지?
　　　　　　　　여자 : 조금 전에 식당에서 <u>밥 먹고 있더라</u>.

❷

　　　　　　　　남자 : 박 선생님 아기 봤어?
　　　　　　　　여자 : 응, 정말　　　　　　　　더라.

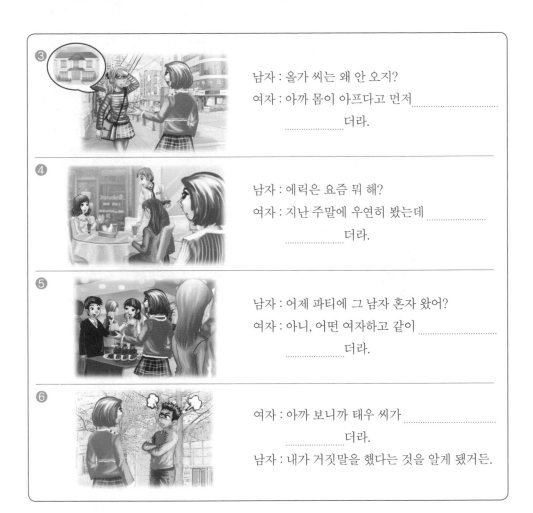

③ 남자 : 올가 씨는 왜 안 오지?

여자 : 아까 몸이 아프다고 먼저 ....
............................더라.

④ 남자 : 에릭은 요즘 뭐 해?

여자 : 지난 주말에 우연히 봤는데 ....
............................더라.

⑤ 남자 : 어제 파티에 그 남자 혼자 왔어?

여자 : 아니, 어떤 여자하고 같이 ....
............................더라.

⑥ 여자 : 아까 보니까 태우 씨가 ....
............................더라.

남자 : 내가 거짓말을 했다는 것을 알게 됐거든.

4. 다음은 10년 전에 어학당을 다닌 마이클과 제니퍼가 하는 대화입니다. 그림을 보고 대화를 완성하십시오.

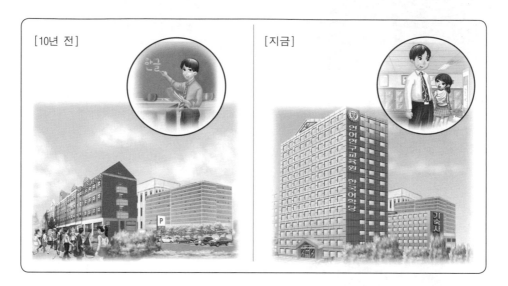

마이클 : 한국에 잘 다녀왔어? 어학당도 가 봤어?

제니퍼 : 응, 잘 다녀왔어. 어학당은 정말 많이 ❶ <u>변했</u>더라.

마이클 : 어떻게 변했는데?

제니퍼 : 건물이 많이 ❷ _____ 더라. 어학당 기숙사도 생기고.

마이클 : 학생들이 많아졌나 보구나.

제니퍼 : 응, 그런데 내가 갔을 때는 방학이어서 그런지 학생들이 ❸ _____
_____ 더라.

마이클 : 그래? 방학이었으면 선생님도 못 뵈었겠네.

제니퍼 : 아니야, 가기 전에 연락을 드려서 만나 뵐 수 있었어.
그런데 정말 ❹ _____ 더라. 예전이나 지금이나 똑같으셨어.
그리고 네 안부를 ❺ _____ 더라. 네 소식이 많이 궁금하셨
었나 봐.

마이클 : 그래? 내가 먼저 연락 드려야겠다. 선생님은 결혼하셨겠지?

제니퍼 : 그럼, 아이도 있던데 아이가 ❻ _____ 더라.
같이 사진도 찍었는데 다음에 보여 줄게.

마이클 : 그래, 정말 좋았겠다. 나도 다음 휴가 땐 한국에 가야지.

5. 다음 대화를 완성하십시오.

❶ 가 : 오늘 학교에 안 가셨다면서요?

나 : **학교에 안 가**다니요?/~~이라니요?~~ 지금 학교에서 오는 길인데요.

❷ 가 : 언제 졸업하세요?

나 : ＿＿＿＿＿＿＿＿ 다니요?/이라니요? 전 작년에 졸업했는데요.

❸ 가 : 미선 씨가 많이 아프대요.

나 : ＿＿＿＿＿＿＿＿ 다니요?/이라니요? 어제까지도 괜찮았는데요.

❹ 가 : 오늘 숙제가 많다면서요?

나 : ＿＿＿＿＿＿＿＿ 다니요?/이라니요? 시험이 끝나서 오늘은 숙제가 없는데요.

❺ 가 : 선생님이 화가 많이 나셨다면서요?

나 : ＿＿＿＿＿＿＿＿ 다니요?/이라니요? 오늘 기분이 아주 좋으시던데요.

6. 기자 '사토' 씨가 영화배우 '유미' 씨를 인터뷰하고 있습니다. 대화를 완성하십시오.

사토 : 유미 씨, 오래간만입니다. 지난번 영화를 끝내고 지금까지 특별한 활동이 없으셨 는데 푹 쉬셨나요?

유미 : ❶ **푹 쉬다니요?** 다니요?/~~이라니요?~~ 너무 바빠서 눈 코 뜰 새가 없었어요.

사토 : 그동안 외국에 계셨다는 소문이 있던데요.

유미 : ❷ ＿＿＿＿＿＿＿＿ 다니요?/이라니요? 계속 한국에 있었는데요.

사토 : 아, 그래요? 그리고 너무 예뻐지셔서 성형 수술을 했다는 소문도 들었는데요.

유미 : ❸ ＿＿＿＿＿＿＿＿ 다니요?/이라니요? 너무 바빠서 살이 좀 빠졌을 뿐이에요.

사토 : 그럼, 남자 친구와 헤어졌다는 말은 사실인가요?

유미 : ❹ ＿＿＿＿＿＿＿＿ 다니요?/이라니요? 조금 전에도 같이 식사했는걸요.

사토 : 이번에 새로 찍는 영화의 남자 주인공과 사이가 나쁘다고 들었는데 연기하기 불편 하지 않으시겠어요?

유미 : ❺ ＿＿＿＿＿＿＿＿ 다니요?/이라니요? 예전부터 친구 사이였는걸요.

사토 : 아, 그래요? 곧 가수로 데뷔한다고 들었는데요. 언제 앨범이 나옵니까?

유미 : ❻ ＿＿＿＿＿＿＿＿ 다니요?/이라니요? 저는 연기밖에 모르는 사람이에요.

사토 : 아, 그렇군요. 잘 알겠습니다. 오늘 바쁘실 텐데 이렇게 시간을 내 주셔서 감사합 니다.

어휘

1. 다음 [보기]에서 알맞은 말을 골라 빈 칸에 쓰십시오.

> [보기] 뒤풀이   새내기   선배   신입생 환영회   회비   후배

올해 입학한 ❶ (새내기)을/를 환영하는 ❷ (   )이/가 설악산에서 열립니다. ❸ (   )은/는 내지 않아도 되니까 걱정하지 마시고 모두 참석해 주십시오. 신입생들은 ❹ (   )과/와, 재학생들은 새로 맞은 ❺ (   )과/와 친해질 수 있는 기회이니 놓치지 마시기 바랍니다. 또, 서울에 돌아와서는 연세 호프에서 ❻ (   )도 할 예정이니까 시간이 있는 사람은 참석하시기 바랍니다.

2. 다음 [보기]에서 알맞은 말을 골라 빈 칸에 쓰십시오.

> [보기] 곡   신입생   오리엔테이션   끝나다   오랜만이다

❶ 가 : 내일은 12시부터 일해 줄 수 있어?
　　나 : 12시부터는 힘든데요. 수업이 1시에 (**끝나**)거든요.
❷ 가 : 어, 태우야, 이게 얼마만이야?
　　나 : 정말 (   )지? 그동안 뭐 하고 지냈어?
❸ 가 : 이번에 입학하신 학생들 중에서 학생회 사무실에서 아르바이트를 할
　　　 생각이 있는 분은 연락 주시기 바랍니다.
　　나 : (   )만 되는 건가요? 재학생은 안 돼요?
❹ 가 : 선생님, 한국 노래를 좀 배우고 싶은데요.
　　나 : 그럼, 금요일에 쉬운 노래로 한두 (   )쯤 가르쳐 드릴게요.
❺ 가 : 오늘 오후에 새로 온 학생들을 위한 (   )이/가 있습니다. 수업과
　　　 선택반 소개, 기숙사 안내, 상담실 이용에 대한 이야기를 할 예정이니까
　　　 꼭 참석하십시오.
　　나 : 네, 알겠습니다.

-고 나서

3. 다음 그림을 보고 문장을 완성하십시오.

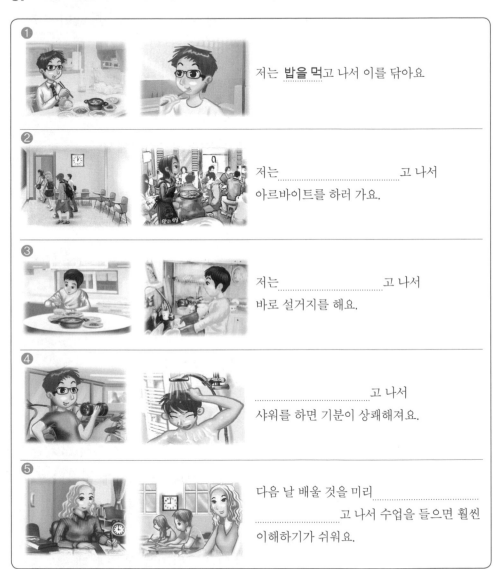

① 저는 **밥을 먹**고 나서 이를 닦아요

② 저는 ＿＿＿＿＿＿＿＿＿＿＿＿＿＿고 나서
아르바이트를 하러 가요.

③ 저는 ＿＿＿＿＿＿＿＿＿＿＿＿＿고 나서
바로 설거지를 해요.

④ ＿＿＿＿＿＿＿＿＿＿＿＿＿＿＿고 나서
샤워를 하면 기분이 상쾌해져요.

⑤ 다음 날 배울 것을 미리＿＿＿＿＿＿＿＿＿
＿＿＿＿＿＿＿＿고 나서 수업을 들으면 훨씬
이해하기가 쉬워요.

4. 다음 대화를 완성하십시오.

❶ 가 : 시작해도 돼요?

　　나 : 네, **먼저 이름부터 쓰**고 나서 문제를 푸세요.

❷ 가 : '독서 감상문'이 뭐예요?

　　나 : ＿＿＿＿＿＿＿＿＿＿고 나서 자기의 생각이나 느낌을 쓴 글이에요.

❸ 가 : '이사 떡'이 뭐지요?

　　나 : ＿＿＿＿＿＿＿＿＿＿고 나서 이웃들에게 인사를 하는 뜻으로 돌리는 떡을
　　　　말하는 거예요.

❹ 가 : '식후 30분'은 무슨 뜻인가요?

　　나 : '＿＿＿＿＿＿＿＿＿＿고 나서 30분 후에 라는 뜻이에요.

❺ 가 : 이 컵라면은 어떻게 해 먹어요?

　　나 : 아주 쉬워요. 먼저＿＿＿＿＿＿＿＿＿＿고 나서 그 끓인 물을 컵에 붓기만
　　　　하면 돼요.

-지

5. 다음 대화를 완성하십시오.

❶ 가 : 너무 화가 나서 친구한테 화를 내고 말았어.

　　나 : **좀 참**지.

❷ 가 : 집에서 늦게 나와서 기차를 놓쳤어.

　　나 : ＿＿＿＿＿＿＿＿＿＿지. 조금만 서둘렀으면 기차를 놓치지 않았을 텐데…….

❸ 가 : 닭튀김 다 먹었어? ＿＿＿＿＿＿＿＿＿＿지. 내가 닭고기를 얼마나 좋아하는데…….

　　나 : 네가 닭고기를 안 먹는 줄 알고 내가 다 먹었어. 미안해.

❹ 가 : 한국에서는 아기 돌에 금반지를 선물해요.

　　나 : ＿＿＿＿＿＿＿＿＿＿지. 미리 알았으면 금반지를 샀을 텐데.

❺ 가 : 많이 짜? 마지막에 소금을 좀 넣었거든.

　　나 : ＿＿＿＿＿＿＿＿＿＿지 말지. 너무 짜서 어른들이 싫어하시겠어.

6. 다음 글을 읽고 이 사람의 친구가 되어서 다음과 같이 이야기하십시오.

어제 아침은 정말 추웠다. 이제 정말 겨울인가 보다. 아침에 옷을 얇게 입고 나와서 그런지 하루 종일 춥고 머리가 아팠다. 머리가 많이 아파서 약을 먹었는데 아침부터 아무 것도 먹지 않아서 그런지 시간이 지나니까 속이 더 아팠다. 머리도 아프고 속도 아파서 학교에서 일찍 나왔다. 병원에 갈까 하다가 좀 쉬면 나을 것 같아서 집으로 왔다.

낮잠을 좀 자고 일어나니까 아픈 것이 좀 괜찮아진 것 같았다. 그래서 시험공부를 하면서 커피를 마셨는데 밤에 잠이 안 왔다. 그래서 잠이 올 때까지 텔레비전을 봤다. 아침에 눈을 뜨니까 벌써 9시였다. 어제 낮잠을 자면서 자명종을 꺼서 아침에 시계가 울리지 않은 모양이다. 그래서 오늘 쓰기 시험에 늦었다. 가는 도중에 선생님께 전화가 왔다. 많이 걱정하신 모양이다.

❶ 추운데 옷 **좀 잘 입고 나오**지.

❷ 밥을 먹고 약을 ＿＿＿＿＿＿＿＿＿＿＿＿＿＿＿＿지.

❸ 많이 아프면 병원에 ＿＿＿＿＿＿＿＿＿＿＿＿＿＿지.

❹ 커피를 ＿＿＿＿＿＿＿＿＿＿＿＿＿＿＿＿＿＿＿＿지.

❺ 자명종을 ＿＿＿＿＿＿＿＿＿＿＿＿＿＿＿＿＿＿지.

❻ 선생님이 많이 걱정하셨는데 집에서 나가면서 선생님께 ＿＿＿＿＿지.

어휘

1. 다음 [보기]에서 알맞은 말을 골라 빈 칸에 쓰십시오.

[보기] 동호회   야유회   연수   회식   회의

안내 게시판

신입 사원 ❶ (   )

신입 사원들을 위한 업무 설명 및 회사 안내가 있습니다. 신입 사원은 한 분도 빠짐없이 참석하시기 바랍니다.

일시 : 7월 20일
장소 : 대강당

사원 가족과 함께 하는 즐거운 ❷ (   )

이번 주말, 양평에서 합니다. 맛있는 바비큐와 아이들과 함께 할 수 있는 재미있는 게임들이 많이 준비되어 있습니다. 많은 참석 바랍니다.

회원 모집

저희는 사내 축구 ❸ (   ) 입니다. 한 달에 한 번 모여서 사내 운동장에서 운동을 합니다. 연예인 축구팀과 경기도 있으니 신입 사원 여러분들의 많은 가입 부탁드립니다.

이번 금요일에 우리 부서 ❹ (   )이/가 회사 앞 신촌 식당에서 있습니다. 다른 부서로 옮기시는 김 과장님과의 마지막 자리이니 꼭 참석하시기 바랍니다.

월요일 오후 2시에 3층 회의실에서 신제품 디자인에 대한 ❺ (   )이/가 있습니다. 디자인팀은 한 명도 빠짐없이 모두 참석하십시오.

❶ _____연수_____   ❷ _____   ❸ _____

❹ _____   ❺ _____

2. 다음 [보기]에서 알맞은 말을 골라 빈 칸에 쓰십시오.

[보기] 2차 슬슬 잔뜩 기대하다 목이 쉬다 참석하다

❶ 어제는 친구 생일이었다. 같이 저녁을 먹고 (**2차**)으로/로
  노래방에도 갔다.

❷ 월급이 오르기를 사원들은 (   )고 있다.

❸ 약속 시간이 되어 가는데 (   ) 출발할까요?

❹ (   )을/ㄹ 때까지 열심히 응원을 했지만 우리 팀이 졌다.

❺ 나도 같이 가고 싶은데 일이 (   ) 밀려서 오늘은 못 가겠다.

문법

-는다니까

3. 다음 대화를 완성하십시오.

❶ 밍밍 : 유카 씨 생일 선물로 뭐가 좋을까? (유카 씨가 꽃을 아주
      좋아한대요.)

  올가 : **유카 씨가 꽃을 좋아한다니까** 는다니까/~~ㄴ다니까~~/~~이라니까~~
      장미꽃을 사 갑시다.

❷ 수지 : 승연 씨가 금방 나올 수 있대요? (지금 회의 중이래요.)

  태우 : 아니요, ＿＿＿＿＿＿＿＿＿는다니까/ㄴ다니까/이라니까 한참
      기다려야 할 것 같아요.

❸ 태우 : 이번 토요일에 뭘 할 거예요? (다음 월요일에 시험을 본대요.)

  승연 : ＿＿＿＿＿＿＿＿＿는다니까/ㄴ다니까/이라니까 공부해야 지요.

❹ 올가 : 내일 스키장에 갈 거지? (에릭 씨가 감기에 걸렸대요.)

  밍밍 : ＿＿＿＿＿＿＿＿＿＿＿＿는다니까/ㄴ다니까/이라니까
      다음에 같이 가는 게 어떨까?

❺ 샤오밍 : 미안한데 돈 좀 빌려 줄 수 있어? (태우 씨가 어제 월급을
      받았대요.)

  유카 : 미안해. 나도 지금은 돈이 없어. ＿＿＿＿＿＿＿＿＿는다니까/
      ㄴ다니까/이라니까 태우 씨한테 말해 봐.

4. 다음 그림을 보고 대화를 완성하십시오.

① 리에 : 영화배우를 한번 만나 보는 게 제 소원이에요.

웨이 : 그래요? **수지 씨 친구가 유명한 영화배우라니까** 는다니까/ㄴ다니까/이라니까 소개해 달라고 해 보세요.

② 리에 : 고향에서 어머니가 오셨는데 같이 어디로 여행가는 게 좋을까요?

웨이 : _____ 는다니까/ㄴ다니까/이라니까 설악산에 다녀오세요.

③ 리에 : 연극에 쓸 도자기가 필요한데 어디 빌릴 곳이 없을까요?

웨이 : _____ 는다니까/ㄴ다니까/이라니까 한번 부탁해 보세요.

④ 리에 : 영어를 가르쳐 줄 선생님을 찾고 있어요.

웨이 : _____ 는다니까/ㄴ다니까/이라니까 부탁해 보는 게 어떨까요?

⑤ 리에 : 남산에 가는 방법 좀 알려 주세요.

웨이 : 어제_____ 는다니까/ㄴ다니까/이라니까 태우 씨한테 물어보세요.

–지요

5. 다음 상황에 맞게 권유해 보십시오.

❶ ▸ 우리 집 근처에 가시는 교수님께 자신의 차로 같이 가자고 말씀드릴 때

비도 오는데 <u>제 차로 같이 가시</u> 지요.

❷ ▸ 약속이 있어서 시내에 가시는 어머니께 지하철로 가는 게 낫다고 말씀드릴 때

이 시간에는 교통이 복잡할 텐데 .... 지요.

❸ ▸ 날씨가 흐려서 곧 비가 올 것 같을 때 우산을 챙기시라고 아버지께 말씀드릴 때

비가 올 것 같던데 .... 지요.

❹ ▸ 식당에 같이 온 선배에게 쌀국수를 권할 때

지난번에 먹어 보니까 이 집 쌀국수가 맛있던데 .... 지요.

❺ ▸ 전자 사전을 싸게 살 수 있는 곳을 물어보는 선배에게

.... 지요.

❻ ▸ 살 빼는 방법을 묻는 이웃집 언니에게

.... 지요.

6. 다음 대화를 완성하십시오.

❶ 손님 : 이거 부산으로 보내는 소포인데 금요일까지는 도착하겠지요?

　　직원 : 금요일이요? 그렇게 빨리 도착해야 하면 **빠른 우편으로 보내시**지요.

❷ 손님 : 아저씨, 연세 스포츠 9월호 나왔지요? 어디에 있어요?

　　점원 : 내일 나오는데……. 내일 다시 ＿＿＿＿＿＿＿＿＿＿＿＿＿＿＿지요.

❸ 사원 : 오늘 점심은 시켜 먹을까요? 나가서 먹을까요?

　　동료 : 시간도 많은데 ＿＿＿＿＿＿＿＿＿＿＿＿지요.

❹ 승연 : 약속 시간까지 한 시간 정도 남았는데 뭘 하지?

　　유카 : 그럼, ＿＿＿＿＿＿＿＿＿＿＿＿＿지요. 저기 커피숍이 있네요.

❺ 수지 : 오늘 저녁은 ＿＿＿＿＿＿＿＿＿＿＿＿지요.

　　밍밍 : 그럼, 수지 씨가 요리를 하는 대신에 제가 설거지를 할게요.

❻ 샤오밍 : 히로시 씨, 공책 좀 빌려 주실 수 있어요?

　　히로시 : 네, ＿＿＿＿＿＿＿＿＿＿＿＿＿지요.

🔊 19

1. '국경없는 의사회'는 어떤 모임일까요?

2. 여러분은 어려운 사람들을 위해 어떤 봉사를 할 수 있습니까?

---

1) 국경   border (between two countries)   (國境) 國境

세계 여러 곳에는 자연재해2)나 전쟁으로 어려움을 겪고3) 있는 사람들이 많다. 예를 들어 병에 걸려도 치료를 받지 못하거나 가뭄4)으로 먹을 것이 없어 굶어5) 죽는 사람들이 있다. 또 원하지 않는 전쟁으로 다치거나 죽는 사람들도 있다. 여러 국제단체들이 이런 사람들을 돕고 있지만 도움을 필요로 하는 사람들이 어느 나라 사람이고 어떤 종교를 믿는 지에 따라서 도움을 못 받을 수도 있다. 인간의 생명6)보다도 정치, 종교 그리고 인종7)을 더 중요하게 생각하기 때문이다. 이러한 현실8)을 안타깝게9) 생각한 사람들이 모여서 '국경없는 의사회'를 만들었다.

국경없는 의사회는 1971년 베르나르 쿠슈네르가 중심이 되어서 의사, 언론인 등 12명이 만든 국제적인 민간단체이다. 이 모임에 드는 돈은 대부분 같은 뜻을 가진 개인들의 기부금에서 나온다. 따라서 이 모임의 활동은 비정치적이고 비종교적이다. 그렇기 때문에 이 단체의 회원들은 도움이 필요한 곳이면 어디든지 갈 수 있다.

국경없는 의사회는 현재 3,000여명의 의사, 간호사와 만 명 이상의 자원봉사자10)들이 함께 활동하고 있다. 이 단체에서 일하는 사람은 외국에서 활동하기 때문에 영어를 잘 해야 한다. 물론 의사와 간호사는 환자를 치료할 수 있는 기술11)과 경험도 있어야 한다. 그러나 이 모임에 의사나 간호사만 들어갈 수 있는 것은 아니다. 사무를 보는 사람, 필요한 물건을 사고 옮기는 사람, 음식을 만드는 사람 등등 여러 분야12)에서 일할 사람들이 필요하다. 하지만 무엇보다도 중요한 것은 어려운 사람을 돕고 싶어 하는 마음이다.

- •국경없는 의사회(MSF, Médecins Sans Frontières) : 세계 여러 곳의 어려운 사람들을 도와주는 국제구호단체 │ Doctors without Borders (an International relief organization that helps needy people around the world) │無國界醫生組織：國際救援組織，幫助世界各地有困難的人
- •베르나르 쿠슈네르(Bernard Kouchner, 1939~) : 국경없는 의사회를 만든 사람으로 의사, 정치가, 외교관으로 활동하고 있음. │ Bernard Kouchner (a doctor, politician, and diplomat, who founded Doctors without Borders) │貝爾納・庫什內：無國界醫生組織的創始人，醫生、政治家、外交官

국경없는 의사회 회원들은 보통 천막13) 이나 창고에서 힘들게 일을 하고 있다. 이들은 돈을 벌기 위해서 일하는 것이 아니기 때문에 적은 생활비만 받으면서 활동하고 있다. 뿐만 아니라 이들은 언제나 위험한14) 상황에 놓여 있다. 지진15) 이나 홍수16), 전쟁과 테러17) 그리고 무서운 질병18) 이 있는 곳에 가기 때문이다.

1995년 북한에서 큰 홍수가 났다. 많은 사람들이 다치거나 죽고 병에 걸렸다. 또한 배고픔과 추위로 고생을 하고 있었다. 그러나 정치적인 이유로 어떤 단체도 북한에 도움을 주지 못하고 있었다. 그 때 유일하게19) 북한에 간 단체가 국경없는 의사회였다. 그들은 몸과 마음이 힘든 북한 사람들에게 음식을 나눠 주고 병을 치료해 주었다. 이 일로 국경없는 의사회는 1997년 서울특별시에서 주는 서울 평화상20) 을 받았다. 그리고 같은 이유로 1999년에는 노벨 평화상을 받았다. 그 때 상금21) 으로 받은 11억 원은 가난한 사람들에게 줄 약을 구입하는 데 사용했다.

어려운 상황이 생겼을 때 어떤 단체보다도 빨리 달려가는 국경없는 의사회는 가장 힘 있고 따뜻한 비정부단체22) 이다. 기적23) 이 아닌 '사랑' 을 믿는 이 모임의 회원들은 지금도 세계 곳곳에서 사랑을 나누고 있다.

2)	자연재해	natural disaster	(自然災害) 自然災害
3)	겪다	to experience, suffer	經歷；飽受
4)	가뭄	drought	旱災
5)	굶다	to starve, go hungry	飢餓
6)	생명	life	(生命) 生命
7)	인종	race, ethnic group	(人種) 人種
8)	현실	reality	(現實) 現實
9)	안타깝다	regrettable, sad	焦急的；難受的
10)	자원봉사자	volunteer worker	(自願奉仕者) 志工
11)	기술	technology	(技術) 技術
12)	분야	area, field (of expertise)	(分野) 領域
13)	천막	tent	(天幕) 帳篷
14)	위험하다	dangerous	(危險 -) 危險的
15)	지진	earthquake	(地震) 地震
16)	홍수	flood	(洪水) 洪水
17)	테러	terrorism	恐怖行動；恐怖主義
18)	질병	disease	(疾病) 疾病
19)	유일하다	the only (one); exclusive	(唯一 -) 唯一的
20)	평화상	peace prize	(平和獎) 和平獎
21)	상금	prize money	(賞金) 獎金
22)	비정부단체	NGO (Non-Governmental Organization)	(非政府團體) 非政府組織
23)	기적	miracle	(奇蹟) 奇蹟

어휘 연습

1. <보기>에서 알맞은 말을 골라 (   )에 쓰십시오.

[보기]

국경	기적	분야	굶다	위험하다

❶ 리에는 요즘 살을 빼기 위해서 저녁을 (   )고 있다.

❷ 가끔은 믿을 수 없는 (   )과/와 같은 일들이 일어난다.

❸ 프랑스에서 기차를 타고 폴란드로 가려면 독일 (   )을/를 지나야 한다.

❹ 혼자서 여행하는 것은 (   )는다고/ㄴ다고/다고 아버지께서 반대하셨다.

❺ 이 책에는 컴퓨터, 자동차, 여행 등 여러 (   )에 대한 설명이 들어 있다.

2. 단어의 연결이 다른 하나를 고르십시오. (   )

❶ 인종 – 백인   ❷ 언론사 – 방송국

❸ 자연재해 – 지진   ❹ 단체 – 자원봉사자

3. 다음 글의 내용에 맞게 <보기>에서 알맞은 말을 골라 (   )에 쓰십시오.

[보기]

상금	생명	자연재해	자원봉사자	겪다	유일하다	비정치적이다

　　국경없는 의사회는 전쟁이나 (   )으로/로 어려움을 (   )고 있는 사람들에게 도움을 주는 단체이다. 따라서 이 단체의 회원들이 가는 곳은 대부분 위험한 곳이다. 하지만 회원들 대부분은 자신이 원해서 들어 온 (   )들이다. 그리고 국경없는 의사회는 어떤 정부와도 관계가 없는 (   )는/은/ㄴ 단체이다. 이 단체는 정치나 종교보다는 사람들의 (   )을/를 제일 중요하게 생각한다. 그래서 1995년 북한에 홍수가 났을 때에도 비정부단체로는 (   )게 북한에 갔다. 노벨 평화상 (   )으로/로 받은 11억 원은 가난한 사람들을 위해 썼다.

1. 이 글을 읽고 아래의 표를 완성하십시오.

모임의 이름	국경없는 의사회
만든 시기	
만든 사람	
모임의 성격	
회원의 성격	
활동하는 곳	
활동	
받은 상	

2. '국경없는 의사회' 에 대한 설명으로 맞지 <u>않는</u> 것은 무엇입니까?
(   )

❶ 회원들은 돈을 받지 않고 일을 한다.
❷ 도움이 필요한 곳이면 어디든지 간다.
❸ 무엇보다도 인간의 생명을 중요하게 생각한다.
❹ 어떤 정부나 종교의 도움 없이 활동하고 있다.

3. 이 모임에 들어 갈 수 있는 조건이 <u>아닌</u> 것은 무엇입니까? (   )

❶ 봉사 정신이 있어야 한다.
❷ 영어를 잘 할 수 있어야 한다.
❸ 어려운 사람을 돕고 싶은 마음이 있어야 한다.
❹ 의사처럼 사람을 치료할 수 있는 기술이 있어야 한다.

4. 이 글의 내용과 같은 것은 무엇입니까? (   )

❶ 이 모임의 회원은 현재 3,000여명이다.
❷ 특별한 기술이 없어도 들어갈 수 있다.
❸ 회원들은 기적을 바라며 활동하고 있다.
❹ 노벨 평화상 상금을 북한 사람들에게 기부했다.

5. 이 글의 내용과 같으면 ○, 다르면 × 하십시오.

❶ 국경없는 의사회는 노벨 평화상을 받았다.   (   )
❷ 의사가 아닌 사람은 이 모임에 들어갈 수 없다.   (   )
❸ 정치, 종교적인 이유로 도움을 받지 못하는 나라도 있다.   (   )
❹ 북한에 홍수가 났을 때 여러 비정부단체가 도움을 주러 갔다.   (   )

듣기 연습   ◀》 20~21

1. 이야기를 듣고 질문에 대답하십시오.

1) 이 편지는 누가, 누구에게 썼습니까? 쓰십시오.

_____

2) 이 편지를 쓴 목적은 무엇입니까? (   )

❶ 감사   ❷ 사과   ❸ 안부   ❹ 축하

3) 들은 내용과 같은 것을 고르십시오. (   )

❶ 이 사람은 한국말 때문에 한국에서 생활하기가 어렵다.
❷ 얼마 전에는 이 사람의 생일이었다.
❸ 이 사람의 할아버지는 건강하시다.
❹ 이 사람은 서울에서 부모님과 함께 산다.

2. 대화를 듣고 질문에 대답하십시오.

1) 들은 내용과 같으면 ○표, 다르면 ×표 하십시오.

❶ 여자는 전에도 한국 사람 결혼식에 참석한 적이 있다. ( )

❷ 한국 결혼식에 가면 선물도 하고 돈도 내야 한다. ( )

❸ 이 남자와 여자는 결혼 선물을 준비했다. ( )

❹ 한국에서 5월에는 다른 달보다 결혼식이 많은 편이다. ( )

❺ 두 사람은 요즘 결혼식에 자주 가야 해서 부담스러워한다. ( )

2) 축의금은 무엇입니까? 쓰십시오.

....

말하기·쓰기연습

다음 글을 읽고 여러분이라면 어떻게 할지 써 보십시오. 그리고 친구와 같이 이야기해 보십시오.

> 오늘은 아버지 회갑입니다. 요즘은 잔치는 안 한다고 해서 가족끼리만 저녁을 먹기로 했습니다. 퇴근 시간이 다 되어가서 급한 일만 해 놓고 자리에서 일어서려고 하는데, 부장님이 오늘 저녁에 새로 오신 사장님과 회식이 있으니까 한 사람도 빠지지 말라고 하십니다. 새로 오신 사장님께 처음부터 나쁜 인상을 주기는 싫습니다. 하지만 기다리고 있을 가족들을 생각하니까 어떻게 해야 할지 망설여집니다. 어느 모임에 참석하는 게 좋을까요?

....

....

....

....

....

제 **7** 과 실수와 사과

7과 1항

어휘

1. 다음 [보기]에서 알맞은 말을 골라 빈 칸에 쓰십시오.

[보기] 실수하다   오해하다   잊어버리다   잘못하다   착각하다

❶ 가 : 이건 오늘 회의 자료가 아니라 지난번 회의 자료인데요.

　나 : 죄송해요. 제가 **실수했네요** ~~었네요/았네요~~/였네요. 다시 갖다가 드릴게요.

❷ 가 : 다음에도 또 이런 거짓말을 할 거야?

　나 : _____ 었어요/았어요/였어요. 다시는 안 그럴게요.

❸ 가 : 여보세요, 수정 씨. 왜 안 와요? 오늘 만나기로 했잖아요.

　나 : 어머, 미안해요. 약속을 _____ 었어요/았어요/였어요.

❹ 가 : 태우야, 시험이 오늘이 아니라 내일이래. 네 말을 듣고 어젯밤 2시까지 공부했는데.

　나 : 미안해. 내가 날짜를 _____ 었나/았나/였나 봐.

❺ 가 : 남자 친구가 바쁘다고 만나 주지 않아서 제가 화를 냈는데 사실은 제 생일 파티를 준비하고 있었어요.

　나 : 남자 친구를 _____ 었군요/았군요/였군요. 미안하다고 하세요.

2. 다음 [보기]에서 알맞은 말을 골라 빈 칸에 쓰십시오.

[보기] 내용   일기장   그만   내다   어떡하다

❶ 신청서를 오늘 저녁 6시까지 (**내야**) 어야/아야/여야- 합니다.

❷ 시험공부를 하다가 (　　　　) 잠이 들었어요.

❸ 잘못해서 커피를 옷에 쏟았어요. (　　　　)지요?

❹ 그 사람이 쓴 글은 무슨 (　　　　)인지 잘 모르겠어요.

❺ 초등학교 때 쓴 (　　　　)을/를 다시 보니까 어렸을 때 일들이 생각나요.

문법

-는다는 것이

3. 다음 대화를 완성하십시오.

① 가 : 수프가 왜 이렇게 짜요?

　　나 : **후추를 친다는** 는다는/ㄴ다는 것이 소금을 쳐서 그래요.

② 가 : 손님, 이 돈은 우리나라 돈이 아닌데요.

　　나 : 아, 미안해요. 한국 돈을 낸다는 것이 _____.

③ 가 : 히로시 씨는 왜 책을 안 가져왔어요?

　　나 : _____ 는다는/ㄴ다는 것이 2급 책을 가져왔어요.

④ 가 : 승연 씨가 어제 저한테 문자 메시지를 보냈죠?

　　나 : 네? 제가요? 아마 샤오밍 씨한테 _____ 는다는/
　　　　ㄴ다는 것이 선생님께 잘못 보냈나 봐요. 죄송해요.

⑤ 가 : 유카 씨 미안해요. _____ 는다는/ㄴ다는 것이
　　　　방해만 됐어요.

　　나 : 괜찮아요. 신경 쓰지 마세요.

⑥ 가 : 여보세요, 올가 씨, 무슨 일로 전화를 했어요?

　　나 : 아, 밍밍 씨, 죄송해요. _____ 는다는/ㄴ다는 것이
　　　　_____ 었어요/았어요/였어요.

4. 다음은 김준호 씨가 실수한 이야기입니다. 실수한 내용을 찾아서 '-는다는 것이'를 사용해 쓰십시오.

오늘은 동창회가 있는 날이어서 김준호 씨는 내일 있을 회의 준비를 마치자마자 친구들이 모여 있는 술집으로 달려갔다. 오랜만에 만나는 친구들과 한잔하다가 보니까 벌써 12시가 다 되었다. 김준호 씨는 옷걸이에 걸려 있는 많은 옷들 중에서 자기의 옷을 찾아 입고 가방을 들고 나왔다. 구두도 겨우 찾아 신고 나왔다. 택시에서 내려서 집으로 가는데 구두가 좀 커서 걷기가 불편했다. 아파트 계단을 올라와서 초인종을 눌렀는데 누구냐는 낯선 목소리가 들렸다. 준호 씨 집은 403호인데 거기는 503호였다. 대답도 못하고 바로 내려왔다. 집에 들어가니까 준호 씨 부인이 놀라면서 "당신, 누구 옷을 입고 온 거예요?" 라고 했다.

아침에 자신의 가방을 연 준호 씨는 깜짝 놀랐다. 회의 자료가 있어야 할 가방에는 다른 사람의 노트북 컴퓨터가 들어 있었다. 할 수 없이 그 가방을 들고 집에서 나온 준호 씨는 버스 정류장에 서 있는 버스를 보고 뛰어가서 탔다. 버스 카드가 없어서 동전을 냈는데 운전기사 아저씨가 더 내라고 한다. 백 원짜리를 오백 원짜리인 줄 알고 낸 것이다. 그런데 정신을 차리고 보니까 버스가 회사와는 다른 쪽으로 가고 있었다. 이런, 731번을 타야 하는데 713번을 탔다. 아, 어쩌면 좋을까?

❶ 자기 구두를 찾아 신는다는 것이 다른 사람의 구두를 신고 왔다.

❷ ....

❸ ....

❹ ....

❺ ....

❻ ....

5. 관계있는 문장을 연결해서 한 문장으로 만드십시오.

늦습니다. ● ● 냉장고에 넣었어요.

길이 막힙니다. ● ● 열심히 공부했어요.

음식이 상합니다. ● ● 택시를 타고 왔어요.

시험에 떨어집니다. ● ● 다른 길로 돌아서 왔어요.

❶ 늦을까 봐 택시를 타고 왔어요.

❷ _____ .

❸ _____ .

❹ _____ . .

6. 다음 대화를 완성하십시오.

수지 : 중간시험도 끝나고 내일 휴일인데 뭐 재미있는 것 좀 없을까?
　　　 남산에 가서 케이블카나 탈까?

에릭 : ❶ 싫어. **난 케이블카가 고장 날까** 을까/ㄹ까 봐 무서워.

수지 : 그럼, 날씨도 더운데 실내 스케이트장에 가서 스케이트를 타자.

에릭 : ❷ 난 스케이트를 못 타. _____ 을까/ㄹ까 봐 겁이 나.

수지 : 바다에 가는 건 어때? 바다에 가서 수영하고 놀면 재미있을 것 같은데.

에릭 : 난 수영 못해. ❸ _____ 을까/ㄹ까 봐 무서워.

수지 : 그럼, 배를 타고 가까운 섬에 가는 건 어때?

에릭 : ❹ _____ 을까/ㄹ까 봐 배 타는 건 싫어. 전에 한 번
　　　 멀미를 심하게 해서 아주 고생한 적이 있어.

수지 : 그럼 가까운 산으로 등산 갈까?

에릭 : 난 ❺ _____ 을까/ㄹ까 봐 겁이 나.
　　　 난 그냥 집에서 기말 시험 공부할래. 사실 ❻ _____ 을까/
　　　 ㄹ까 봐 걱정이 되거든.

어휘

1. 다음 [보기]에서 알맞은 말을 골라 빈 칸에 쓰십시오.

> [보기] ① 방문 예절 ② 식사 예절 ③ 언어 예절 ④ 전화 예절

❶ 음식을 먹으면서 말을 하거나 큰 소리를 내지 않는다. (②)

❷ 너무 오래 통화하지 않는다. ( )

❸ 숟가락과 젓가락을 같이 들지 않는다. ( )

❹ 처음 보는 사람에게 반말을 하지 않는다. ( )

❺ 식사 시간은 피해서 가고 또 너무 오래 있지 않는다. ( )

❻ 이른 아침이나 밤 늦은 시간에는 꼭 필요한 일이 아니면 전화를 걸지 않는다.
 ( )

2. 다음 [보기]에서 알맞은 말을 골라 빈 칸에 쓰십시오.

> [보기] 끼리 사이 불편하다 불평하다 비위생적이다 친하다

❶ 우리 하숙집은 다 좋은데 교통이 (**불편한**)은/ㄴ 것이 단점이에요.

❷ 두 사람은 어떤 ( )이에요/예요?

❸ 우리 앞으로 싸우지 말고 ( )게 지내자.

❹ 그 음식점 주방은 너무 더러워서 ( )이에요/예요.

❺ 이번 여행은 여자들( )만 가는 여행이라서 더 재미있을 것 같아요.

❻ 콘서트 시간이 지났는데도 그 가수가 오지 않아서 모두들 ( )고 있어요.

-어 버리다

3. '-어 버리다'를 사용해 문장을 완성하십시오.

❶ 택시를 잡으려고 했지만 택시들이 서지 않고 그냥 **가 버렸다** ~~었다/았다/였다~~.

❷ 전화를 너무 오래 해서 커피가 다 _____ 었다/았다/였다.

❸ 다음 주까지 해야 할 일을 오늘 다 _____ 었다/았다/였다.

❹ 밥을 아직 다 안 먹었는데 엄마가 벌써 상을 _____ 었다/았다/였다.

❺ 월급을 받은 지 얼마 안 됐는데 벌써 돈을 다 _____ 었다/았다/였다.

❻ 내가 사다 놓은 맥주를 동생이 친구들과 같이 다 _____ 었다/았다/
였다.

4. 다음 [보기]에서 알맞은 동사를 골라 '-어 버리다'를 사용해 글을 완성하십시오.

[보기]	끊다	먹다	울다	자르다	지우다	찢다

남자 친구한테서 헤어지자는 문자를 받았다. 참으려고 했지만 눈물이 나왔다. ❶ 큰 소리로 엉엉 **울어 버렸다** ~~었다/**았다**/였다~~. 그동안 받은 편지와 같은 찍은 사진들을 모두 ❷ _____ 었다/았다/였다. 그 친구한테서 받은 이메일도 모두 ❸ _____ 었다/았다/였다. 그 친구가 좋아해서 자르지 않았던 긴 머리도 짧게 ❹ _____ 었다/았다/였다. 머리를 자른 후 그동안 다이어트 때문에 안 먹었던 케이크를 사서 혼자서 다 ❺ _____ 었다/았다/였다. 그러니까 기분이 좋아졌다. 그런데 그 남자 친구한테서 잘 있냐는 전화가 왔다. 나는 대답을 하는 대신에 전화를 그냥 ❻ _____ 었다/았다/였다.

-잖아요

5. 다음 표를 보고 '-잖아요'를 사용해 대화를 완성하십시오.

질문	서지현(32살)	김영숙(42살)
김치는 어떻게 하세요?	사서 먹는게 편하다.	집에서 담가 먹는 게 맛있다.
물건은 어디에서 사세요? 그 이유는요?	백화점에서 산다. 질도 좋고 디자인도 예쁘다.	동대문 시장에서 산다. 물건도 많고 싸다.
물건 살 때 어떻게 사요?	돈이 없어도 카드로 살 수 있으니까 카드가 편하다.	돈이 없으면 필요 없는 것은 안 사게 되니까 현금으로 산다.

리포터 : 김영숙 씨, 김치를 직접 담가 먹는다고 하셨는데 힘들지 않으세요?

김영숙 : 힘은 들지요. 하지만 ❶ **직접 담가 먹는 게 맛있잖아요.**

리포터 : 서지현 씨, 김치를 사서 먹으면 돈이 많이 들지 않나요?

서지현 : 돈은 좀 들지만 ❷ _____.

리포터 : 쇼핑은 어디에서 하세요?

김영숙 : 저는 동대문 시장에 자주 가요. ❸ _____.

서지현 : 전 백화점에서 사요. ❹ _____.

리포터 : 김영숙 씨는 물건을 살 때 현금으로 산다고 하셨는데 특별한 이유가 있나요?

김영숙 :❺ _____.

서지현 : 하지만 현금은 갖고 다니기가 ❻ _____.
　　　　　카드는 돈이 없어도 살 수 있으니까 편해요.

6. '-잖아요'를 사용해 대화를 완성하십시오.

❶ 가 : 학교 앞이 왜 이렇게 복잡해요? 오늘 무슨 날이에요?

　　나 : **졸업식 날이**잖아요. 꽃다발을 들고 가는 사람이 많지요?

❷ 가 : 저 차가 왜 잘 팔린대요?

　　나 : _____잖아요.

❸ 가 : 왜 하루 종일 집에만 있어?

　　나 : _____.

❹ 가 : 오늘 왜 학교에 안 갔어요?

　　나 : _____.

❺ 가 : 왜 구두 대신에 운동화를 신었어요?

　　나 : _____.

❻ 가 : 한복이 예쁜데 왜 안 입어요?

　　나 : 일할 때는 좀 _____. 이따가 세배할 때 입을 거예요.

어휘

1. 다음 [보기]에서 알맞은 말을 골라 빈 칸에 쓰십시오.

> [보기] 변명하다   사과하다   양해를 구하다   용서를 빌다

❶ 가 : 제가 괜히 친구들한테 화를 내서 친구들이 다 가 버렸어요.

　　나 : 그럼 빨리 친구들한테 __사과하세요__ 으세요/세요.

❷ 가 : 회사에 늦게 도착할 것 같은데 뭐라고 하지요?

　　나 : ＿＿＿＿＿＿＿＿＿＿ 지 말고 솔직하게 말하세요.

❸ 가 : 제가 아버지께서 아주 좋아하시는 도자기를 깼어요.

　　나 : 아버지께＿＿＿＿＿＿＿＿＿ 으세요/세요.

❹ 가 : 내일 부모님이 고향에서 오셔서 아르바이트를 할 수 없을 것 같아요. 어떡하죠?

　　나 : 그럼 사장님께＿＿＿＿＿＿＿＿＿ 으세요/세요. 이해해 주실 거예요.

2. 다음 [보기]에서 알맞은 말을 골라 빈 칸에 쓰십시오.

> [보기] 볼일   부담   오히려   직접적으로   들르다   그럴 리가요

❶ 회사에서 큰일을 맡아서 (**부담**) 이/가 돼요.

❷ 에릭 씨가 큰 실수를 해서 회사를 그만둔다고요? (　　　　　).

❸ 샤오밍 씨는 (　　　　　)이/가 있어서 오늘 모임에 좀 늦게 온대요.

❹ 그 사람은 1시간이나 늦게 오고서 (　　　　　) 우리들한테 화를 내요.

❺ 친구의 부탁을 그렇게 (　　　　　) 거절하면 사이가 나빠질 수도 있어요.

❻ 집에 오는 길에 서점에 (　　　　　)어서/아서/여서 책을 사 가지고 왔어요.

-고 해서

3. 다음 표를 보고 '-고 해서'를 사용해 질문에 대답하십시오.

시골로 이사한 이유	☑ 공기가 좋다	☐ 경치가 좋다	☑ 집값이 싸다
그 카페에 자주 가는 이유	☐ 분위기가 좋다	☐ 커피가 맛있다	☐ 조용하다
집에만 있는 이유	☐ 날씨가 덥다	☐ 비가 올 것 같다	☐ 외출하기가 귀찮다
청소를 하는 이유	☐ 부모님이 오신다	☐ 할 일이 없다	☐ 주말에 파티가 있다
모임에 안 간 이유	☐ 머리가 아프다	☐ 술을 안 좋아한다	☐ 돈이 없다
전화를 한 이유	☐ 심심하다	☐ 물어볼 것이 있다	☐ 친구들 소식을 듣고 싶다

❶ 가 : 왜 시골로 이사했어요?

　나 : **집값도 싸고 해서 이사했어요**.

❷ 가 : 왜 그 카페에 자주 가요?

　나 : ....

❸ 가 : 왜 집에만 있었어요?

　나 : ....

❹ 가 : 왜 청소를 해요?

　나 : ....

❺ 가 : 왜 그 모임에 안 갔어요?

　나 : ....

❻ 가 : 왜 전화를 했어요?

　나 : ....

4. '-고 해서'를 사용해 대화를 완성하십시오.

❶ 가 : 시장에 다녀오세요?

　나 : 네, **주말에 손님도 오시고 해서 먹을 것 좀 사 왔어요.**

❷ 가 : 어제 일찍 퇴근하셨지요?

　나 : 네, _____ .

❸ 가 : 왜 그 동네로 이사하셨어요?

　나 : _____ .

❹ 가 : 운동을 시작하셨다면서요?

　나 : 네, _____ .

❺ 가 : 어제 빌린 책을 벌써 다 읽었어?

　나 : 응, _____ .

❻ 가 : 그 술집에 자주 가는 이유가 뭐예요?

　나 : _____ .

-지 그래요?

5. 다음 대화를 완성하십시오.

❶ 가 : 몸이 아파서 움직일 수가 없어요.

　나 : **병원에 가지 그래요?**

❷ 가 : 이 옷이 마음에 안 드는데 어떻게 할까요?

　나 : _____ 지 그래요?

❸ 가 : 단어를 몰라서 숙제를 못 하겠어요.

　나 : _____ 지 그래?

❹ 가 : 카메라가 고장 나서 쓸 수가 없어요.

　나 : _____ 지 그래요?

❺ 가 : 여행 가고 싶은데 돈이 없어요.

　나 : _____ 지 그래?

❻ 가 : 다음 학기에도 수업을 듣고 싶은데 언제까지 등록해야 하는지 모르겠어요.

　나 : _____ 지 그래요?

6. 다음 대화를 완성하십시오.

①

카메라 구입	
백화점 38만 원	인터넷 33만 원

가 : 백화점에 카메라를 사러 갔는데 너무 비싸더라.

나 : 그럼 **인터넷으로 사지 그래요?** 훨씬 쌀 걸요.

②

가족 모임 장소	
집	식당

가 : 집에서 회갑 잔치를 하려고 하는데 준비하기가 너무 힘들어요.

나 : 그럼 ....? 편하잖아요.

③

듣기 연습	
뉴스	드라마

가 : 저는 듣기 연습으로 뉴스를 듣는데 단어가 너무 어려워요.

나 : 그럼 ....? 단어도 쉽고 재미있잖아요.

④

운동	
테니스	스쿼시

가 : 저는 테니스를 좋아하는데 같이 칠 친구가 없어요.

나 : 그럼 ....? 혼자서도 할 수 있잖아요.

⑤

부산 ↔ 후쿠오카 왕복	
비행기 30만 원	배 15만원

가 : 후쿠오카에 가고 싶은데 비행기 표가 생각보다 비싸네요.

나 : ....? ....

⑥

선물	
옷	상품권

가 : 어머니께 옷을 사 드리고 싶은데 고르기가 힘들어.

나 : ....? ....

어휘

1. 다음 단어의 뜻을 찾아 연결하고 알맞은 말을 골라 빈 칸에 쓰십시오.

이해하다 ●   ● 어떤 사람을 보고 누구인지 알다.

알아보다 ●   ● 다른 사람의 말이나 뉴스 등을 알게 되다.

알아듣다 ●   ● 싸운 다음에 사과하고 다시 사이좋게 지내다.

화해하다 ●   ● 다른 사람의 생각을 바꾸어서 내 생각과 같이 만들다.

설득하다 ●   ● 말이나 글의 뜻을 알거나 다른 사람의 상황을 알아주다.

❶ 한국에서 오래 살아 보니까 한국 사람들의 사고방식을 (**이해할**)을/ㄹ 수 있어요.

❷ 10년 만에 그 친구를 봤는데도 첫눈에 (　　　)을/ㄹ 수 있었어요.

❸ 그 사람은 고집이 너무 세서 그 사람을 (　　　)기는 참 어려워요.

❹ 그 사람의 말은 너무 빨라서 (　　　)기가 어려워요.

❺ 친구와 싸워서 마음이 불편했는데 오늘 (　　　)으니까/니까 기분이 좋아요.

2. 다음 [보기]에서 알맞은 말을 골라 빈 칸에 쓰십시오.

> [보기] 방법　　　　계속　　　　부딪치다　　　　오해를 사다　　　　표현하다

❶ 종이로 배를 접는 (**방법**)을/를 알면 가르쳐 주세요.

❷ 너무 기뻐서 말로 (　　　)을/ㄹ 수가 없어요.

❸ 약을 먹어도 배가 (　　　) 아픈데 어떻게 하지요?

❹ 뛰어가다가 친구와 (　　　)어서/아서/여서 같이 넘어졌어요.

❺ 다른 사람들한테 (　　　)을/ㄹ 수 있는 행동은 처음부터 안 하는 게 나아요.

-고도

3. 다음 대화를 완성하십시오.

❶ 가 : 누구한테 편지를 썼어요?

　　나 : 고향 친구한테요. 제가 **편지를 받고도 답장을 쓰지 못했거든요**.

❷ 가 : 수지 씨, 왜 그렇게 화가 났어요?

　　나 : 친구가 ＿＿＿＿＿＿＿＿＿고도 사과를 하지 않아서요.

❸ 가 : 아이가 거짓말을 해서 야단친 거예요?

　　나 : 아니요, ＿＿＿＿＿＿＿＿＿고도 반성하지 않아서 야단을 쳤어요.

❹ 가 : 올가 씨, 지난 번에 산 시디(CD)가 어때요?

　　나 : 요즘 너무 바빠서 ＿＿＿＿＿＿＿＿＿고도 아직까지 들어 보지도 못했어요.

❺ 가 : 우리 아이는 책을 ＿＿＿＿＿＿＿＿＿고도 무슨 내용인지 몰라요.

　　나 : 집중해서 읽지 않아서 그래요. 좀 크면 나아질 거에요.

❻ 가 : 샤오밍 씨가 대학교 입학시험에 합격했어요?

　　나 : 네, 하지만 등록금이 없어서 대학교에 ＿＿＿＿＿＿＿＿＿고도 ＿＿＿＿＿＿＿＿＿.

4. 다음 표를 보고 '-고도'를 사용해 대화를 완성하십시오.

샤오밍의 말	히로시의 말
❶ 히로시가 돈을 빌렸는데 갚지 않음.	❷ 내가 샤오밍한테 여러 번 밥을 사 주었는데도 고맙다는 인사를 하지 않음.
❸ 히로시가 학교에서 나를 봤는데도 인사하지 않고 그냥 감.	❹ 길에서 불렀을 때 샤오밍이 들었는데도 대답을 하지 않음.
❺ 히로시가 문자 메시지를 받았을 텐데 답장을 하지 않음.	❻ 샤오밍이 전화를 받았는데도 말하지 않고 끊어 버림.

수지 　：샤오밍 씨와 히로시 씨, 두 사람 싸웠어요? 왜 말을 안 해요?

샤오밍 ：제가 히로시한테 돈을 빌려 줬어요.

❶ **그런데 히로시가 돈을 빌리고도 갚지 않잖아요.**

히로시 ：저는 샤오밍이 돈이 없을 때마다 밥을 사 줬어요.

그런데 샤오밍은 ❷밥을 먹고도 ＿＿＿＿＿＿＿＿＿＿＿＿＿.

그리고 제가 돈을 조금 빌렸는데 만날 때마다 돈을 달라고 해요.

샤오밍 ：너는 학교에서 ❸ ＿＿＿＿＿＿＿＿＿＿＿＿＿＿＿＿＿＿.

히로시 ：샤오밍, 너도 내가 길에서 불렀을 때 ❹ ＿＿＿＿＿＿＿＿＿＿.

샤오밍 ：너는 ❺ 내 문자 메시지를 ＿＿＿＿＿＿＿＿＿＿＿＿.

히로시 ：네가 먼저 ❻ 내 전화를 ＿＿＿＿＿＿＿＿＿＿＿＿＿＿.

수지 　：그만, 그만하세요. 무슨 오해가 있는 것 같은데 우리 어디 가서 한잔하
면서 이야기해 봐요.

−는단 말이에요?

5. 다음 대화를 완성하십시오.

❶ 가 : 날마다 2시간 씩 공부했는데 이번 시험에서 55점을 받았어요.

나 : **날마다 그렇게 열심히 공부했는데 55점을 받았단** 는단/단/이란 말이에요?

❷ 가 : 휴대 전화가 고장 나서 수리를 맡겼는데 수리비가 10만원이래요.

나 : ＿＿＿＿＿＿＿＿＿＿＿＿＿＿＿＿＿ 는단/단/이란 말이에요?

❸ 가 : 수지 씨 집에는 자동차가 4대나 있대요.

나 : ＿＿＿＿＿＿＿＿＿＿＿＿＿＿＿＿＿ 는단/단/이란 말이에요?

❹ 가 : 샤오밍 씨 여자 친구가 미인 대회에서 1등을 했대요.

나 : ＿＿＿＿＿＿＿＿＿＿＿＿＿＿＿＿＿ 는단/단/이란 말이에요?

❺ 가 : 날마다 5시간씩 일하는데 하루에 만 원밖에 못 받아요.

나 : ＿＿＿＿＿＿＿＿＿＿＿＿＿＿＿＿＿ 는단/단/이란 말이에요?

6. 다음은 신문 기사 제목입니다. 기사 제목을 보고 '-는단 말이에요?'를 사용해 문장을 만드십시오.

> 친구와 불장난하다가 산불, 오래된 나무들 수천 그루 불에 타

❶ 불장난을 하다가 산불을 냈단 말이에요?

> 삼겹살 1인분에 1,500원. 더 싼 집이 있으면 돈 안 받아

❷ ....?

> 고등학생이 인터넷으로 가짜 물건 팔아 1억원 이상 벌어

❸ ....?

> 한 집에 사는 개와 고양이 서로 연인처럼 사이가 좋아

❹ ....?

> 집에서 살기 싫어 은행 강도를 하다가 붙잡힌 남자, 교도소 가고 싶어서

❺ ....?

> 다이어트 때문에 날마다 빵 하나와 과일 하나만 먹어 어른 몸무게가 35kg

❻ ....?

YONSEI KOREAN WORKBOOK 3

🔊 22

1. 그림 속의 아이는 왜 울고 있을까요?

2. 여러분은 어렸을 때 오줌을 싼 경험이 있습니까?

---

1)   오줌싸개   bed wetter   尿床的小孩

어렸을 때 자다가 요2)에 지도를 그린 적이 누구에게나 한 번 쯤은 있을 것이다. 아이들은 이런 실수를 하고 엄마에게 야단을 맞을까3) 봐 무서워서 걱정을 한다. 또 어떻게 할까 고민하다가 이불로 살짝4) 덮어 놓고 몰래 학교에 가거나 물을 흘린 것처럼 쏟아5) 놓기도 한다.

한국에서는 오줌을 가릴6) 나이가 된 아이들이 그런 실수를 하면   5
키7)를 씌우고 바가지8)를 들고 이웃집에 가서 소금을 받아 오게 했다. 소금은 나쁜 기운을 쫓아버리고 더러운 것을 깨끗하게 해주는 힘이 있다고 믿었기 때문이다. 키를 쓰고 바가지를 들고 동네를 돌아 다니면 요에 오줌 쌌다9)는 것을 동네 사람들이 다 알게 되는데 그것은 참 부끄러운 일이었다. 아주머니들은 소금을 주시면서 다시는 오줌 싸지   10
말라고 야단을 치셨다. 동네 아이들은 뒤를 따라다니며 하루 종일 놀렸다. 여자 아이들이 키를 쓰고 소금을 얻으러 다니는 모습은 자주 볼 수 없었지만 남자 아이들에게는 흔한 일이었다.

아이들이 오줌을 싸면 어른들은 불장난을 했냐고 물어보기도 했다. 불장난을 하면 흥분되고10) 매우 긴장하게 된다. 또 너무 재미있어서   15
시간 가는 줄 모르고 오래 놀게 된다. 그래서 불장난을 한 후에는 너무 피곤해서 오줌을 싸는 것도 모르고 잔다. 그래서 어른들은 "불장난하지 마라. 불장난하면 오줌 싼다"는 말을 자주 하셨다.

세탁기도 없던 때에 큰 이불 빨래는 보통 일이 아니었다. 추운 겨울에 차가운 물로 빨래를 하고 나면 손은 꽁꽁11) 얼고12) 그 이불을   20
말리는데 며칠이나 걸렸다. 그래서 어른들은 아이들에게 한 번 크게 창피를 주어13) 오줌 싸는 버릇14)을 고치게 하려고 했다. 키를 쓰고 바가지를 들고 이웃집에 소금을 얻으러 가는 것은 두 번 다시 하고 싶지 않은 일이기 때문이다.

2)	요	mattress	被褥
3)	야단을 맞다	to be scolded, get in trouble	被罵
4)	살짝	secretly; quietly	稍微地
5)	쏟다	to pour, spill	潑；倒
6)	가리다	to make a distinction (here: to be toilet-trained)	遮蓋
7)	키	a winnowing basket	(箕) 簸箕
8)	바가지	gourd (used as a dipper or scoop)	瓢
9)	오줌 싸다	to urinate	尿尿
10)	흥분되다	to become excited	(興奮 -) 心情亢奮
11)	꽁꽁	to a strong degree; solid, hard	(凍得) 硬梆梆地
12)	얼다	to freeze	凍
13)	창피를 주다	to humitiate, disgrace	使……覺得慚愧
14)	버릇	habit	毛病；(不好的) 習慣

어휘 연습

1. <보기>에서 알맞은 말을 골라 ( )에 쓰십시오.

[보기]

| 가리다 | 긴장하다 | 흥분되다 | 야단을 맞다 | 창피를 주다 |

❶ 너무 ( ) 어서/아서/여서 말하기 시험을 잘 보지 못했다.

❷ 보통 5~6살 되면 대부분 아이들은 오줌을 ( )는다/ㄴ다/다.

❸ 장난을 치다가 비싼 도자기를 깨서 엄마한테 ( )었다/았다/였다.

❹ 그 사람은 여러 사람 앞에서 내 옷차림이 이상하다고 ( )었다/았다/였다.

❺ 그 남자는 축구 이야기를 하다가 너무 ( )어서/아서/여서 얼굴이 빨개졌다.

2. '살짝' 과 함께 쓸 수 없는 단어는 무엇입니까? ( )

❶ 보다   ❷ 덮다   ❸ 말하다   ❹ 잃어버리다

3. 다음 글의 내용에 맞게 <보기>에서 알맞은 말을 골라 ( )에 쓰십시오.

[보기]

| 요 | 키 | 버릇 | 바가지 | 불장난 | 살짝 | 꽁꽁 |

　아이들은 자다가 ( )에 오줌을 싸면 그것을 감추려고 이불을 ( ) 덮어놓기도 한다. 옛날에 한국에서는 아이들이 오줌을 가릴 나이가 되었는데도 오줌을 싸면 아이에게 ( )을/를 씌우고 ( )을/를 들고 소금을 얻어 오게 했다. 그렇게 한 이유는 아이들에게 창피를 주어서 오줌 싸는 ( )을/를 고치려고 한 것이다. 또 오줌을 싼 아이에게 ( )을/를 했냐고 물어보기도 했다. 왜냐하면 불장난을 하면 밤에 오줌을 싸는 일이 많았기 때문이었다. 세탁기가 없던 때에 빨래는 보통 일이 아니었다. 겨울에 찬 물에 빨래를 하고 나면 손이 ( ) 얼었다.

1. 각 단락의 중심 내용을 쓰십시오.

단락	중심 내용
첫 번째 단락	어릴적의 경험
두 번째 단락	
세 번째 단락	
네 번째 단락	

2. 이 글에 대한 설명으로 맞는 것은 무엇입니까? (   )

❶ 오줌을 싼 아이에게 키에 소금을 얻어 오게 했다.
❷ 오줌 싼 아이는 바가지를 쓰고 이웃집에 가야 했다.
❸ 동네 아이들은 하루 종일 따라다니며 오줌 싼 아이를 놀렸다.
❹ 이웃집 아주머니는 소금을 주시면서 오줌을 싸지 말라고 때렸다.

3. 소금을 주는 이유는 무엇입니까? (   )

❶ 소금은 비싼 것이어서
❷ 소금을 집안에 뿌리려고
❸ 소금으로 나쁜 기운을 없애려고
❹ 소금으로 요를 깨끗이 빨래하려고

4. 불장난을 하면 오줌 싼다고 말한 이유와 관계가 <u>없는</u> 것은 무엇입니까?
( )

❶ 불장난을 하면 흥분되고 긴장을 하게 된다.
❷ 불장난을 하다가 긴장되어 건강이 나빠진다.
❸ 불장난은 재미있어서 오래 하기 때문에 피곤하다.
❹ 불장난을 하면 피곤해서 오줌을 싸는 것도 모르고 잔다.

5. 이 글의 내용과 같으면 ○, 다르면 × 하십시오.

❶ 여자아이에게는 키를 쓰게 하지 않았다. ( )
❷ 소금은 가까운 옆 동네에서 얻어 오게 했다. ( )
❸ 옛날에는 요나 이불 빨래하기가 아주 힘들었다. ( )
❹ 오줌 싼 아이는 소금 얻어 오는 것을 재미있어했다. ( )

1. 이야기를 듣고 질문에 대답하십시오.

1) 이 사람은 피시(PC)방 주인아저씨께 왜 고맙다고 했나요? 쓰십시오.

....

2) 들은 내용과 같으면 ○표, 다르면 X표 하십시오.

❶ 이 사람은 한국에서 한두 번 말실수를 한 적이 있다. 　　　　　　　(　　)
❷ 피시(PC)방 아저씨가 콜라를 선물로 준 걸 몰랐다. 　　　　　　　(　　)
❸ 친구 생일 파티에서 이 사람은 친구들을 웃기려고 농담을 했다. 　(　　)
❹ 한국말 실력을 늘리려면 실수를 할까 봐 두려워해서는 안 된다. 　(　　)

3) 이 사람은 이런 말실수를 하면 어떤 점이 좋다고 했나요? 쓰십시오.

....

2. 이야기를 듣고 질문에 대답하십시오.

1) 이 책은 어떤 사람에게 필요한 책입니까? 쓰십시오.

....

2) 들은 내용과 같으면 ○표, 다르면 X표 하십시오.

❶ 이 책의 제목은 '칭찬은 고래도 춤추게 한다' 이다. 　　　　　　　(　　)
❷ 이 책에는 사과의 방법이 잘 나타나 있다. 　　　　　　　　　　　(　　)
❸ 사과는 잘못을 알게 된 순간보다 좀 더 시간을 두고 하는 것이 좋다. (　　)
❹ 사과할 때는 진실된 마음으로 해야 한다. 　　　　　　　　　　　(　　)
❺ 사과를 잘 해도 원래의 상황으로 돌아올 수는 없다. 　　　　　　(　　)

다음 글을 읽고 여러분이라면 어떻게 할지 써 보십시오. 그리고 친구와 같이 이야기해 보십시오.

저하고 아주 친한 친구가 있어요. 그 친구는 착한 데다가 공부도 잘 해서 인기도 많아요. 저희 엄마는 늘 저한테 그 친구처럼 하라고 해요. 그래서 그날은 기분도 나쁘고 해서 다른 친구한테 그 친구의 욕을 했어요. 그런데 그 친구가 그걸 들은 모양이에요. 그 친구는 너무 화가 나서 저하고 말도 안 해요. 전화를 받고도 대답도 안 하고 끊어 버려요. 정말 사과하고 싶은데 어떻게 사과하는 게 좋을까요? 제가 생각하는 첫 번째 방법은 편지예요. 편지를 써 가지고 친구 가방 속에 넣거나 책상 위에 올려놓는 거예요. 두 번째는 직접 만나서 미안하다고 사과하는 거예요. 세 번째는 선물을 사서 주는 거예요. 그런데 선물을 주면 친구가 오히려 더 기분 나빠할까 봐 걱정이에요. 어떤 방법이 제일 좋을지 가르쳐 주세요.

제8과 일상생활

8과 1항

어휘

1. 다음 [보기]에서 알맞은 말을 골라 빈 칸에 쓰십시오.

[보기]	교통편	준비물	행사	회비	회원

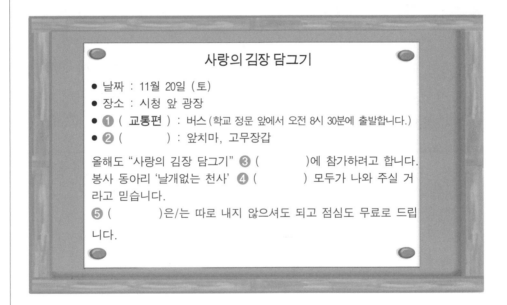

사랑의 김장 담그기

● 날짜 : 11월 20일 (토)
● 장소 : 시청 앞 광장
● ❶ (**교통편**) : 버스 (학교 정문 앞에서 오전 8시 30분에 출발합니다.)
● ❷ (   ) : 앞치마, 고무장갑

올해도 "사랑의 김장 담그기" ❸ (   )에 참가하려고 합니다.
봉사 동아리 '날개없는 천사' ❹ (   ) 모두가 나와 주실 거
라고 믿습니다.
❺ (   )은/는 따로 내지 않으셔도 되고 점심도 무료로 드립
니다.

2. 다음 [보기]에서 알맞은 말을 골라 빈 칸에 쓰십시오.

[보기]   __박 __일   야유회   일정   전체   의논하다

❶ 이번 여행은 (1박 2일) 으로/로 간다. 오늘 떠나서 내일 돌아올 예정이다.

❷ 경주는 도시 (   )이/가 마치 박물관 같다.

❸ 문제가 생기면 누구하고 (   )어요/아요/여요?

❹ 지난번 여행은 여행사가 짠 (   )에 맞춰 다녀야 해서 제대로
　관광을 할 수없었다.

❺ 지난 주말에는 회사에서 남한산성으로 (   )을/를 가서 친구
　집들이에는 가지 못했다.

문법

-으면서도

3. '-으면서도'를 사용해 문장을 완성하십시오.

❶ 담배가 건강에 나쁘다는 것을 알다. ① 담배를 끊었어요.   (×)
　　　　　　　　　　　　　　　　　 ② 담배를 계속 피워요.   (○)

→ <u>담배가 건강에 나쁘다는 것을 알면서도</u> 으면서도/면서도 담배를 계속 피워요.

❷ 돈이 있다.　　　　　　　　　 ① 친구에게 빌려 줬어요. (   )
　　　　　　　　　　　　　　　 ② 친구에게 빌려 주지 않았어요.

(   )

→ ....으면서도/면서도 ....

❸ 돈이 별로 없다.　　　　　　① 쓰기만 해요.　　　　　　　（　　）
　　　　　　　　　　　　　　② 쓰지 못해요.　　　　　　　（　　）
→ _____ 으면서도/면서도 _____.

❹ 단어의 뜻을 모른다.　　　　① 안다고 말했어요.　　　　　（　　）
　　　　　　　　　　　　　　② 모른다고 말했어요.　　　　　（　　）
→ _____ 으면서도/면서도 _____.

❺ 두 사람은 서로 사랑한다.　① 결혼했어요.　　　　　　　　（　　）
　　　　　　　　　　　　　　② 결혼하지 않았어요.　　　　　（　　）
→ _____.

❻ 그 사람이 잘못했다.　　　　① 나한테 사과했어요.　　　　（　　）
　　　　　　　　　　　　　　② 나한테 사과하지 않았어요.　（　　）
→ _____.

4. 다음 대화를 완성하십시오.

❶ 가 : 이 옷은 아주 얇은데 지금 입기에는 좀 춥지 않을까요?

　나 : 아니요, 이 옷은 **얇으면서도** 으면서도/면서도 아주 따뜻해요.

❷ 가 : 그 친구가 부자 아니에요? 그 친구한테 도와 달라고 해 보세요.

　나 : 그 친구는 ＿＿＿＿＿＿＿＿＿ 으면서도/면서도 다른 사람을 도와주지 않아요.

❸ 가 : 샤오밍 씨는 그 이야기를 ＿＿＿＿＿＿＿ 으면서도/면서도 아는 것처럼 말해요.

　나 : 저는 샤오밍 씨가 그 이야기를 다 알고 있는 줄 알았는데 아니었어요?

❹ 가 : 저 학생은 시험을 잘 봤나요?

　나 : 아니요. ＿＿＿＿＿＿＿ 으면서도/면서도 저렇게 잠만 자네요.

❺ 가 : 선생님께서 왜 화가 나셨어요?

　나 : 밍밍 씨가 ＿＿＿＿＿＿＿ 으면서도/면서도 숙제를 다 했다고 거짓말을
　　　했거든요.

-도록 하다

5. 다음 대화를 완성하십시오.

❶ 가 : 다음부터는 조심하세요.

　　나 : 네, **다시는 이런 실수를 하지 않**도록 하겠습니다.

❷ 가 : 오늘은 강의가 많아서 내가 좀 바쁜데…….

　　나 : 네, 교수님, 그럼 다음에 ＿＿＿＿＿＿＿＿＿ 도록 하겠습니다.

❸ 가 : 오늘까지 이 일을 다 끝내셔야 하는데요.

　　나 : 걱정하지 마세요. ＿＿＿＿＿＿＿＿＿ 도록 하겠습니다.

❹ 가 : 내일 회의는 11시에 시작합니다. ＿＿＿＿＿＿＿＿＿＿＿＿＿ 도록 하세요.

　　나 : 네, 일찍 오겠습니다.

❺ 가 : 기침이 자꾸 나요.

　　나 : ＿＿＿＿＿＿＿＿＿＿＿ 도록 하세요. 훨씬 좋아질 거예요.

6. 다음 대화를 완성하십시오.

사장 : 출장 준비는 거의 다 됐지요? 서류 준비는 다 됐나요?

비서 : 아니요, 아직 안 됐습니다. ❶ <u>서류는 오늘 오후까지 준비해 놓</u>도록 하
　　　겠습　니다.

사장 : 비행기를 오후에 탔으면 좋겠는데……. 오후 비행기 표로 좀 바꿔 주세요.

비서 : 네, ❷ ＿＿＿＿＿＿＿＿＿＿＿＿＿ 도록 하겠습니다.

사장 : 비행기 표를 바꾸면 호텔 예약 날짜도 바뀌니까 확인해 보세요.

비서 : 네, ❸ ＿＿＿＿＿＿＿＿＿＿＿＿＿ 도록 하겠습니다.

사장 : 아, 그리고 출장 가기 전에 회의를 했으면 좋겠는데……. 부장들한테
　　　내일 오전에 회의가 있다고 연락 좀 해 주세요.

비서 : 네, ❹ ＿＿＿＿＿＿＿＿＿＿＿＿＿ 도록 하겠습니다.

사장 : 미안한데 비행기에서 읽을 책도 좀 부탁해요.

비서 : 네, ❺ ＿＿＿＿＿＿＿＿＿＿＿＿＿ 도록 하겠습니다.

사장 : 그리고 이번 토요일 김 과장 결혼식에 나 대신 참석 좀 해 주세요.

비서 : 네, 그럼 제가 ❻ ＿＿＿＿＿＿＿＿＿＿＿＿＿ 도록 하겠습니다.

어휘

1. 다음 [보기]에서 알맞은 말을 골라 빈 칸에 쓰십시오.

> [보기] 국적   기타   모국어   성명   성별   연락처

구직 신청서

❶ <u>성명</u>   : 이 제니퍼 (Jennifer Lee)   <u>3</u> 급 <u>16</u> 반

❷ _____ : 캐나다

❸ _____ : 남 / ⓥ여

❹ _____ : 영어

❺ _____ : 저는 아이들을 좋아합니다. 아이들을 가르치는
             일이 었으면 좋겠습니다.

❻ _____ : 010) 2112-1234

---

2. 다음 [보기]에서 알맞은 말을 골라 빈 칸에 쓰십시오.

> [보기] 발음   억양   마침   교환하다   시간이 나다   포기하다

❶ 배달해 드린 물건에 이상이 있으면 바로 (**교환해**)어/아/여 드리겠습니다.

❷ 제 친구는 일본에서 왔는데 'ㅇ' 받침 (   )이/가 정말 어렵대요.

❸ 그 학생은 발음은 좋은데 (   )이/가 자연스럽지 않은 것이 문제이다.

❹ 어렵다고 그만두면 어떻게 해? (   )지 말고 조금만 더 노력해 보자.

❺ 친구한테 전화를 하려고 하는데 (   ) 그 친구한테서 전화가 왔다.

❻ 약속이 취소되었기 때문에 두 시간 정도 (   )어서/아서/여서 영화를 봤다.

어찌나 –는지

3. '어찌나 –는지'를 사용해 대화를 완성하십시오.

❶ 가 : 그 학생이 정말 열심히 공부해요?

　　나 : 네, **어찌나 열심히 하는지** 는지/은지/ㄴ지 제가 깜짝 놀랐어요.

❷ 가 : 그곳이 그렇게 추워요?

　　나 : 네, ＿＿＿＿＿＿＿＿＿＿＿ 는지/은지/ㄴ지 얼어 죽는 줄 알았어요.

❸ 가 : 그 영화가 그렇게 재미있어요?

　　나 : 네, ＿＿＿＿＿＿＿＿＿＿＿ 는지/은지/ㄴ지 세 번을 봤는데 또 보고 싶어요.

❹ 가 : 잔칫집에서 많이 드셨어요?

　　나 : ＿＿＿＿＿＿＿＿＿＿＿ 는지/은지/ㄴ지 배가 터질 것 같아요.

4. 다음 [보기]에서 알맞은 말을 골라 빈 칸에 쓰십시오.

[보기] 맵다	보고 싶다	슬프다
아프다	많이 싸 주다	무섭게 야단을 치다

　　내 별명은 울보다. 어제도 하루 종일 울었다. 아침에 늦게 일어나서 학교에 늦었다. 선생님께서 지각을 자주 한다고 **❶ 어찌나 무섭게 야단을 치시는지** 는지/은지/ㄴ자 울 수밖에 없었다. 수업이 끝나고 친구 집에 갔다. 친구 어머니를 보니까 갑자기 고향에 계신 어머니가 보고 싶어졌다.

❷ ＿＿＿＿＿＿＿＿＿＿＿ 는지/은지/ㄴ지 눈물이 났다. 눈물을 닦고 친구 어머니가 차려 주신 점심을 먹었다. 고추를 하나 입에 넣었는데

❸ ＿＿＿＿＿＿＿＿＿＿＿ 는지/은지/ㄴ지 또 눈물이 났다. 식사를 하고 한국 영화 비디오를 봤다. 이야기가 **❹** ＿＿＿＿＿＿＿＿＿＿＿ 는지/은지/ㄴ지 한참을 울었다. 집에 오려고 하는데 친구 어머니가 음식을 많이 싸 주셨다. 음식을 **❺** ＿＿＿＿＿＿＿＿＿＿＿ 는지/은지/ㄴ지 무거워서 걸을 수가 없었다. 또 눈물이 나왔다. 지하철 역까지 걸어가다가 넘어졌다.

❻ ＿＿＿＿＿＿＿＿＿＿＿ 는지/은지/ㄴ지 눈물이 나왔다.

-고 말다

5. 다음 대화를 완성하십시오.

❶ 가 : 감기에 걸렸어요?

나 : 네, 독감이 유행이라고 해서 조심했는데 **감기에 걸리**고 말았어요.

❷ 가 : 두 사람이 헤어졌다면서요? 어떻게 된 일이에요?

나 : 부모님의 반대로 결국 ＿＿＿＿＿＿＿＿＿＿고 말았대요.

❸ 가 : 지난번 사고로 다친 그 사람은 어떻게 되었대요?

나 : 의사들이 살리려고 많이 노력했는데 며칠 전에 ＿＿＿＿＿＿＿＿고 말았대.

❹ 가 : 이 옷 굉장히 비쌀 텐데……. 돈이 없다고 하지 않으셨어요?

나 : 돈이 없어서 안 사려고 했는데 다들 잘 어울린다고 해서 ＿＿＿＿＿＿＿＿＿＿고 말았어요.

❺ 가 : 동생 간식도 남겨 놓았지? 어디에다 두었니?

나 : 죄송해요. 너무 맛있어서 한 개 두 개 먹다 보니까 ＿＿＿＿＿＿＿＿고 말았어요.

❻ 가 : 시험공부는 다 하셨어요?

나 : 아니요, 너무 피곤해서 잠깐 누웠다가 일어나려고 했는데 아침까지 ＿＿＿＿＿＿＿＿ 말고 말았어요.

YONSEI KOREAN WORKBOOK 3

6. 다음 [보기]에서 알맞은 말을 골라 빈 칸에 쓰십시오.

> [보기] 보다   보이다   웃다   졸다   쫓겨나다   화를 내다

　오늘 오후에 있었던 일입니다. 점심을 먹은 지 얼마 안 된데다가 햇볕도
따뜻해서 저는 그만 깜빡 ❶ <u>졸</u>고 말았습니다. 저뿐만 아니라 몇몇 학생들이
졸고 있었나 봅니다. 그런데 선생님께서 이 모습을 ❷ ＿＿＿＿＿＿＿＿＿고
말았습니다. 선생님께서 우리들에게 자리에서 일어나라고 하시고 야단을 치시기
시작했습니다. 그런데 한 친구가 일어서서 야단을 맞으면서도 계속 졸았습니다.
그 모습이 어쩌나 웃긴지 우리들은 소리 내어 ❸ ＿＿＿＿＿＿＿＿＿고 말았습니다.
선생님께서는 그런 우리들을 보시고 더 화를 내셨고 우리는 결국 교실에서
❹ ＿＿＿＿＿＿＿＿＿고 말았습니다. 쉬는 시간이 됐지만 우리는 교실에 들어갈
수 없었습니다. 그런데 그때 거기를 지나가던 남자 친구에게 제 모습을
❺ ＿＿＿＿＿＿＿＿＿고 말았습니다. 너무 창피했는데 남자 친구는 오후에
만나서도 계속 그 이야기만 했습니다. 그래서 저는 남자 친구에게 그만
❻ ＿＿＿＿＿＿＿＿＿고 말았습니다.

어휘

1. 다음 [보기]에서 알맞은 말을 골라 빈 칸에 쓰십시오.

[보기] 고민	걱정	문제	의견	충고

미래가 ❶ **걱정**되십니까?

직장을 계속 다녀야 할까 ❷ _____ 이십니까?/십니까?

상사와 ❸ _____ 이/가 맞지 않아 힘들지는 않으십니까?

다른 사람의 ❹ _____ 이/가 필요하다고 느끼신 적은 없으십니까?

"직장 생활에서 성공하는 비법! 직장에서 생길 수 있는 모든

❺ _____ 의 해결 방법을 알려 드립니다. 이 책을 읽는 순간 당신의

성공이 보일 겁니다.

2. 다음 [보기]에서 알맞은 말을 골라 빈 칸에 쓰십시오.

[보기] 표정	그냥	아무	아무리	말 못하다	어둡다

❶ 비도 오고 하니까 오늘은 (**그냥**) 집에서 쉬는 게 어때요?

❷ 친구 사이에 (   )을/ㄹ 고민이 뭐야? 이야기해 봐.

❸ 수지 씨는 시험에 합격하고 나서 (   )이/가 밝아졌다.

❹ 그 친구는 고향에 돌아간 뒤로 지금까지 (   ) 연락이 없다.

❺ 공부를 (   ) 열심히 해도 성적이 오르지 않아서 걱정이에요.

❻ 밍밍 씨한테 무슨 걱정이 있는지 요즘 얼굴이 (   )어/아/여 보인다.

-고는

3. 관계있는 문장을 연결해서 한 문장으로 완성하십시오.

일기를 쓰다 ● ⋯⋯⋯⋯⋯⋯⋯ ● 배탈이 나서 병원에 갔어요.

운전면허를 따다 ● ● 곧 잠이 들었습니다.

거짓말을 하다 ● ● 운전할 생각도 안 해요.

팥빙수를 먹다 ● ● 얼굴이 빨개졌습니다.

❶ <u>일기를 쓰</u>고는 <u>곧 잠이 들었습니다.</u>

❷ ⋯⋯⋯⋯⋯⋯⋯⋯⋯⋯ 고는 ⋯⋯⋯⋯⋯⋯⋯⋯⋯⋯⋯⋯⋯ .

❸ ⋯⋯⋯⋯⋯⋯⋯⋯⋯⋯ 고는 ⋯⋯⋯⋯⋯⋯⋯⋯⋯⋯⋯⋯⋯ .

❹ ⋯⋯⋯⋯⋯⋯⋯⋯⋯⋯ 고는 ⋯⋯⋯⋯⋯⋯⋯⋯⋯⋯⋯⋯⋯ .

4. 다음 [보기]에서 알맞은 말을 골라 빈 칸에 쓰십시오.

> [보기] 놓다 듣다 마시다 보다 사과하다 화해하지 않다

　여자 친구는 저하고 데이트할 때 돈을 내지 않습니다. 오늘도 커피를 ❶ **마시고**는 그냥 밖으로 나갔습니다. 그래서 저는 여자 친구를 불러서 오늘은 돈을 내라고 이야기했습니다. 여자 친구는 제 이야기를 ❷ ⋯⋯⋯⋯⋯⋯ 고는 화를 냈습니다. 그리고 찻값을 테이블 위에 ❸ ⋯⋯⋯⋯⋯⋯ 고는 나갔습니다. 오늘 학교에서 여자 친구를 봤습니다. 여자 친구는 나를 ❹ ⋯⋯⋯⋯⋯⋯ 고는 더 큰 소리로 다른 친구와 웃으면서 이야기를 했습니다. 여자 친구와 싸우니까 마음이 너무 불편했습니다. ❺ ⋯⋯⋯⋯⋯⋯ 고는 잠이 안 올 것 같아서 여자 친구에게 전화를 했습니다. 여자 친구도 제게 ❻ ⋯⋯⋯⋯⋯⋯ 고는 앞으로 잘 지내자고 했습니다.

5. 다음 그림을 보고 대화를 완성하십시오.

여자 : 왜 우산을 가지고 오셨어요?

남자 : ❶ <u>비가 올지도</u>을지도/ㄹ지도 몰라서 우산을 가지고 왔어요.

여자 : 덥지 않으세요? 왜 이렇게 두꺼운 옷을 입고 오셨어요?

남자 : ❷ ＿＿＿＿＿＿＿＿＿＿＿＿＿ 을지도/ㄹ지도 몰라서 두꺼운 옷을 입고 왔어요.

여자 : 지도는 왜 가지고 오셨어요?

남자 : ❸ ＿＿＿＿＿＿＿＿＿＿＿＿ 을지도/ㄹ지도 몰라서 가지고 왔어요.

여자 : 손전등은요?

남자 : ❹ ＿＿＿＿＿＿＿＿＿＿＿＿ 을지도/ㄹ지도 몰라서 가지고 왔지요.

여자 : 그런데 신문은 왜 가지고 오셨어요?

남자 : ❺ ＿＿＿＿＿＿＿＿＿＿＿＿ 을지도/ㄹ지도 몰라서 가지고 왔지요.

여자 : 어, 저기 가게가 있네요. 저기서 먹을 것 좀 사 가지고 갈까요?

남자 : ❻ ＿＿＿＿＿＿＿＿＿＿＿＿ 을지도/ㄹ지도 몰라서 제가 먹을 것도 가지고
　　　왔으니까 그냥 가요.

여자 : 준비를 잘 해서 좋기는 한데 가방이 무거워서 힘들겠어요.

6. 다음 대화를 완성하십시오.

❶ 가 : 할머니께 전화 드렸어?

　　나 : 아니, **주무시고 계실지도** 을지도/ㄹ지도 몰라서 전화를 안 했어.

❷ 가 : 왜 항상 사전을 가지고 다니세요?

　　나 : _____ 을지도/ㄹ지도 몰라서요.

❸ 가 : 음식을 왜 그렇게 많이 시키세요?

　　나 : _____ 을지도/ㄹ지도 몰라서요.

❹ 가 : 왜 영어로 이야기하세요?

　　나 : 사람들이 _____ 을지도/ㄹ지도 몰라서 영어로 이야기해요.

❺ 가 : MP3를 사려고 하는데 10만 원 정도면 충분하겠지?

　　나 : 글쎄. _____ 을지도/ㄹ지도 모르니까 더 가지고 가 봐.

❻ 가 : 밤이 늦었는데 왜 안 주무세요?

　　나 : _____ 을지도/ㄹ지도 몰라서요. 남편이 출장을 가면 꼭
　　　　전화를 하는데 오늘은 아직 전화가 안 왔거든요.

어휘

1. 다음 [보기]에서 알맞은 말을 골라 빈 칸에 쓰십시오.

> [보기]　상담 교사　　상담실　　신청서　　조언　　상담 받다

　　저희 ❶ (**상담실**)을/를 찾아 주셔서 감사합니다. ❷ (　　　)기를 원하시는 분은 먼저 ❸ (　　　)을/를 작성해 주십시오. 원하는 시간과 상담 내용을 간단히 적어 주시면 저희가 ❹ (　　　)께 연락을 드려서 상담을 받을 수 있게 해 드립니다. 친절하고 경험이 많으신 분들이니까 좋은 ❺ (　　　)을/를 해 주실 겁니다. 궁금한 것이 있으면 전화로 연락해 주십시오.

2. 다음 [보기]에서 알맞은 말을 골라 빈 칸에 쓰십시오.

> [보기]　면접시험　　성적표　　원서　　입학하다　　접수 시키다

❶ 시험을 본 후 시험 결과를 알려주는 것　　　　→ (　**성적표**　)
❷ 신청서 같은 서류를 내다　　　　　　　　　→ (　　　　)
❸ 학교에 들어가 학생이 되다　　　　　　　　→ (　　　　)
❹ 직접 만나서 질문에 대답하는 시험　　　　　→ (　　　　)
❺ 회사나 학교에 지원하는 내용을 적은 서류　　→ (　　　　)

-으면 되다

3. 다음 표에 표시하고 문장을 완성하십시오.

❶ 한국말을 잘 하고 싶다.	☐ 한국에 유학 온다. ☑ 한국 친구를 사귄다. ☐ 한국 영화를 많이 본다.
❷ 옷이 잘 안 맞는다.	☐ 교환한다. ☐ 수선한다. ☐ 환불한다.
❸ 여자 친구가 화가 났다.	☐ 꽃을 선물한다. ☐ 진심으로 사과한다. ☐ 아무 일 없는 것처럼 행동한다.
❹ 텔레비전을 싸게 사고 싶다.	☐ 인터넷으로 산다. ☐ 중고 텔레비전을 산다. ☐ 전자 상가에 가서 산다.
❺ 한국 요리를 하고 싶다.	☐ 요리책을 본다. ☐ 한국 친구에게 물어본다. ☐ _____
❻ 커피를 옷에 흘렸다.	☐ 물로 빤다. ☐ 세탁소에 맡긴다. ☐ _____

❶ 한국말을 잘 하려면 **한국 친구를 사귀면**으면/면 돼요.

❷ 옷이 잘 안 맞으면 _____으면/면 돼요.

❸ 여자 친구가 화가 났을 때에는 _____으면/면 돼요.

❹ 텔레비전을 싸게 사고 싶으면 _____으면/면 돼요.

❺ 한국 요리를 하고 싶으면 _____으면/면 돼요.

❻ 커피를 흘렸을 때에는 옷을 _____으면/면 돼요.

4. 다음 대화를 완성하십시오.

❶ 가 : 선생님, 입학 원서는 언제까지 내야 해요?

　　나 : <u>1월 27일까지만 내면</u>으면/면 돼요.

❷ 가 : 외국인 노래자랑은 누구나 참가할 수 있어요?

　　나 : 네, _____으면/면 돼요.

❸ 가 : 4급에 꼭 올라가고 싶어요.

　　나 : 결석을 많이 하지 않고 _____으면/면 돼요.

❹ 가 : 국이 너무 짠 거 같은데 어떻게 하지요?

　　나 : _____으면/면 되니까 걱정하지 마세요.

❺ 가 : 어떻게 하면 시험을 잘 볼 수 있을까요?

　　나 : _____으면/면 돼요.

❻ 가 : 여행 갈 준비는 다 끝났어요?

　　나 : 네, 이제 _____으면/면 돼요.

이라서

5. 다음 달력을 보고 대화를 완성하십시오.

일	월	화	수	목	금	토
			1	2	3 개천절	4
5 →	6 추석 →	7 →	8	9 한글날	10	11 오늘
12 어머니 생신	13	14	15	16	17	18
19	20 중간시험	21	22	23	24 →	25 결혼기념일
26	27	28	29	30	31 백화점 세일 →	

10월

❶ 가 : 오늘 왜 이렇게 사람이 많지?

　나 : **토요일이라서**이라서/~~라서~~ 그래요.

❷ 가 : 내일 약속이 없으면 같이 식사하지 않을래요?

　나 : 미안해요. 내일은 ＿＿＿＿＿＿＿＿＿ 이라서/라서 가족들끼리 식사를 할 거예요.

❸ 가 : 우리 20일에 만나기로 했잖아요. 같이 도서관에서 공부하는 게 어때요?

　나 : 20일부터 24일까지는 ＿＿＿＿＿＿＿＿＿ 이라서/라서 도서관에 자리가

　　　없을 거예요. 그냥 우리가 만나던 카페에서 만나지요.

❹ 가 : 이번 중간시험이 끝나고 나서 여행을 간다면서요?

　나 : 네, 25일이 ＿＿＿＿＿＿＿＿＿ 이라서/라서 제주도로 여행을 다녀올 거예요.

❺ 가 : 31일 약속이요, 백화점에서 만나서 밥도 먹고 쇼핑도 하는 게 어때요?

　나 : 31일부터는 ＿＿＿＿＿＿＿＿＿ 이라서/라서 백화점에 사람이 많을 거예요.

　　　다른 곳에서 만나는 게 어때요?

6. 다음 이야기를 완성하십시오.

오늘은 설날이다. 고향에 돌아가지 않은 동생과 나는 창덕궁에 가기로 했다. 동생도 나도 창덕궁에 가는 것은 ❶ **처음이라서**이라서/ ~~라서~~ 한참을 헤맸다. 입장권을 사려고 하는데 ❷ _____ 이라서/라서 외국인은 무료 입장이라고 했다. 들어가서 사진도 찍고 한국 전통 놀이도 해 봤다. 그런데 몇몇 곳은 ❸ _____ 이라서/라서 들어가지 못했다. 올봄이 되어야 공사가 끝난다고 하니까 그때 다시 와 봐야겠다. 창덕궁에서 나와서 점심을 먹으려고 했는데 ❹ _____ 이라서/라서 문을 닫은 곳이 많았다. 한국 친구에게 창덕궁 근처 식당에 대해서 물어보려고 전화를 했다. 여러 번 걸었지만 계속 ❺ _____ 이라서/라서 할 수 없이 집으로 돌아왔다. 조금 쉬었다가 고향에 계신 부모님께 전화를 드렸는데 받지 않으셨다. 부모님도 ❻ _____ 이라서/라서 할머니 댁에 가신 모양이다.

🔊 25

1. 그림을 보고 옛날 서당의 모습은 어떠했을 지 이야기해 봅시다.

2. 여러분의 나라에서는 학교가 없었을 때 어떻게 교육을 했습니까?

서당¹⁾은 옛날에 우리나라 어디에서나 볼 수 있는 지금의 초등학교 같은 곳이었다. 서당에서는 지금의 선생님이라고 할 수 있는 훈장님²⁾이 마을 아이들을 모아 놓고 글³⁾을 가르쳤다. 그래서 글방이라고도 했다.

서당은 지금의 학교처럼 학생들이 많지 않았다. 그렇지만 학생들의 나이는 여섯, 일곱 살에서부터 스무 살 정도까지 다양했다. 학생들 중에는 부잣집 아이들도 있었고 가난한 집 아이들도 있었다. 양반⁴⁾도 있었고 평민⁵⁾도 있었다. 학생들은 나이와 신분⁶⁾에 상관없이 같이 글을 읽었다. 그리고 숙제를 안 해 오거나 말썽을 피우면⁷⁾ 누구나 똑같이 훈장님한테서 벌⁸⁾을 받았다.

서당에서는 글자 쓰기, 글 읽기와 글짓기⁹⁾ 등을 시켰다. 하지만 서당에서 글만 가르친 것은 아니었다. 물론 글을 많이 아는 것도 중요했지만 서당에서 무엇보다 중요하게 생각한 것은 예절이었다. 학생들은 『명심보감』이라는 책을 읽으며 삶의 지혜¹⁰⁾와 예절을 배웠다. 이 책에는 착한 일을 하고, 욕심을 부리지 말고, 가족과 나라를 사랑하라는 내용이 들어 있다.

서당의 교육 방법은 지금의 학교와는 많이 달랐다. 훈장님이 먼저 큰 소리로 글을 읽으면 학생들이 따라서 읽었다. 학생들은 전날 배운 내용을 훈장님 앞에서 외워야 새로운 글을 배울 수 있었다. 어떤 날은 하루에 백 번씩 같은 글을 읽기도 했다. 그래서 서당에서는 날마다 글 읽는 소리가 크게 들렸다. 이런 서당의 공부 방법 때문에 '서당 개 삼 년이면 풍월¹¹⁾을 읊는다¹²⁾'는 속담이 생겼다. 개도 삼 년 동안 글 읽는 소리를 들으면 시를 지을 수 있다는 말이다. 이렇게 서당에서 소리를 내어 글을 읽게 한 데는 이유가 있다. 옛날 사람들은 입, 눈, 마음을 모두 이용하여 공부를 하면 더 잘 할 수 있다고 생각했기 때문이다.

5

10

15

20

25

• **명심보감** : 조선 시대 어린이들의 인격 수양을 위한 한문 교양서. | a precept for children during the Chosun era | 明心寶鑑：朝鮮時代為培養孩子養成良好人格的漢字教科書

책 한 권을 모두 다 배우면 책거리[13]를 했다. 이것은 훈장님께 고마움을 표현하고 친구들끼리 서로를 축하해 주는 잔치였다. 학생의 부모는 자식의 머릿속이 지혜로 가득[14] 차길[15] 바라는 마음으로 속을 가득 채운[16] 송편을 서당에 모인 사람들과 나누어 먹었다. 그리고 훈장님께는 감사의 마음을 전하기 위해 술과 음식을 대접했다.

지금도 서당이 있지만 예전 모습과는 많이 달라졌다. 요즘 부모 중에는 방학이 되면 한문[17] 공부도 하고 예절도 배우게 하려고 아이들을 서당에 보내는 사람도 있다. 훈장님은 평소에 학교에서 공부 때문에 가족과 보내는 시간이 길지 않은 학생들에게 기본[18] 예절을 가르친다. 학생들은 짧은 시간이지만 학교에서는 배우지 못한 한국의 전통문화와 조상[19]의 지혜를 배운다. 또 옛글을 읽으면서 전통의 소중함도 배울 수 있다. 그래서 오늘날 서당은 예절 교육을 하는 곳으로 사람들에게 새롭게 주목을 받고[20] 있다.

1)	서당	traditional Korean village schoolhouse	(書堂) 私塾
2)	훈장님	traditional village school teacher	(訓長 -) 私塾的老師
3)	글	writing; letters	字 ; 文章
4)	양반	traditional Korean nobility; aristocratic class	(兩班) 貴族
5)	평민	commoner, plebeian	(平民) 平民
6)	신분	status, ranking	(身分) 身份
7)	말썽을 피우다	to make trouble, cause trouble	胡鬧 ; 調皮搗蛋
8)	벌	punishment	懲罰
9)	글짓기	composition; essay writing	寫作
10)	지혜	wisdom	(智慧) 智慧
11)	풍월	verse, poetry	(風月) 詩詞歌賦
12)	읊다	to recite	吟詠
13)	책거리	celebration for completely learning a book	冊禮 (讀完書後舉行的儀式)
14)	가득	full, to capacity	滿滿地
15)	차다	to fill; become full (of)	充滿
16)	채우다	to pack, stuff (with)	使……充滿 ; 灌滿
17)	한문	Chinese character	(漢文) 漢文
18)	기본	basic, fundamental	(基本) 基本 ; 基礎
19)	조상	ancestor	(祖上) 祖先
20)	주목을 받다	to receive attention, be noticed	(注目 -) 受人矚目

어휘 연습

1. <보기>에서 알맞은 말을 골라 (   )에 쓰십시오.

> [보기]
>
> 조상   읊다   차다   주목을 받다   말썽을 피우다

❶ 휴지통이 가득 (   )었으니까/았으니까/였으니까 비워야 겠다.

❷ 어렸을 때 (   )어서/아서/여서 어머니께 자주 혼이 났다.

❸ 옛 조상들은 취미로 친구들끼리 모여서 시를 (   )었다/았다/였다.

❹ 한국에서는 설날이나 추석 같은 명절 아침에 (   )께 차례를 지낸다.

❺ 그 영화배우는 이번 영화로 부산 국제 영화제에서 큰 (   )았다/었다 /였다.

2. 다음 단어 중 맞지 <u>않는</u> 것은 무엇입니까? (   )

❶ 고객님   ❷ 아내님   ❸ 훈장님   ❹ 주인님

YONSEI KOREAN WORKBOOK 3

3. 다음 글의 내용에 맞게 <보기>에서 알맞은 말을 골라 (   )에 쓰십시오.

[보기]

| 벌 | 가득 | 신분 | 한문 | 책거리 | 훈장님 |

　　서당은 옛날의 초등학교 같은 곳으로 (　　　　　　　)이/가 학생들에게 글을 가르치는 곳이었다. 학생 수는 많지 않았지만 부잣집 아이, 가난한 집 아이뿐만 아니라 양반과 평민 등 (　　　　　　)이/가 다른 학생들도 함께 모여서 공부했다. 학생들은 잘못을 하면 누구나 똑같이 (　　　　　)을/를 받았다. 서당에서는 예절교육을 중요하게 생각했다. 그리고 공부를 할 때에는 큰 소리를 내어서 글을 읽었다. 한 과정이 끝나면 (　　　　　　)을/를 했는데 그 때 학생의 부모는 자식의 머릿속이 지혜로 (　　　　) 차길 바라는 마음으로 송편을 나누어 먹었다. 지금도 서당이 있지만 예전과는 다른 모습이다. 요즘 부모 중에는 방학이 되면 아이들을 서당에 보내서 (　　　　　) 공부와 예절을 배우게 하는 사람도 있다.

내용 이해

1. 위의 글을 읽고 각 단락의 중심 내용을 간단하게 쓰십시오.

받는 사람	중심 내용
첫 번째 단락	옛날의 학교 서당
두 번째 단락	
세 번째 단락	
네 번째 단락	
다섯 번째 단락	
여섯 번째 단락	오늘날의 서당

2. 서당에서 공부했던 학생에 관한 설명으로 맞지 <u>않는</u> 것은 무엇입니까?
( )

❶ 양반과 평민이 같이 공부했다.
❷ 나이가 달라도 같이 공부했다.
❸ 신분에 따라 공부하는 내용이 달랐다.
❹ 열 살이 안 된 어린 아이들도 공부할 수 있었다.

3. 명심보감의 내용이 <u>아닌</u> 것은 무엇입니까? ( )

❶ 예절　　　　❷ 글쓰기　　　　❸ 삶의 지혜　　　　❹ 나라 사랑

4. 이 글의 내용과 맞는 것은 무엇입니까? ( )

❶ 책거리는 서당을 졸업하는 행사였다.
❷ 요즘도 서당은 사라지지 않고 남아 있다.
❸ 그날 배운 내용은 그 날 시험을 보았다.
❹ 서당에서 제일 중요하게 생각한 것은 글 읽기였다.

5. 이 글의 내용과 같으면 ○, 다르면 × 하십시오.

❶ 요즘에도 서당에 가는 아이들이 있다.　　　　　　　　( )
❷ 서당에서는 배운 내용을 모두 외우게 했다.　　　　　　( )
❸ 서당에서는 선생님을 훈장님이라고 불렀다.　　　　　　( )
❹ 서당에서 공부할 때 큰 소리를 내면 벌을 받았다.　　　( )

1. 대화를 듣고 질문에 대답하십시오.

1) 두 사람은 무슨 일 때문에 전화를 했습니까? (   )

   ❶ 친구를 소개하려고

   ❷ 언어 교환을 하려고

   ❸ 안부 인사를 전하려고

   ❹ 아르바이트를 소개하려고

2) 들은 내용과 같으면 ○표, 다르면 ×표 하십시오.

   ❶ 이 두 사람은 친한 친구 사이이다.   (   )

   ❷ 여자는 한국어를 배우고 싶어하고 남자는 중국어를 배우고 싶어한다. (   )

   ❸ 남자는 여자에게 외국어를 가르쳐 주는 대신에 돈을 받을 것이다.   (   )

   ❹ 남자는 토요일마다 아르바이트를 한다.   (   )

   ❺ 두 사람은 매주 토요일 오전에 만날 것이다.   (   )

2. 대화를 듣고 질문에 대답하십시오.

1) 두 사람이 대화하는 곳은 어디입니까? (   )

   ❶ 교실

   ❷ 상담실

   ❸ 동아리 방

   ❹ 출입국 관리 사무소

2) 들은 내용과 같은 것을 고르십시오. (   )

   ❶ 이 학교는 오전에만 수업이 있다.

   ❷ 이 남자는 지금 아르바이트를 하고 있다.

   ❸ 이 학교에서 공부하기만 하면 취업 비자를 받을 수 있다.

   ❹ 이 남자는 아르바이트 자리를 부탁하려고 선생님을 찾아왔다.

말하기 · 쓰기 연습

다음 글을 읽고 여러분이라면 어떻게 할지 써 보십시오. 그리고 친구와 같이 이야기해 보십시오.

> 나는 미국에서 온 교포이다. 한국에 대해서 알고 싶어서 이번 학기에 한국에 왔다. 어렸을 때부터 엄마, 아빠와 한국말로 이야기해서 말하기는 어느 정도 할 수 있다. 하지만 쓰기는 맞춤법도 잘 모르고 문법도 어려워서 너무 힘들다. 지난 중간시험 점수는 말하기가 82점, 듣기 78점, 읽기가 60점, 쓰기가 61점이었다.
>
> 선생님께서는 4급에 올라갈 수는 있지만 3급을 다시 한 번 공부하는 게 어떠냐고 하셨다. 한국말을 잘 하려면 선생님 말씀처럼 다시 공부하는 게 좋겠지만 시간과 돈을 생각하면 4급에 가는 것이 나을 것 같다. 6개월 후에는 고향으로 돌아가야 하는데 어떻게 해야 할지 모르겠다.

9과 1항

어휘

1. 다음 [보기]에서 알맞은 말을 골라 빈 칸에 쓰십시오.

> [보기]   부탁을 들어주다   부탁을 받다   부탁을 하다   거절하다   거절을 당하다

태우 : "돈 좀 빌려 줄 수 있니?"	태우는 승연이한테 돈을 빌려 달라는 ❶ **부탁을 했다** 었다/**았다**/였다.
승연 : "돈을 빌려 달라고?	승연이는 태우한테 ❷ ＿＿＿＿＿＿＿ 었다/았다/였다.
알았어. 빌려 줄게."	승연이는 태우의 ❸ ＿＿＿＿＿＿＿ 는다/ㄴ다.
수지 : "대사관에 같이 가 줄 수 있니?"	수지는 유카한테 ❹ ＿＿＿＿＿＿＿ 었다/았다/였다.
유카 : "나, 내일 약속이 있어서 안 돼."	유카는 수지의 부탁을 ❺ ＿＿＿＿＿＿＿ 었다/았다/였다.
수지 : "안 된다고? 그럼, 할 수 없지 뭐."	수지는 유카한테서 ❻ ＿＿＿＿＿＿＿ 었다/았다/였다.

2. 다음 [보기]에서 알맞은 말을 골라 빈 칸에 쓰십시오.

> [보기] 동료　　　뭐　　　어쩐지　　　남다　　　밤을 새우다

❶ 이번 주말에 회사 (**동료**)어/가 부산에서 결혼을 해서 거기에 가야 합니다.

❷ 음식이 너무 많이 (　　　　)어서/아서/여서 친구들한테 싸 주었어요.

❸ 보고서를 쓰느라고 어제 (　　　　)어서/아서/여서 지금 정신이 하나도 없어요.

❹ 친구가 병원에 입원해서 (　　　　) 좀 사 가지고 가고 싶은데 어떤 게 좋을까요?

❺ 가 : 내일 고향에서 친한 친구가 올 거예요.

　　나 : (　　　　) 그래서 그렇게 기분이 좋군요.

문법

-기는요

3. 다음 대화를 완성하십시오.

❶ 가 : 요리를 잘 하시네요.

　　나 : **잘 하**기는요. 그냥 요리하는 걸 좋아할 뿐이에요.

❷ 가 : 발음이 좋네요.

　　나 : ＿＿＿＿＿＿＿＿＿＿ 기는요. 연습을 더 해야 하는데요.

❸ 가 : 술을 안 좋아하세요?

　　나 : ＿＿＿＿＿＿＿＿＿＿ 기는요. 의사 선생님이 마시지 말라고 해서 안

　　　　마시는 거예요.

　　가 : 이삿짐 정리는 다 했니?

❹ 나 : ＿＿＿＿＿＿＿＿＿＿기는. 이번 주 내내 해야 할 것 같은데.

　　가 : 도와주지 못해서 미안해.

❺ 나 : ＿＿＿＿＿＿＿＿＿＿기는. 내가 너무 무리한 부탁을 해서 더 미안한데.

　　가 : 탁구를 정말 잘 치시네요.

❻ 나 : ＿＿＿＿＿＿＿＿＿＿기는요. 그냥 취미로 조금 칠 뿐이에요.

4. '-기는요'를 사용해 대화를 완성하십시오.

수지 : 어제 노래방에서 보니까 밍밍 씨가 노래를 아주 잘 하던데요.

밍밍 : ❶ **잘 하**기는요. 노래 부르는 걸 좋아할 뿐이에요.

수지 : 춤도 잘 춘다고 하던데 사실이에요?

밍밍 : ❷ _____기는요. 학교 다닐 때 댄스 동아리에서 좀 배웠을
   뿐이에요.

수지 : 학교 다닐 때 공부도 잘 했지요?

밍밍 : ❸ _____기는요. 그냥 열심히 했어요.

수지 : 이래서 밍밍 씨가 친구들한테 인기가 많은가 봐요.

밍밍 : ❹ _____. 그렇게 칭찬을 하시니까 부끄럽잖아요.

수지 : 그런데 밍밍 씨 친구인 샤오밍 씨는 좀 무뚝뚝한 것 같아요.

밍밍 : ❺ _____. 얼마나 친절한데요.

수지 : 그래요? 저는 무뚝뚝한 줄 알았어요. 말이 없어서요.

밍밍 : ❻ _____. 재미있는 농담을 얼마나 잘 하는지 몰라요.

-느라고

5. '-느라고'를 사용해 대화를 완성하십시오.

❶ 가 : 요즘 왜 그렇게 바빠요?

   나 : **결혼 준비를 하느**라고 바빠요. 제 결혼식이 일주일밖에 안 남았거든요.

❷ 가 : 요즘 왜 전화도 안 하니?

   나 : 미안해. _____느라고 못했어. 시험이 끝나면 한번 만나자.

❸ 가 : 수연 씨, 아주 힘들어 보이네요.

   나 : 네, _____. 공연이 끝나면 연락할게요.

❹ 가 : 어제는 모임에 왜 안 왔어요?

   나 : _____. 고향에서 부모님이 오셨거든요.

❺ 가 : 하루 종일 뭐 하느라고 식사도 못 했어?

   나 : _____. 집이 너무 더러워서 시간이 많이 걸렸어요.

6. 다음 표를 보고 '-느라고'를 사용해 문장을 완성하십시오.

수지	에릭	히로시
텔레비전에서 내가 좋아하는 영화를 하고 있었다. 영화를 보고 잤다.	친구가 고민이 있다고 술을 마시자고 했다. 2시까지 마셨다.	친구가 아파서 내가 대신 아르바이트를 했다. 하루 종일 해서 정말 피곤했다.

유카	올가	안드레이
이모가 오라고 해서 이모 댁에 갔다가 왔다. 시간이 많이 걸렸다.	동생이 갑자기 아팠다. 밤새도록 간호를 했다.	회사에서 밀린 일을 했다. 12시에 퇴근했다.

선생님   : 시험공부 많이 했어요? 네? 못 하다니요? 왜요?

❶ 수지   : <u>좋아하는 영화를</u> 보느라고 <u>시험공부를 못 했어요</u>.

❷ 에릭   : .... 느라고 ....

❸ 히로시   : .... 느라고 ....

❹ 유카   : ....

❺ 올가   : ....

❻ 안드레이 : ....

어휘

1. 상황에 맞게 문장을 만드십시오.

❶ 처음 보는 사람한테 길을 물을 때
실례지만 **길 좀 묻겠습니다**.

❷ 윗사람과의 약속을 미뤄야 할 때
죄송하지만 _____

❸ 윗사람한테 인사를 간다고 전화할 때
오늘 시간이 있으세요? _____

❹ 지나가는 사람한테 사진 촬영을 부탁할 때
실례지만 _____

❺ 식당에서 자리가 없어서 모르는 사람과 같이 앉아야 할 때
실례지만 _____

2. 다음 [보기]에서 알맞은 말을 골라 빈 칸에 쓰십시오.

[보기]	기린	발짝	내밀다	물러나다	나가다

❶ 동물원에 가서 (**기린**)을/를 봤는데 정말 목이 길었어요.
❷ 시계가 없어서 ( )는 사람한테 시간을 물어봤다.
❸ 얼굴이 너무 작게 나오니까 한 ( )만 앞으로 나와 주세요.
❹ 그 아이는 갑자기 손을 ( )으면서/면서 돈을 달라고 했다.
❺ 지금 지하철이 들어오고 있으니까 한 걸음 뒤로 ( )어/아/여 주십시오.

아, 저, 자

3. 다음 [보기]에서 알맞은 말을 골라 빈 칸에 쓰십시오.

| [보기] | 아 | 저 | 자 | 글쎄요 | 있잖아 | 저기요 |

담화표지	상황	예문
❶ __저__	말을 시작하기가 어려울 때	(저), 할 말이 있는데요.
❷	놀라거나 당황했을 때 급할 때	( ), 무서워.
❸	지나가는 사람을 부를 때 말을 시작하기가 어려울 때	( ), 혹시 이 근처에 은행이 있나요?
❹	어떤 것을 강조하거나 확인할 때	( ), 그 말이 사실이래. ( ), 그 사람이 유명한 배우였대.
❺	다른 사람의 말이나 행동에 대답하기 어렵거나 생각하는 시간이 필요할 때	( ), 잘 모르겠는데요.
❻	사람의 관심이나 주의를 끌고 싶을 때	( ), 저를 보세요. ( ), 그만 갑시다.

4. 다음 대화를 완성하십시오.

❶ 가 : ____어____, 내 안경 어디 있지?

　나 : 저기 식탁 위에 있잖아.

❷ 가 : _____, 이제 슬슬 일어날까요?

　나 : 네, 가요.

❸ 가 : _____, 공기밥 하나 더 주세요.

　나 : 네, 잠깐만 기다리세요. 곧 갖다 드릴게요.

❹ 가 : 우리가 지난번에 학생 식당에서 먹었던 그 음식이 뭐지?

　나 : _____, 뭐더라.

❺ 가 : _____, 아까 만난 그 사람이 이 회사 사장이래.

　나 : 정말이야? 그냥 직원인 줄 알았는데.

❻ 가 : _____, 잠깐 할 얘기가 있는데 시간이 있으세요?

　나 : 무슨 일이신데요?

-게

5. 다음 문장을 완성하십시오.

❶ 모두들 **알 수** 있게 좀 쉽게 설명해 주세요.

❷ 감기에 _____ 게 옷을 많이 입히세요.

❸ 운동을 할 땐 _____ 게 조심하십시오.

❹ 엄마, 극장에 _____ 게 용돈 좀 주세요.

❺ 아주머니, 여기 음식을 덜어 _____ 게 그릇 좀 갖다가 주세요.

❻ 사진이 또 떨어졌네요. 이번에는 _____ 지 않게 잘 붙여 주세요.

6. 다음 그림을 보고 문장을 만드십시오.

공연에 방해가 됩니다.

뒷사람이 볼 수 없습니다.

아이들이 먹으면 위험합니다.

속도를 줄이지 않으면
사고가 납니다.

떠들면 다른 사람에게
방해가 됩니다.

포장을 잘못하면 깨질 수
있습니다.

❶ <u>공연에 방해가 되지 않</u>게 휴대 전화를 꺼 주십시오.

❷ ....게 일어서지 마십시오.

❸ ....게 높은 곳에 올려 놓으십시오.

❹ ....게 ....

❺ ....게 ....

❻ ....게 ....

어휘

1. 다음 중 빈 칸에 들어갈 수 **없는** 말을 고르십시오.

1) 신문에 ＿＿＿＿＿＿＿단어가 많아서 아무리 읽어도 이해할 수 없어요. (　❸　)

    ❶어렵다　　　　　　❷모르다　　　　　　❸힘들다

2) 요즘 ＿＿＿＿＿＿은/ㄴ 문제가 많아요. (　　　　)

    ❶어렵다　　　　　　❷안 되다　　　　　　❸힘들다

3) 그런 질문은 대답하기가 ＿＿＿＿＿어요/아요/여요. (　　　　)

    ❶안 되다　　　　　　❷어렵다　　　　　　❸힘들다

4) 오늘까지 그 일을 끝내는 것은 ＿＿＿＿＿은/ㄴ 일이에요. (　　　　)

    ❶안 되다　　　　　　❷어렵다　　　　　　❸불가능하다

5) 생활이 ＿＿＿＿＿어서/아서/여서 대학에 가는 걸 포기했어요. (　　　　)

    ❶어렵다　　　　　　❷힘들다　　　　　　❸불가능하다

2. 다음 빈 칸에 공통으로 들어갈 말을 [보기]에서 골라 쓰십시오.

[보기] 발표	부탁	순서	지방

❶ ○○ 대학　　　（　**지방**　）　❷ ○○을/를 하다　　（　　　）
　○○ 출장　　　　　　　　　　　　○○을/를 듣다
　○○ 출신　　　　　　　　　　　　○○을/를 준비하다

❸ ○○을/를 지키다 （　　　）　❹ ○○을/를 하다　　（　　　）
　○○을/를 기다리다　　　　　　　○○을/를 들어주다
　○○을/를 바꾸다　　　　　　　　○○을/를 거절하다

-다니

3. 다음 표를 보고 '-다니'를 사용해 문장을 만드십시오.

❶ 아이를 제일 많이 낳은 여자 : 바실리에드 (러시아) 69명
❷ 세상에서 제일 작은 책 : 가로, 세로 3.5mm
❸ 딸꾹질을 제일 오래 한 사람 : 찰스 오스본 (미국) 69년
❹ 키가 제일 큰 사람 : 로봇 피싱 와들로우 (미국) 272cm
❺ 한국에서 제일 긴 이름 : 황금독수리하늘을날며세상을놀라게하다
❻ 세상에서 제일 비싼 커피 : 코피 루왁 (인도네시아) 한 잔에 오만 원

❶ 아이를 69명이나 낳다니 믿을 수 없어요.
❷
❸
❹
❺
❻

4. 다음 기사를 읽고 '-다니'를 사용해 문장을 완성하십시오.

> **12월 23일**
>
> 요즘 전 세계적으로 이상한 날씨가 계속되고 있다.
> 서울 여의도에는 봄에 피는 꽃들이 활짝 피어서 거리는 꽃구경을 나온 사람들로 교통혼잡이 일어나기도 했다. 그런가 하면 제주도는 기온이 영하 15도로 내려가서 많은 나무와 꽃이 얼어 죽었다고 한다.
> 이런 이상한 일은 세계 여러 나라에서도 일어나고 있다. 유럽에서는 겨울에 큰비가 내려 홍수가 일어났다. 동남아에서는 갑자기 기온이 떨어지고 눈이 내렸다. 또 러시아에서는 갑자기 날씨가 따뜻해져서 여름옷을 입고 다니는 사람들이 늘고 있을 뿐만 아니라 호수에서 수영을 하는 사람도 있다고 한다. 계절이 반대인 호주에서도 우박이 내리는 등 지구 곳곳에서 이상한 일들이 계속 일어나고 있다.

❶ 여의도 : **겨울에 꽃이 피다니 믿을 수가 없어요.**

❷ 제주도 : ....

❸ 유럽　 : ....

❹ 동남아 : ....

❺ 러시아 : ....

❻ 호주　 : ....

-게 하다

5. '-게 하다'를 사용해 대화를 완성하십시오.

❶ 가 : 아이가 하루 종일 집에서 비디오만 봐요.

　　나 : 가능하면 비디오를 보지 않고 친구들과 **놀게 하세요**~~으세요/세요~~.

❷ 가 : 제 동생은 밤을 새우면서 게임만 해요.

　　나 : 게임을 너무 오래 .... 으세요/세요.

❸ 가 : 제 남편은 피로가 쌓여 있는데도 일만 해요.

　　나 : 먼저 남편을 좀 .... 으세요/세요. 쉬어야 피로가 풀립니다.

④ 가 : 아이가 모기에 물린 곳을 자꾸 긁어요.

　　나 : 긁으면 안 되니까 ＿＿＿＿＿＿＿＿＿＿＿＿＿ 으세요/세요.

⑤ 가 : 앞으로 이런 일이 다시 ＿＿＿＿＿＿＿＿＿＿＿ 으세요/세요.

　　나 : 네, 잘 알겠습니다. 앞으로는 이런 일이 없을 겁니다.

6. 다음 상담 내용을 보고 '-게 하다'를 사용해 문장을 만드십시오.

질문

　아버지가 얼마 전에 고혈압으로 쓰러지셨어요. 의사 선생님께서 아주 조심해야 한다고 하셨어요. 어떻게 해야 할지 가르쳐 주세요.

상담

　아주 착한 따님이시군요. 고혈압은 아주 위험합니다. 음식 조절과 운동이 중요하니까 다음 사항을 잘 지키도록 따님이 도와주세요.

❶ 고혈압 환자에게 짠 음식은 나쁩니다.

❷ 담배를 끊어야 합니다.

❸ 약을 매일 드셔야 합니다.

❹ 스트레스를 받지 않는 것이 좋습니다.

❺ 매일 30분 이상 운동을 하는 것이 좋습니다.

❻ 규칙적으로 의사에게 진찰을 받아야 합니다.

---

❶ 아버지께서 짠 음식을 드시지 않게 하세요.

❷ ＿＿＿＿＿＿＿＿＿＿＿＿＿＿＿＿＿＿＿＿＿＿＿＿＿＿ .

❸ ＿＿＿＿＿＿＿＿＿＿＿＿＿＿＿＿＿＿＿＿＿＿＿＿＿＿ .

❹ ＿＿＿＿＿＿＿＿＿＿＿＿＿＿＿＿＿＿＿＿＿＿＿＿＿＿ .

❺ ＿＿＿＿＿＿＿＿＿＿＿＿＿＿＿＿＿＿＿＿＿＿＿＿＿＿ .

❻ ＿＿＿＿＿＿＿＿＿＿＿＿＿＿＿＿＿＿＿＿＿＿＿＿＿＿ .

어휘

1. 다음 [보기]에서 알맞은 말을 골라 빈 칸에 쓰십시오.

[보기] 과장님   사모님   사장님   선생님   .... 씨

① 회사원 중 대리 바로 위인 사람을 부를 때 쓰는 말   (**과장님**)

② 회사의 책임자 또는 회사 대표를 부를 때 쓰는 말   (   )

③ 보통 사람을 부를 때 이름 뒤에 붙여 쓰는 말   (   )

④ 선생님의 부인 또는 다른 사람의 부인을 부를 때 쓰는 말   (   )

⑤ 보통 남자 어른을 부를 때 쓰는 말 또는 학생들을 가르치는 사람   (   )

2. 다음 [보기]에서 알맞은 말을 골라 빈 칸에 쓰십시오.

[보기] 거래처   선약   곤란하다   귀하다   마중을 나가다

① 가 : 내일 약속 말인데요. 혹시 오늘 오후로 바꿔도 될까요?

  나 : 죄송합니다. 오늘 오후에는 (**선약**)이/가 있어서 곤란할 것 같은데요.

② 가 : 어디 가세요?

  나 : 친구가 온다고 해서 공항에 (   )는/은/ㄴ 길이에요.

③ 가 : 그동안 감사했습니다. 이거 제가 만든 것인데 한번 써 보세요.

  나 : 이렇게 (   )는/은/ㄴ 선물을 받아도 될지 모르겠네요. 감사합니다.

④ 가 : 사장님, (   )에서 연락이 왔는데요. 오늘까지 물건을 보내 달래요.

  나 : 어, 그래요? 오늘까지 보내려면 서둘러야겠네요.

⑤ 가 : 이거 한 달 전에 여기서 산 옷인데 교환할 수 있어요?

  나 : 그건 좀 (   )는데요/은데요/ㄴ데요. 구입하신 지 너무 오래 되어서요.

문법

-는다지요?

3. 다음을 읽고 대화를 완성하십시오.

> 설날 연휴가 시작되었습니다. 지금 고속도로는 고향으로 가는 차들로 매우 복잡합니다. 이미 비행기 표와 기차표는 두 달 전에 예약이 끝났습니다. 자동차로 고향에 가시는 분들은 좀 일찍 서두르시는 게 좋을 것 같습니다. 서울을 출발해 부산까지 가는 데는 평소보다 네 시간 정도 더 걸릴 것으로 보입니다.
>
> 한편 서울 동대문 시장과 남대문 시장에는 설날 준비를 하러 나온 사람들로 무척 복잡합니다. 대부분의 시장과 가게들은 오늘까지만 문을 열고 내일부터는 쉴 예정입니다. 또한 가정에서는 설날 아침에 먹을 떡국과 그 밖의 설날 음식을 준비하느라고 바쁘고, 은행은 아이들에게 줄 세뱃돈을 새 돈으로 바꾸려는 어른들로 만원입니다. 모두가 바쁘고 힘들지만 얼굴에는 웃음이 가득한 것 같습니다. 모두 모두 새해 복 많이 받으시길 바랍니다.

에릭 : 한국 사람들은 명절이 되면 ❶ **고향에 간다지요?** 는다지요? /~~다지요?~~ /~~이라지요?~~

올가 : 네, 그런가 봐요. 그래서 명절이 되면 서울 거리는 오히려 한산해요.

에릭 : 비행기나 기차를 타려면 ❷ ＿＿＿＿＿＿＿＿＿ 는다지요?/다지요? /이라지요?

올가 : 네, 그래서 비행기 표나 기차표를 사는 걸 하늘의 별따기라고 한대요.

에릭 : 그렇겠네요. 표를 구하지 못한 사람들은 자동차를 가지고 가기 때문에 ❸ ＿＿＿＿＿＿＿＿＿ 는다지요?/다지요?/이라지요?

올가 : 네, 너무 밀려서 고향으로 가다가 되돌아오는 사람도 있다고 들었어요.

에릭 : 가게와 시장들도 ❹ ＿＿＿＿＿＿＿＿＿ 는다지요?/다지요?/ 이라지요?

올가 : 네, 그래서 필요한 것은 미리 사 놓아야 한대요.

에릭 : 설날 아침에는 가족들이 모여 ❺ ＿＿＿＿＿＿＿＿＿ 는다지요?/ 다지요?/이라지요?

YONSEI KOREAN WORKBOOK 3

올가 : 네, 그렇대요. 한국 사람들은 떡국을 먹어야 나이를 먹는다고 생각한대요.

에릭 : 떡국을 먹고 세배를 하는데 세배를 하면 ⑥ _____

　　　 는다지요?/다지요?/이라지요?

올가 : 네, 그래서 아이들은 설날을 제일 좋아한대요.

에릭 : 저도 세배하고 세뱃돈을 받았으면 좋겠네요.

4. 다음은 한국 사람들이 좋아하는 것들입니다. 표를 보고 '-는다지요?'를 사용해 대화를 완성하십시오.

❶ 가장 좋아하는 음식	❷ 가장 인기 있는 공연	❸ 가장 많이 타는 자동차
1위　된장찌개	1위　난타	1위　중형차
2위　김치	2위　아이다	2위　소형차
3위　불고기	3위　비보이	3위　대형차
❹ 가장 자주 하는 운동	❺ 가장 많이 먹는 술안주	❻ 가장 좋아하는 숫자
1위　축구를 자주 한다.	1위　오징어를 많이 먹는다.	1위　7을 좋아한다.
2위　등산을 자주 한다.	2위　마른 안주를 많이 먹는다.	2위　3을 좋아한다.
3위　농구를 자주 한다.	3위　과일 안주를 많이 먹는다.	3위　5를 좋아한다.

❶ 가 : **한국 사람들이 제일 좋아하는 음식이 된장찌개라지요?** 는다지요?/다지요?/이라지요?

　　 나 : 네, 그렇대요. 저도 아주 좋아해요.

❷ 가 : _____ 는다지요?/다지요?/이라지요?

　　 나 : 그런가 봐요. 우리도 한번 보러 가요.

❸ 가 : 한국 사람들은 중형차를 _____ 는다지요?/다지요?/이라지요?

　　 나 : 네, 그렇대요.

❹ 가 : _____ 는다지요?/다지요?/이라지요?

　　 나 : 네, 그래서 그런지 주말에 공원에 가면 축구하는 사람이 참 많던데요.

❺ 가 : _____ ?

　　 나 : _____ .

❻ 가 : _____ ?

　　 나 : _____ .

5. 다음 대화를 완성하십시오.

❶ 가 : **머리를 자르실** 을/ㄹ 건가요?

나 : 아니요, 머리를 기르고 싶어요. 조금만 다듬어 주세요.

❷ 가 : ＿＿＿＿＿＿＿＿＿ 을/ㄹ 건가요?

나 : 이따가 시킬게요. 친구 한 명이 아직 안 왔거든요.

❸ 가 : ＿＿＿＿＿＿＿＿＿ 을/ㄹ 건가요? ＿＿＿＿＿＿＿＿＿ 을/ㄹ 건가요?

나 : 내일 가려고 합니다.

❹ 가 : ＿＿＿＿＿＿＿＿＿ 을/ㄹ 건가요? ＿＿＿＿＿＿＿＿＿ 을/ㄹ 건가요?

나 : 가지고 가서 먹을 거예요.

❺ 가 : ＿＿＿＿＿＿＿＿＿ 을/ㄹ 건가요? ＿＿＿＿＿＿＿＿＿ 을/ㄹ 건가요?

나 : 선물할 거니까 포장해 주세요.

❻ 가 : ＿＿＿＿＿＿＿＿＿ 을/ㄹ 건가요? ＿＿＿＿＿＿＿＿＿ 을/ㄹ 건가요?

나 : 친한 친구들 몇 명만 초대해서 집에서 간단히 하려고요.

6. '-을 건가요?'를 사용해 대화를 완성하십시오.

가 : 비행기 표를 사려고 하는데요.

나 : ❶ <u>어디로 가실을/ㄹ 건가요?</u>

가 : 미국이요.

나 : ❷ _____ 을/ㄹ 건가요?

가 : 다음 달 3일이요.

나 : 한국 항공과 아리랑 항공이 있는데 ❸ _____ 을/ㄹ 건가요?

가 : 한국 항공이요.

나 : 오후 4시와 8시에 비행기가 있는데 어느 것을 타시겠어요?

가 : 오후 4시가 좋겠어요.

나 : 네, 알겠습니다. 그날은 아직 좌석이 많이 남아 있네요.

　　❹ _____ ? _____ ?

가 : 일반석이요.

　　❺ _____ ?

나 : 두 명이요.

가 : 계산은 어떻게 하시겠어요?

　　❻ _____ ?

나 : 네, 카드로 할게요.

🔊 28

1. 이 광고들은 무엇을 말하는 것일까요?

2. 여러분 나라의 인상적인 광고를 이야기해 보십시오.

우리는 공공장소에서 공익광고[1]를 자주 보게 된다. 공익광고에는 음식물 쓰레기, 출산[2] 장려[3], 일회용품, 경로사상[4] 등과 같은 공공의 문제들이 많다. 이런 문제들에 대해서 모든 국민이 관심을 가져 줄 것을 부탁하는 메시지가 공익광고에 담겨있다. 이전의 공익광고 문구는 '쓰레기를 버리지 마십시오', '예절을 지킵시다'같이 직접적인 표현들이어서 딱딱하고[5] 강한 느낌을 주었다. 이런 표현들은 부탁이라는 느낌보다는 오히려 명령하는 느낌이 들어서 사람들에게 거부감[6]을 줄 때가 많았다. 이런 이유로 사람들은 공익광고에 큰 관심을 갖지 않게 되었고, 그런 광고는 효과도 그렇게 크지 않았다. 하지만 얼마 전부터는 사람들의 심리를 고려한[7] 새로운 표현들이 나오기 시작했다. 이런 새로운 시도[8]는 사람들의 눈길을 끌게[9] 되었다. 그리고 공익광고에 대한 관심이 커지면서 큰 효과를 보게 되었다.

돈이라면 남기시겠습니까?
음식도 결국 돈입니다.
먹는 거 반, 남기는 거 반.
그렇게 남아서 버리는 음식물 쓰레기가
한 해에 5조[10] 원
음식물 쓰레기를 줄이는 일
나 한 사람의 실천[11]에서 시작됩니다.

이런 모습, 상상은 해보셨나요?

아이보다 어른이 많은 나라,
상상해보셨나요?
2004년 OECD 국가 중 최저 출산율[12]
의 나라.
세계에서 고령화[13] 가 가장 빨리 진행[14]
중인 나라.
2050년 노인 인구 비율[15] 이 37.3%에
이르는[16] 나라.
그곳이 다름 아닌 우리나라입니다.
내 아이를 갖는 기쁨과 나라의 미래를
함께 생각해 주세요.
아이들이 대한민국의 희망입니다.

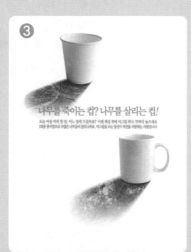

나무를 죽이는 컵? 나무를 살리는 컵!

오늘 아침 커피 한 잔, 어느 컵에
드셨어요?
이제 책상 위에 머그컵 한 잔 가져다
놓으세요.
1회용 종이컵으로 수많은 나무들이
잘리니까요[17].
머그컵을 쓰는 당신이 자연을 사랑하는
사람 입니다.

•OECD : Organisation for Economic Cooperation and Development (경제 협력 개발 기구)
경제발전과 세계무역촉진을 위하여 발족한 국제기구 | (Organisation for Economic Cooperation and Development): an international organization that promotes economic development and world trade | OECD : 經濟合作與發展組織，為促進經濟發展和世界貿易而創立的國際機構

"세상을 보기전에 주위를 먼저 보십시오!"

공익광고협의회
한국방송광고공사

세상을 보기 전에 주위를 먼저 보십시오!

오늘도 지하철에 앉아 신문, 잡지로 세상을 읽는 당신.

혹시 무심코[18] 앉은 자리가 노약자나 장애자를 위한 지정석[19] 은 아닙니까?

'지정석'은 힘겨운[20] 우리 이웃을 위한 최소한[21] 의 배려[22] .

세상을 보기 전에 주위를 한번 둘러보십시오.

1)	공익광고	public service advertisement (PSA)	(公益廣告) 公益廣告
2)	출산	childbirth	(出產) 分娩
3)	장려	encouragement; promotion	(奬勵) 奬勵
4)	경로사상	respect for the elderly	(敬老思想) 敬老思想
5)	딱딱하다	rigid, firm	生硬的；冷漠的
6)	거부감	aversion, repulsion	(拒否感) 排斥感
7)	고려하다	to consider	(考慮 -) 思考
8)	시도	attempt, try	(試圖) 嘗試
9)	눈길을 끌다	to catch a person's eye	引人注目；顯眼
10)	조	trillion	(兆) 兆
11)	실천	action; actual practice	(實踐) 實踐
12)	출산율	birthrate	(出產率) 出生率
13)	고령화	aging	(高齡化) 高齡化
14)	진행	progress; advance	(進行) 進行
15)	비율	percentage, ratio	(比率) 比率
16)	잘리다	to be cut down, felled	被截斷
17)	이르다	to reach, amount to	達到
18)	무심코	carelessly	(無心 -) 無意中
19)	지정석	reserved seat	(指定席) 指定的座位
20)	힘겹다	to be beyond one's capacity, have a hard time	吃力的；費勁的
21)	최소한	at the (very) least; minimum	(最小 -) 最起碼的
22)	배려	consideration	(配慮) 照顧；關懷

어휘 연습

1. <보기>에서 알맞은 말을 골라 (   )에 쓰십시오.

> [보기]
>
> 이르다   힘겹다   고려하다   딱딱하다   눈길을 끌다

❶ 회의 분위기가 너무 (   )어서/아서/여서 말 한마디 할 수 없었다.

❷ 2008년에 서울에 사는 외국인 숫자가 25만 명에 (   )었다/았다/였다.

❸ 식사할 때 여러 가지 영양을 (   )어서/아서/여서 골고루 먹어야 한다.

❹ 그 학생은 부모님을 잃고 어린 동생과 둘이서 (   )게 살아가고 있다.

❺ 패션쇼에 가 보면 사람들의 (   )는/은/ㄴ 디자인의 옷들이 아주 많다.

2. '끌다'와 같이 쓸 수 <u>없는</u> 단어는 무엇입니까? (   )

❶ 인기   ❷ 관심   ❸ 눈길   ❹ 유행

3. 다음 글의 내용에 맞게 <보기>에서 알맞은 말을 골라 (   )에 쓰십시오.

> [보기]
>
> 시도   심리   효과   거부감   공익광고   장려하다

> 　모든 국민이 관심을 가져 줄 것을 부탁하는 (   )이/가 많이 달라졌다. 전에는 명령하는 것과 같은 딱딱한 표현이 많았지만 요즘에는 사람들의 (   )을/를 고려한 새로운 표현이 나오기 시작했다. 그래서 (   )이/가 적고 (   )이/가 크다. 예를 들어 출산을 (   )는/은/ㄴ 광고도 '아이보다 어른이 많은 나라, 상상해 보셨나요?'라는 질문으로 시작한다. 이것도 '아이를 많이 낳읍시다' 같은 말보다 훨씬 효과적이다. 이런 (   )은/는 사람들의 눈길을 끌게 되었고 공익광고에 대한 관심이 커지게 되었다.

1. 각 공익광고가 무엇에 관한 광고인지 간단하게 쓰십시오.

광고	관련 내용
첫 번째 단락	음식물 쓰레기
두 번째 단락	
세 번째 단락	
네 번째 단락	

2. 첫 번째 광고가 말하려는 내용은 무엇입니까? (   )

❶ 음식 쓰레기를 줄이자.
❷ 음식 쓰레기를 잘 활용하자.
❸ 음식 쓰레기를 깨끗이 처리하자.
❹ 음식물 쓰레기를 아무데나 버리지 말자.

3. 두 번째 광고에 대한 설명으로 맞는 것은 무엇입니까? (   )

❶ 아이들이 없으면 미래도 없다.
❷ 현재 노인 인구는 전체 인구의 37.3%다.
❸ 한국은 노인 인구가 가장 빨리 줄고 있다.
❹ 한국은 세계에서 출산율이 제일 낮은 나라다.

4. 세 번째 광고에 대한 설명으로 맞지 <u>않는</u> 것은 무엇입니까? (   )

❶ 나무를 죽이는 컵은 일회용 컵이다.
❷ 자연을 위해서 머그컵을 써야 한다.
❸ 종이컵을 만들기 위해 나무를 많이 자른다.
❹ 자연 보호를 위해 컵을 사용하지 말아야 한다.

5. 네 번째 광고에 대한 설명으로 맞는 것은 무엇입니까? (   )

❶ 노약자와 장애자가 아니면 지정석에 앉을 수 없다.
❷ 광고에서 말하는'세상'은 정보와 소식을 의미한다.
❸ 사람들은 일부러 노약자석에 앉아서 신문을 읽는다.
❹ 광고에서 말하는'주위'는 자기 옆에 앉은 사람을 의미한다.

6. 이 글의 내용과 같으면 ○, 다르면 × 하십시오.

❶ 요즘 공익광고는 사람들에게 거부감을 주지 않는다.　　(　　)
❷ 공익광고에는 국민들이 관심을 갖는 문제들이 많다.　　(　　)
❸ 병원, 지하철, 도서관 등에서 공익광고를 볼 수 있다.　　(　　)
❹ 이전 공익광고 표현은 직접적이어서 광고효과가 컸다.　　(　　)

1. 음성 메시지를 듣고 질문에 대답하십시오.

1) 여자가 주인아저씨께 메시지를 남긴 이유는 무엇입니까? (   )

❶ 방을 옮기려고
❷ 수리를 부탁하려고
❸ 친구의 부탁을 하려고
❹ 다른 집으로 이사하려고

2) 들은 내용과 같으면 ○표, 다르면 ×표 하십시오.

❶ 여자는 이사한 지 얼마 안 된다.   (   )
❷ 욕실에 있는 수도에서 물이 계속 흐른다.   (   )
❸ 찬물도 하루 종일 나오지 않는다.   (   )
❹ 3층에 빈 방이 많이 있다.   (   )
❺ 주인아저씨가 전화를 받지 않아서 메시지를 남겼다.   (   )

2. 대화를 듣고 질문에 대답하십시오.

1) 남자는 여자에게 어떤 부탁을 했나요? 쓰십시오.

_____

2) 남자가 보려는 영화는 어떤 영화인가요? (   )

❶ 코미디 영화이다.
❷ 영화 제목은 '비밀'이다.
❸ 밍밍 씨가 추천한 영화이다.
❹ 요즘 가장 인기 있는 영화이다.

3. 대화를 듣고 질문에 대답하십시오.

1) 남자가 말하는 '부탁을 잘 하는 방법'이 <u>아닌</u> 것은 무엇입니까? (   )

   ❶ 예의 바른 태도로 부탁한다.

   ❷ 부탁 내용은 알아듣기 쉽게 말한다.

   ❸ 부탁을 들어주면 직접적으로 고맙다는 표시를 하는 것이 좋다.

   ❹ 부탁을 할 때 부탁하는 이유는 대답을 들은 다음에 말하는 것이 좋다.

2) 남자는 어려운 부탁을 받았을 때 어떻게 합니까? (   )

   ❶ 거절을 못해서 거의 다 들어준다.

   ❷ 부탁을 받기 전에 먼저 거절한다.

   ❸ 들어줄 수 없는 이유를 솔직하게 말한다.

   ❹ 생각할 시간을 달라고 한 후 나중에 거절한다.

말하기 · 쓰기 연습

다음 글을 읽고 여러분의 생각을 써 보십시오. 그리고 친구와 같이 이야기해 보십시오.

> 대화할 때 가장 어려운 것이 부탁과 거절이죠?
>
> 우리는 살아가면서 많은 부탁을 하고 받습니다. 물론 모든 일을 내 힘으로 하고 다른 사람의 부탁을 다 들어주면 좋겠지만 그럴 수는 없는 일입니다. 사람들과의 관계에서 가장 어려운 것이 부탁과 거절입니다. 한 설문 조사를 보면 가장 하기 어려운 것이 '돈을 빌려 달라고 할 때 거절하기'와 '빌린 돈을 안 갚을 때 돈을 달라고 하기'라고 합니다. 친구가 급하다며 돈을 빌려 달라고 하지만 빌려 주고 싶지 않을 때 여러분은 어떻게 거절하겠습니까? 거절하기 위해 거짓말을 하는 것은 괜찮다고 생각하십니까?
>
> 또 친구가 빌린 돈을 갚지 않으면 어떻게 말하겠습니까? 친구 기분이 상하지 않게 말하는 방법이 있으면 가르쳐 주십시오.

10과 1항

어휘

1. 다음 [보기]에서 알맞은 말을 골라 빈 칸에 쓰십시오.

[보기]	과거	미래	회상	준비	후회

12월 7일

이제 한국 생활이 얼마 남지 않았다. 한국에서 보낸 지난 1년을
❶ (**회상**)해 보니까 ❷ (   )이/가 되는 일이 많다. 처음 한국에
와서 공부는 하지 않고 집에서 컴퓨터 게임만 하던 일, 친구들과 놀러
다니느라고 수업에 빠진 일 등등 말이다. 처음부터 열심히 공부했다면 더
빨리 졸업할 수 있었을 텐데……. 이런 내가 좋은 성적으로 졸업을 할 수
있었던 것은 3급 때 사귄 친구들 덕분이다. 연극 대회 ❸ (   )을/를
하면서 친해진 친구들은 기쁠 때나 슬플 때나 나에게 힘이 되어 주었다.
　❹ (   )의 게으르고 불성실하던 나를 자신감으로 가득 찬
모습으로 만들어 준 유학 생활. 이제 다가올 나의 ❺ (   )은/는 밝게
빛나지 않을까?

---

2. 다음 [보기]에서 알맞은 말을 골라 빈 칸에 쓰십시오.

[보기]	관련	옛날	말이 나온 김에	유난히	추억하다

❶ 가 : '할머니' 하면 뭐가 생각나세요?

나 : 저는 할머니가 들려주시던 (**옛날**   )이야기가 생각나요.

❷ 가 : 올해는 꼭 에어컨을 사려고요. 작년 여름에 너무 고생을 했거든요.

나 : 맞아요. 작년 여름은 (   ) 더웠어요.

❸ 가 : 우리 할머니는 요즘 옛날 사진들을 자주 꺼내 보세요.

나 : 옛날에 좋았던 때를 (   )으시는/시는 거겠지요.

❹ 가 : 새로 생긴 일식집에 가 보셨어요?

나 : 네, 맛도 있고 분위기도 좋아요. (   ) 오늘 점심은 거기서 먹을까요?

❺ 가 : 발표 준비는 다 했니?

나 : 아니, 이제 겨우 (   ) 기사들만 모았을 뿐이야. 오늘부터 해야지.

-다가도

3. 다음 문장을 완성하십시오.

❶ 그 남자는 술을 너무 좋아해서 **자**다가도 술이라고 하면 벌떡 일어나요.

❷ 그 아이는 ＿＿＿＿＿＿＿＿＿＿＿＿ 다가도 엄마만 보면 방긋 웃는다.

❸ 학생들은 시끄럽게 ＿＿＿＿＿＿＿＿＿＿ 다가도 그 선생님만 보면 조용해졌다.

❹ 안드레이 씨는 수업 시간에 ＿＿＿＿＿＿＿＿＿ 다가도 쉬는 시간만 되면 깨어난다.

❺ 엄마들은 아이한테 ＿＿＿＿＿＿＿＿＿ 다가도 아이의 웃는 모습만 보면 저절로 화가 풀린다고 한다.

4. 다음 대화를 완성하십시오.

❶ 가 : 요즘 날씨가 좀 이상하지요? 이렇게 날씨가 **좋**다가도 갑자기 비가 내리니까 말이에요.

　나 : 네, 날마다 우산 챙기는 것도 일이에요.

❷ 가 : 이 식당은 항상 이렇게 손님이 많아요?

　나 : 아니요, 점심시간에는 이렇게 손님이 ＿＿＿＿＿＿＿ 다가도 점심시간이 지나면 손님이 별로 없어요.

❸ 가 : 남자 친구가 그 배우를 싫어한다면서요?

　나 : 네, 텔레비전을 ＿＿＿＿＿＿＿ 다가도 그 배우만 나오면 채널을 돌려 버려요.

❹ 가 : 어른이 부르시면 뭘 ＿＿＿＿＿＿＿ 다가도 대답을 해야 하는 거야. 알았지?

　나 : 네, 엄마. 다음부터는 그렇게 할게요.

❺ 가 : 기분이 나쁠 때는 뭘 하세요?

　나 : 저는 음악을 들어요. 음악을 들으면 기분이 ＿＿＿＿＿ 다가도 ＿＿＿＿＿ 거든요.

-곤 하다

5. 다음 글을 읽고 문장을 완성하십시오.

> 저는 어렸을 때 장난감 자동차를 너무 좋아해서 장난감 자동차를 모았어요. 그래서 **장난감 가게에 가면 꼭 장난감 자동차를 샀어요.** 초등학교 때는 인라인 스케이트 타는 것이 너무 재미있어서 **자주 밤 늦게까지 공원에서 인라인 스케이트를 타다가** 어머니한테 야단을 맞은 일도 많았어요. 중학교 때는 기타를 치기 시작했고 **시간만 나면 기타 연습을 했어요.** 고등학교 때는 학교 친구들과 밴드를 만들어서 기타를 연주했어요. 그리고 **학교에 행사가 있을 때마다 공연을 했어요.** 대학생이 되어서는 수영을 배우기 시작했어요. 수영을 하면서 건강해지니까 수영이 더 좋아졌어요. 그래서 **시간이 날 때마다 수영장에 갔어요.** 요즘은 어떤 취미 생활을 하냐고요? 직장 생활이 너무 바빠서 취미를 즐길 시간이 별로 없어요. 너무 피곤해서 **시간만 나면 자는 게 제가 제일 좋아하는 일이 되었답니다.**

❶ 어렸을 때 저는 장난감 가게에 가면 **장난감 자동차를 사**곤 했어요.

❷ 초등학교 때는 _____ 곤 했어요.

❸ 중학교 때는 _____ 곤 했어요.

❹ 고등학교 때는 _____ 곤 했어요.

❺ 대학교 때는 _____ 곤 했어요.

❻ 지금은 시간이 나면 _____ 곤 해요.

6. 다음 대화를 완성하십시오.

❶ 가 : 가족이 보고 싶으면 어떻게 해요?
　　나 : 그럴 때에는 **사진을 보**곤 해요.

❷ 가 : 스트레스가 쌓일 때는 어떻게 하세요?
　　나 : _____ 곤 해요.

❸ 가 : 고등학교 때 시험이 끝나면 뭘 하셨어요?
　　나 : _____ 곤 했어요.

❹ 가 : 어렸을 때는 친구들과 무엇을 하고 놀았어요?
　　나 : _____ 곤 했어요.

어휘

1. 다음 빈 칸에 공통으로 들어갈 말을 [보기]에서 골라 쓰십시오.

> [보기] 늘다   바뀌다   발전하다   변하다   좋아지다   향상되다

❶ 건강이＿＿＿＿＿＿＿＿
  날씨가＿＿＿＿＿＿＿＿
  사이가＿＿＿＿＿＿＿＿ (**좋아지다**)

❷ 기술이＿＿＿＿＿＿＿＿
  성적이＿＿＿＿＿＿＿＿
  실력이＿＿＿＿＿＿＿＿ (   )

❸ 성격이＿＿＿＿＿＿＿＿
  안색이＿＿＿＿＿＿＿＿
  입맛이＿＿＿＿＿＿＿＿ (   )

❹ 이름이＿＿＿＿＿＿＿＿
  장면이＿＿＿＿＿＿＿＿
  주소가＿＿＿＿＿＿＿＿ (   )

❺ 경제가＿＿＿＿＿＿＿＿
  기술이＿＿＿＿＿＿＿＿
  도시가＿＿＿＿＿＿＿＿ (   )

❻ 실력이＿＿＿＿＿＿＿＿
  몸무게가＿＿＿＿＿＿＿
  학생 수가＿＿＿＿＿＿＿ (   )

2. 다음 [보기]에서 알맞은 말을 골라 빈 칸에 쓰십시오.

> [보기] 건물   단층   양쪽   시간이 흐르다   화려하다

❶ 한국어학당은 연세대학교 동문 왼쪽에 있는 빨간색 (**건물**)입니다.

❷ 아무리 힘든 일도 (   )으면/면 다 잊혀질 거야.

❸ 이 길은 길 (   )에 나무들이 아름답게 서 있어서 산책하기에 좋아요.

❹ 10년 전에는 (   ) 건물만 있었지만 지금은 고층 건물이 대부분이에요.

❺ 평소의 수수한 모습과는 달리 (   )는/은/ㄴ 옷차림을 한 내 모습에
  사람들이 모두 놀라는 것 같았다.

전만 해도

3. 다음 대화를 완성하십시오.

❶ 가 : 우리 강아지 어디 갔지?

나 : **조금** 전만 해도 여기 있었는데……. 어디로 갔지?

❷ 가 : 1월에는 비행기 표가 없대요. 다음 방학에나 가야겠어요.

나 : 어? _____ 전만 해도 있었는데…….

❸ 가 : _____ 전만 해도 여기에 가게가 없었던 것 같은데…….

나 : 그러네요. 언제 가게가 생겼지?

❹ 가 : 이 아이스크림 값이 올랐네요. _____ 전만 해도 500원이었는데…….

나 : 물가가 자꾸 올라서 걱정이에요.

❺ 가 : _____ 전만 해도 여기에서 차 한 대 구경하기도 힘들었는데…….

나 : 맞아요. 지금은 너무 복잡해져서 다니기도 힘들어요.

❻ 가 : 어? 우리가 보려고 한 영화는 벌써 끝났나 봐.

나 : 그게 무슨 소리야? _____ 전만 해도 여기에 포스터가 붙어

있었 는데.

4. 다음 그림을 보고 '전만 해도'를 사용해 수지 씨를 본 사람들의 말을 완성하십시오.

❶ 아빠 친구   : <u>**10년 전만 해도**</u> 어린 아이였는데 이제 숙녀가 됐네. 많이 컸다.

❷ 고등학교 친구 : 많이 예뻐졌다. .... 아주 뚱뚱했잖아. 어떻게
    살을 뺀 거야?

❸ 고향 친구   : 통역사가 되었다고? .... '가나다'도 몰랐었잖아.

❹ 하숙집 친구   : .... 남자 친구 소개 시켜 달라고 했었잖아.
    언제부터 사귄 거야?

❺ 선생님   : .... 병원에 있다고 들었는데 퇴원한 거예요?

❻ 반 친구   : .... 긴 머리였잖아. 짧은 머리도 잘 어울린다.

–는다고 할 수 있다

5. 다음 그림을 보고 문장을 완성하십시오.

❶

올가

유카

올가 씨가 유카 씨보다 **노래를 잘한다고**
는다고/다고/이라고 할 수 있다.

❷ 우리 반 쓰기 시험 평균 87점

쓰기 시험 점수가 80점이면 다른 친구
들에 비해 ....는다고/다고/
이라고 할 수 있다.

❸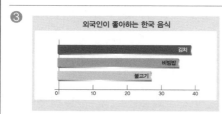

외국인에게 인기 있는 한국 음식은
....는다고/
다고/이라고 할 수 있다.

❹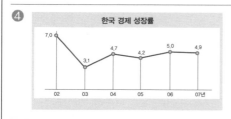

2007년 한국의 경제는 2005년도에
비해 ....
는다고/다고/이라고 할 수 있다.

❺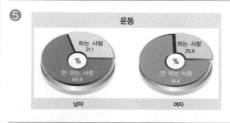

남자가 여자에 비해 ....
...................................는다고/다고/이라고
할 수 있다.

❻

2007년에는 자신의 월급에 만족하는
사람이 2003년에 비해 ....
.....................................는다고/다고/
이라고 할 수 있다.

6. 다음 대화를 완성하십시오.

❶ 가 : 그 회사 제품이 비싼가요?

　　나 : <u>다른 회사 제품보다는 비싸다고</u>는다고/다고/이라고 할 수 있지요.

❷ 가 : 이 병에 걸린 환자가 많아요?

　　나 : 10,000명 중에 1명 정도 이 병에 걸리니까 _____
　　　　는다고/다고/이라고 할 수 있어요.

❸ 가 : 점심은 날마다 그 식당에서 드세요?

　　나 : 약속이 없으면 그 식당에서 점심을 먹으니까 _____
　　　　는다고/다고/이라고 할 수 있겠네요.

❹ 가 : 영화를 자주 보세요?

　　나 : 일주일에 한 편은 꼭 보니까 _____ 는다고/다고/이라
　　　　고 할 수 있어요.

❺ 가 : 학생들이 시험을 잘 봤나요?

　　나 : 모두 다 4급에 올라가니까 _____ 는다고/다고/이라고
　　　　할 수 있어요.

❻ 가 : 3년 전보다 물가가 많이 올랐나요?

　　나 : 버스 요금이 두 배로 올랐으니까 _____ 는다고/다고/이
　　　　라고 할 수 있지요.

어휘

1. 다음 [보기]에서 알맞은 말을 골라 빈 칸에 쓰십시오.

> [보기]　가정하다　　　　상상하다　　　　예상하다　　　　추측하다

❶ 내년에는 경제가 좋아질 것으로 (**예상하**)는 사람들이 많다.

❷ 책을 읽으면서 그 장면을 (　　　　)어/아/여 봤다.

❸ 동물도 언어를 배울 수 있다고 (　　　　)고 이 실험을 해 봤다.

❹ 경찰은 이번 사건의 범인이 한 명이 아닐 거라고 (　　　　)고 있다.

2. 다음 [보기]에서 알맞은 말을 골라 빈 칸에 쓰십시오.

> [보기]　사정　　　　벌써　　　　어느새　　　　귀국하다　　　　바라다

❶ 우리가 도착했을 때 (**벌써**) 공연이 시작된 후였다.

❷ 승연 씨가 박사 학위를 따 가지고 다음 달에 (　　　　)는대요/ㄴ대요.

❸ 김 과장님은 오늘 (　　　　)이/가 있어서 회의에 참석하지 못하신대요.

❹ 올해도 건강하시고 모든 소원이 이루어지시기를 (　　　　)습니다/ㅂ니다.

❺ 3급을 시작한 지 얼마 안 된 것 같은데 (　　　　) 3급이 끝날 때가 다 되었다.

-었을 것이다

3. 다음은 친구들이 어제 받은 문자 메시지입니다. 친구들은 어제 무엇을 했을까요? 쓰십시오.

<table>
<tr>
<td>

📶 📋📋📋 🔋

12월 24일은 크리스마스 전날이어서 손님이 많으니까 오후 4시부터 일을 해 주기 바람. 밤 12시쯤 끝날 예정.

－주인아저씨

샤오밍

</td>
<td>

📶 📋📋📋 🔋

친구들과 오늘 저녁에 파티를 하기로 했어. 너도 올 수 있지? 연대 앞 카페 '빈'에서 7시 30분에 시작. 회비 3만원. －피터

에릭

</td>
<td>

📶 📋📋📋 🔋

예술의 전당에서 하는 발레 공연 예약했어. 7시 30분에 시작하니 까 6시에 신촌역에서 만나.

－율리아

올가

</td>
</tr>
</table>

<table>
<tr>
<td>

📶 📋📋📋 🔋

특별한 약속이 없으면 하숙집 사람들끼리 집에서 술이나 마시자.

－사사키

태우

</td>
<td>

📶 📋📋📋 🔋

오늘 밤 시청 앞에 가자. 크리스마스트리 구경도 하고 시청 앞 스케이트장에서 스케이트도 타자. 옷 따뜻하게 입고 와. －리사

안드레이

</td>
<td>

📶 📋📋📋 🔋

크리스마스 기념 콘서트를 올림픽 체조 경기장에서 7시에 시작한대. 일찍 오는 순서대로 들어갈 수 있으니까 2시쯤 만나서 같이 가자.－진리

밍밍

</td>
</tr>
</table>

❶ 샤오밍 씨는 <u>어제 늦게까지 아르바이트를 했을 거예요</u>.

❷ 에릭 씨는 ....

❸ 올가 씨는 ....

❹ 태우 씨는 ....

❺ 안드레이 씨는 ....

❻ 밍밍 씨는 ....

4. 다음 사람들은 어떤 것을 선택했을까요? '-었을 것이다'를 사용해 문장을 만드십시오.

본인이 하고 싶은 것	친구/남편/가족들의 제안	내 생각
유카 : 시험이 끝나서 신나게 놀고 싶다.	• 영화 보기 • 놀이 공원에 가서 놀기 • 클럽에 가서 춤추기	유카는 ❶ 놀이 공원에 가서 신나게 놀았을 것이다. ❷ ....
유카의 언니 : 첫 번째 결혼기념일이니까 특별한 곳에서 식사하고 싶다.	• 옛날에 데이트하던 작은 카페에 가서 식사하기 • 야경이 멋있는 호텔에 가서 식사하기 • 맛있는 갈비집에 가서 고기 먹기	유카 언니는 ❸ .... ❹ ....
유카의 오빠 : 이번 휴가는 조용히 보내고 싶다.	• 가족 여행 • 혼자서 등산 가기 • 집에서 만화책 읽기	유카 오빠는 ❺ .... ❻ ....

–었다면

5. 다음 표를 보고 '–었다면'을 사용해 문장을 만드십시오

사람	하고 싶었던 일	하지 못한 이유
❶ 샤오밍	대학생	입학시험을 못 봤음.
❷ 승연	미스 코리아	키가 작음.
❸ 히로시	아나운서	목소리가 좋지 않음.
❹ 에릭	운동선수	체력이 약함.
❺ 올가	발레리나	다리를 다침.

❶ **샤오밍 씨가 입학시험을 잘 봤다면 지금쯤 대학생이 되었을 것이다.**

❷ _____ .

❸ _____ .

❹ _____ .

❺ _____ .

6. 다음을 읽고 '–었다면'을 사용해 문장을 완성하십시오.

❶ 산을 올라가다가 날씨가 안 좋아서 내려왔다.
   날씨가 좋았다면 산 정상까지 갈 수 있었을 텐데.

❷ 평소에 공부를 열심히 하지 않았다. 오늘 시험을 봤는데 58점이었다.
   _____었다면/았다면/였다면 시험을 잘 봤을 텐데.

❸ 그 선수가 경기를 하다가 다쳐서 병원으로 실려 갔고 그 팀은 졌다.
   _____었다면/았다면/였다면 그 팀이 이겼을 것이다.

❹ 친구가 도와줘서 성공할 수 있었다.
   _____ .

❺ 회사를 다니다가 다른 회사로 옮겼는데 오히려 월급이 줄었다.
   _____ .

어휘

1. 다음 [보기]에서 알맞은 말을 골라 빈 칸에 쓰십시오.

> [보기] 신기록 신기술 신상품 신제품 신형

❶ 이번에 나온 (**신제품**)은/는 디자인이 예쁘지만 가격이 비싸다.

❷ 이번 올림픽에서 수영 경기에서만 (   )이/가 10개나 나왔다.

❸ 그 휴대 전화는 너무 구형이다. 이번에 새로 나온 (   )으로/로 바꿔 봐.

❹ 이번 여름 세일이 끝나면 가을 (   )이/가 나온다니까 가을 옷은 그때 사야겠다.

❺ 이 자동차는 (   )을/를 이용해서 만든 것으로 시속 400km까지 달릴 수 있습니다.

2. 다음 빈 칸에 공통으로 들어갈 말을 [보기]에서 골라 쓰십시오.

> [보기] 기능 가사 판매 드디어 새롭다 완벽하다

❶ 세탁.......... 　　탈수.......... 　　건조.......... 　　(**기능**)

❷ ....가격 　　할인.......... 　　..........사원 　　(　　)

❸ ....노동 　　..........도우미 　　..........을/를 돌보다 (   )

❹ ....나오다 　　..........발견되다 　　..........밝혀지다 　　(   )

❺ ....은/ㄴ 생각 　　..........은/ㄴ 소식 　　..........은/ㄴ 생활 (   )

❻ ....은/ㄴ 솜씨 　　..........은/ㄴ 작품 　　..........은/ㄴ 연주 (   )

-듯이

3. 관계있는 문장을 연결하고 '-듯이'를 사용해 문장을 만드십시오.

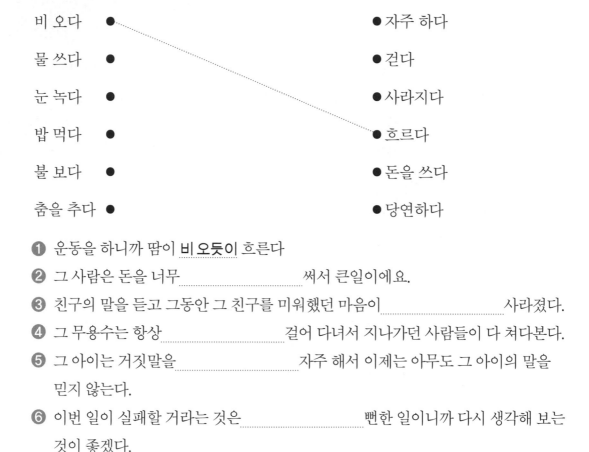

비 오다 ●	● 자주 하다
물 쓰다 ●	● 걷다
눈 녹다 ●	● 사라지다
밥 먹다 ●	● 흐르다
불 보다 ●	● 돈을 쓰다
춤을 추다 ●	● 당연하다

❶ 운동을 하니까 땀이 **비 오듯이** 흐른다

❷ 그 사람은 돈을 너무 ＿＿＿＿＿＿＿＿ 써서 큰일이에요.

❸ 친구의 말을 듣고 그동안 그 친구를 미워했던 마음이 ＿＿＿＿＿＿＿＿ 사라졌다.

❹ 그 무용수는 항상 ＿＿＿＿＿＿＿＿ 걸어 다녀서 지나가던 사람들이 다 쳐다본다.

❺ 그 아이는 거짓말을 ＿＿＿＿＿＿＿＿ 자주 해서 이제는 아무도 그 아이의 말을 믿지 않는다.

❻ 이번 일이 실패할 거라는 것은 ＿＿＿＿＿＿＿＿ 뻔한 일이니까 다시 생각해 보는 것이 좋겠다.

4. 다음 [보기]의 문장을 사용해 대화를 완성하십시오.

[보기] 다람쥐 쳇바퀴 돌다   아이를 돌보다   부모가 그렇다

바늘 가는 데 실 가다   가뭄에 콩 나다   사람마다 생긴 것이 다르다

❶ 가 : 회사 생활이 어때요?

나 : 늘 **다람쥐 쳇바퀴 돌듯이** 똑같은 생활이 계속되니까 재미없어요.

❷ 가 : 밍밍 씨는 강아지를 정말 좋아하나 봐요.

나 : 그럼요. 밍밍 씨는 _____ 강아지를 돌봐요.

❸ 가 : 저는 다른 사람들도 저와 같은 생각인 줄 알았는데……. 제가 잘못 생각했나 봐요.

나 : _____ 생각도 다 다르지요.

❹ 가 : 저 두 사람은 어떤 사이예요?

나 : _____ 항상 붙어 다니는 걸 보면 모르겠어요? 연인 사이잖아요.

❺ 가 : 아들 잘못으로 부모가 고생하는군요.

나 : 이 세상의 모든 _____ 그 부모도 자식을 위해서는 어쩔 수 없었겠지요.

❻ 가 : 남편이 집안일을 자주 도와주세요?

나 : 아니요, _____ 해요.

5. 다음 대화를 완성하십시오.

❶ 가 : 그 노래가 요즘 제일 인기가 있다지요?

나 : 네, 어른들은 물론 <u>아이들한테도 인기가 많대요.</u>

❷ 가 : 집에 에어컨이 없다고요?

나 : 네, 에어컨은 물론 _____.

❸ 가 : 이 죽을 아이들이 좋아할까요?

나 : 그럼요. 어른들은 물론 _____.

❹ 가 : 모임을 하려고 하는데 언제 시간이 있어요?

나 : 미안해요. 요즘은 연말이라서 주말에는 물론 _____

_____.

❺ 가 : 여행을 좋아하신다고 하던데 여행을 많이 다니셨어요?

나 : _____ 은/는 물론 외국도 많이 가 봤어요.

❻ 가 : 학교에 다니면서 아르바이트를 하는 건 좀 무리라고 봐요. 아르바이트를 그만두지 그래요?

나 : 그러고 싶지만 _____ 은/는 물론 생활비도 부족해서 꼭 해야 해요.

6. 다음 표를 보고 '은 물론'을 사용해 대화를 완성하십시오.

광고	내용
❶ 한식집	한식 / 양식 (점심시간만)
❷ MP3	음악 듣기 / 텔레비전 시청 가능
❸ 여행 카드	전국 호텔 예약 시 5% 할인 / 비행기 표 예약 시 3% 할인
❹ 눈썰매장	아이 / 어른
❺ 휴대 전화	국내 / 해외에서 이용 가능
❻ 가사 도우미	아이 돌보기 / 집안일

❶ 가 : 이 식당에서는 한식만 먹을 수 있어요?

　 나 : 네, 하지만 점심시간에는 **한식** 은/는 물론 **양식** 도 먹을 수 있어요.

❷ 가 : 이 MP3는 다른 것보다 더 비싼데 어떤 기능이 있어요?

　 나 : ＿＿＿＿＿＿＿ 은/는 물론 ＿＿＿＿＿＿＿ 도 볼 수 있는 신제품입니다.

❸ 가 : 이 카드로 호텔을 예약하면 할인을 받을 수 있어요?

　 나 : 그럼요, ＿＿＿＿＿＿＿＿＿＿＿＿＿＿＿＿＿＿＿＿ .

❹ 가 : 이 썰매장은 다른 곳보다 아주 길고 재미있겠는데요.

　 나 : 네. 그래서 ＿＿＿＿＿＿＿＿＿＿＿＿＿＿＿＿＿ .

❺ 가 : 이 휴대 전화는 해외에서도 이용이 가능한가요?

　 나 : 물론이죠. ＿＿＿＿＿＿＿＿＿＿＿＿＿＿＿＿＿ .

❻ 가 : 아이만 봐 주시나요?

　 나 : ＿＿＿＿＿＿＿＿＿＿＿＿＿＿＿＿＿＿＿＿＿＿ .

🔊 32

1. 위 그림은 옛날 사람들이 쓰던 물건들입니다. 언제 이 물건을 사용했을까요?

2. 에어컨, 세탁기, 전화기, 자동차 등이 발명되기 전에 사람들이 썼던 물건은 어떤 것들이었을까요?

박물관에 가면 옛날 사람들이 사용하던 여러 가지 도구[1]들이 있다. 지금도 사용되고 있어서 익숙한 물건도 있지만, 처음 보는 낯선 것들도 있다. 또 본 적은 있지만 어디에 쓰는 물건인지 잘 모르는 경우도 많다. 그러나 관심을 가지고 옛 물건들을 보면 옛 사람들의 생활 모습과 지혜를 배울 수 있다. 또 옛날 사람들이 얼마나 자연을 가까이 하면서 5 살았는지도 알게 된다.

　　맷돌[2]은 시골 할머니 댁에 가면 지금도 볼 수 있다. 이것은 곡식을 갈아[3] 가루로 만들거나, 두부를 만들기 위해 콩을 갈 때 사용하였다. 맷돌은 두 개의 둥근[4] 돌을 겹쳐서[5] 올려놓은 것인데, 윗돌에 있는 구멍에 곡식을 넣고 손잡이를 돌리면 돌 사이로 곡식이 갈려 나온다. 10 요즘의 믹서[6]와 같은 것인데 돌로 갈기 때문에 영양소[7]가 그대로 있고 음식 맛도 좋다.

　　옛날에는 화장실이 냄새가 많이 나서 집에서 멀리 떨어진 곳에 있었다. 전기가 없던 옛날, 깜깜한[8] 밤에 화장실에 가는 것은 보통일이 아니었다. 그래서 작고 둥근 모양의 요강[9]은 옛날 사람들에게 꼭 15 필요한 물건이었다. 이것을 방 안에 두고[10] 화장실에 가고 싶을 때 사용하였다. 요강은 지저분한 물건 같지만 옛날 사람들은 중요한 물건으로 생각했고, 결혼할 때 여자들이 잊지 않고 준비해 가는 물건이었다. 요강은 놋[11]이나 도자기로 만든 것도 있고, 나무로 만든 것도 있었다. 특히 도자기 요강은 아주 예뻐서 외국인들이 기념품으로 20 많이 사 간다. 그런데 어디에 쓰는지 잘 몰라서 요강에 과자나 사탕을 넣어 두거나 장식용으로 거실에 놓기도 한다. 또 꽃병이나 화분으로 사용하기도 한다.

　　요즘은 더운 여름철에 선풍기나 에어컨을 켜서 더위를 식힌다[12]. 하지만 에어컨을 오랫동안 켜 놓으면 냉방병[13]에 걸려서 소화가 잘 25 안 되거나 두통이나 피로를 쉽게 느끼게 된다. 그런데 옛날에는 이런 병이 없었다. 옛날 사람들은 시원한 천으로 만든 옷을 입거나 부채를 부치며[14] 시원하게 여름을 지냈다. 그러나 무엇보다도 더운 여름에 사랑을 받았던 물건은 죽부인[15]이다. 죽부인은 대나무로 만든 부인이라는 뜻으로 주로 남자들이 더운 여름밤에 시원하게 자기 위해서 사용했다. 그런데 재미있는 것은 아버지가 쓰던 죽부인을 자식이 사용하지 않았다는 것이다. 죽부인은 대나무로 만들었는데 그 길이[16]는 사람의 키만큼 길고, 모양은 안기 편한 원통형[17]이었다. 대나무는 만지면 차갑기 때문에 몸에 닿았을[18] 때 시원하다. 게다가 속이 비어 있고 구멍이 많이 있어서 바람이 잘 통한다[19]. 그래서 이것을 안고 자면 시원하게 잘 수 있다.

    요즘 옛날 사람들이 사용하던 맷돌이나 죽부인이 잘 팔리고 있다. 더 예쁘고 편리한 물건들이 많이 있지만 느리고 불편한 옛 물건들이 사람들에게 인기를 얻고 있다. 이것은 옛날 사람들이 쓰던 물건 속에 삶의 지혜가 담겨 있기 때문이다. 자연을 가까이 하면서 삶의 여유를 즐기던 옛사람들의 지혜를 배운다면 우리의 삶이 더욱 풍요로워질[20] 것이다.

5

10

1)	도구	tool	(道具) 用具；工具
2)	맷돌	millstone	石磨
3)	갈다	to grind	磨
4)	둥글다	round; spherical	圓圓的
5)	겹치다	to stack (together)	交疊；重疊
6)	믹서	blender; food processor	攪拌機
7)	영양소	nutrients	(營養素) 營養素
8)	깜깜하다	very dark; pitch-black	漆黑的
9)	요강	Korean chamber pot	(尿岡) 尿壺
10)	두다	to put, place	放置
11)	놋	brass	黃銅
12)	식히다	to cool (off)	使……涼爽；使……冷靜
13)	냉방병	air-conditioningitis (over-exposure to air conditioning)	(冷房病) 冷氣病
14)	부치다	to fan (oneself with a fan)	搧
15)	죽부인	body-length tubular frame of woven bamboo	(竹夫人) 竹夫人
16)	길이	length	長度
17)	원통형	cylindrical	(圓筒型) 圓柱體
18)	닿다	to touch, come in contact (with)	接觸；到達
19)	통하다	to be ventilated, circulate	(通-) 通(風)
20)	풍요롭다	rich	(豐饒-) 富庶的；豐饒的

어휘 연습

1. <보기>에서 알맞은 말을 골라 ( )에 쓰십시오.

> [보기]
> 두다   겹치다   둥글다   식히다   깜깜하다

❶ 도시에서는 환한 불빛 때문에 밤에도 ( )지 않다.

❷ 시원한 음료수 한 잔 드시고 더위를 ( )으세요/세요.

❸ 중요한 약속과 시험 시간이 ( )어서/아서/여서 걱정이다.

❹ 여권을 어디에 ( )었는지/았는지/였는지 생각이 안 난다.

❺ 축구공, 지구, 그리고 보름달은 모두 ( )는/은/ㄴ 모양이다.

2. 두 단어의 관계가 <u>다른</u> 하나를 고르십시오. ( )

❶ 두다/ 놓다   ❷ 밝다/ 깜깜하다
❸ 통하다/ 막히다   ❹ 식히다/ 덥히다

YONSEI KOREAN WORKBOOK 3

3. 다음 글의 내용에 맞게 <보기>에서 알맞은 말을 골라 (   )에 쓰십시오.

[보기]

도구	영양소	갈다	닿다	부치다	통하다

　　박물관에 가면 옛 물건들이 많이 있다. 우리는 옛날 사람들이 쓰던 물건들을 통해 그들의 생활 모습과 지혜를 알 수 있다. 그들은 여러 가지 (　　　　　)을/를 이용하여 편리한 생활을 했다. 곡식을 (　　　　　)기 위해서 맷돌을 사용했는데, 이것은 몸에 좋은 (　　　　　)을/를 없애지 않고 음식 맛도 좋게 하였다. 요즘 사람들은 여름에 에어컨을 많이 사용해서 냉방병에 걸리기 쉽지만, 옛날에는 이런 병에 걸리지 않았다. 옛날 사람들은 부채를 (　　　　　)거나 죽부인을 사용하여 더위를 식혔기 때문이다. 죽부인은 대나무로 만들었기 때문에 몸에 (　　　　　)으면/면 시원하다. 그리고 구멍이 많이 있어서 바람이 잘 (　　　　　)었다/았다/였다.

내용 이해

1. 이 글을 읽고 각 물건의 특징을 써 넣으십시오.

물건	재료	모양	쓰임
맷돌			
요강			
죽부인			

2. 옛날 물건과 요즘의 물건을 연결한 것 중 <u>잘못된</u> 것은 무엇입니까? (　　　)

❶ 맷돌 → 믹서　　　　　　　　　❷ 요강 → 꽃병
❸ 부채 → 선풍기　　　　　　　　❹ 빗자루 → 청소기

3. 옛날 물건에 대한 설명으로 맞는 것은 무엇입니까? (   )

① 요강의 모양은 다양하다.
② 죽부인은 아버지와 아들이 함께 사용하기도 했다.
③ 맷돌은 지금은 쓰이지 않아서 박물관에서만 볼 수 있다.
④ 맷돌로 곡식을 갈 때 아랫돌은 움직이지 않고 윗돌만 움직인다.

4. 이 글의 내용과 <u>다른</u> 것은 무엇입니까? (   )

① 옛날에는 방 안에 요강을 두고 사용하였다.
② 옛날 물건들을 통해 옛사람들의 지혜를 알 수 있다.
③ 더위도 식히고 냉방병도 피할 수 있는 물건은 죽부인이다.
④ 옛날 물건이 오늘날에도 사용되는 것은 사용하기 쉽기 때문이다.

5. 이 글의 내용과 같으면 ○, 다르면 × 하십시오.

① 요즘 맷돌과 요강이 사람들에게 인기가 많다.   (   )
② 맷돌은 쌀, 콩, 보리 등을 갈 때 쓰던 물건이다.   (   )
③ 죽부인은 잘 때 베개로 사용했는데 공기가 잘 통해 시원했다.   (   )
④ 외국인들은 요강의 쓰임을 알지만 모양이 예뻐서 장식용으로
   사용하기도 한다.   (   )

◀)) 33~34

1. 대화를 듣고 질문에 대답하십시오.

1) 두 사람은 지금 무슨 이야기를 합니까?   (   )

❶ 어린 시절   ❷ 자신의 성격   ❸ 자신의 아이   ❹ 취미

2) 들은 내용과 같으면 ○표, 다르면 ✕표 하십시오.

❶ 남자는 부모님 말씀을 잘 듣는 좋은 아이였던 것 같다.   (   )
❷ 여자는 남자가 어렸을 때 야단을 많이 맞았을 거라고 생각하는 것 같다. (   )
❸ 남자는 어렸을 때 친구들한테만 장난을 쳤다.   (   )
❹ 여자는 지금도 조용한 성격인 것 같다.   (   )
❺ 여자는 어렸을 때 독서하기를 좋아했던 것 같다.   (   )

2. 대화를 듣고 질문에 대답하십시오.

1) 두 사람은 무엇을 걱정하고 있습니까? (   )

❶ 취직이 어려워서
❷ 전공을 정하지 못해서
❸ 전공 공부가 어려워서
❹ 미래에 어떤 직업이 좋을지 몰라서

2) 들은 내용과 같은 것을 고르십시오. (   )

❶ 남자는 20년 후에도 지금과 생활이 별로 달라질 것이 없다고 생각한다.
❷ 남자는 벌써 미래에 꼭 필요한 직업을 갖고 있다.
❸ 여자는 지금 공부하는 것이 필요 없게 될지도 모른다고 생각한다.
❹ 여자는 남자 이야기를 듣고 컴퓨터 공부를 시작할 것 같다.

다음 글을 읽고 여러분이라면 이 사람에게 어떻게 조언할지 써 보십시오. 그리고 친구와 같이 이야기해 보십시오.

8월 4일

오늘도 힘든 하루였다. 하루 종일 아프다고 소리치는 환자들만 보니까 나도 모르게 우울해진다. 이런 날은 의사가 된 게 후회가 되기도 한다. 나는 왜 이렇게 힘든 의사가 되었을까? 보람 때문이었을까? 처음에는 내가 치료해서 병이 나은 환자를 보면서 흐뭇해했는데 이제는 환자들이 내가 해야 할 일로만 보인다. 그럼, 돈 때문이었을까? 그것도 아닌 것 같다. 난 돈이 그렇게 중요하다고 생각하지 않으니까 말이다.

15년 전에 다른 선택을 했다면 어땠을까? 난 그때 음대에 가고 싶었지만 부모님의 반대로 의대에 진학할 수밖에 없었다. 음대에 갔다면 지금 더 행복했을까?

I. 다음 [보기]에서 알맞은 말을 골라 빈 칸에 쓰십시오.

[보기]	갑자기	그만	그밖에	마침	슬슬
	아무리	어느새	오히려	유난히	잔뜩

1. (   ) 바빠도 아침은 꼭 드셔야지요.
2. 어두워지는데 이제 (   ) 출발해 볼까요?
3. 너무 놀라서 (   ) 소리를 지르고 말았다.
4. 잘못을 하고도 (   ) 화를 내는 사람들도 있다.
5. 구름이 (   ) 낀 걸 보니까 곧 비가 올 모양이다.
6. 잘 나오던 텔레비전이 고장이 났는지 (   ) 꺼졌어요.
7. 맛있는 만두가 먹고 싶었는데 (   ) 어머니께서 사 오셨다.
8. (   ) 궁금한 사항은 전화나 이메일로 문의하시기 바랍니다.
9. 입학한 지가 엊그제 같은데 (   ) 졸업이라니 시간은 정말 빠르다.
10. 작년에는 비가 많이 오지 않았는데, 올 여름은 (   ) 비가 많이 오는 것 같다.

II. 빈 칸에 들어갈 말을 고르십시오.

1. 경찰은 집 나온 아이들을 (   )어서/아서/여서 집으로 돌려 보냈다.
   ❶ 설득하다　　❷ 설명하다　　❸ 이해하다　　❹ 화해하다

2. 제가 잘못했습니다. 제 실수이니까 (   )지 않겠습니다.
   ❶ 사과하다　　❷ 변명하다　　❸ 양해를 구하다　　❹ 용서를 빌다

3. 생활수준이 (   )으면서/면서 건강에 대한 관심이 높아졌다.
   ❶ 늘다　　❷ 변하다　　❸ 발전하다　　❹ 향상되다

4. 그 남자는 수요일을 화요일로 (   )어/아/여 약속을 어겼다.
   ❶ 실수하다　　❷ 잘못하다　　❸ 착각하다　　❹ 오해하다

5. 인간이 물 없이 사는 것은 (   )다.
   ❶ 곤란하다　　❷ 어렵다　　❸ 힘들다　　❹ 불가능하다

III. 어울리지 **않는** 말을 찾으십시오.

1. 고민 ( ) ❶ 고민을 하다 ❷ 고민이 생기다
   ❸ 고민을 해결하다 ❹ 고민이 나타나다

2. 부담 ( ) ❶ 부담이 되다 ❷ 부담이 크다
   ❸ 부담이 없다 ❹ 부담이 생기다

3. 부탁 ( ) ❶ 부탁을 하다 ❷ 부탁을 받다
   ❸ 부탁을 당하다 ❹ 부탁을 들어주다

4. 안부 ( ) ❶ 안부가 궁금하다 ❷ 안부를 드리다
   ❸ 안부를 묻다 ❹ 안부를 전하다

5. 오해 ( ) ❶ 오해를 입다 ❷ 오해가 풀리다
   ❸ 오해를 사다 ❹ 오해가 생기다

IV. 다른 것과 관계가 **다른** 하나를 고르십시오.

1. ( )
   ❶ 돌잔치 ❷ 야유회 ❸ 차례 ❹ 회갑 잔치

2. ( )
   ❶ 신상품 ❷ 신제품 ❸ 신형 ❹ 신호

3. ( )
   ❶ 결과 ❷ 사정 ❸ 상황 ❹ 형편

4. ( )
   ❶ 발전하다 ❷ 변하다 ❸ 좋아지다 ❹ 향상되다

5. ( )
   ❶ 상상하다 ❷ 예상하다 ❸ 추측하다 ❹ 회상하다

V. 다음 [보기]의 문형을 한 번만 사용해 두 문장을 연결하십시오.

[보기] -어다가   -고 나서   -을까 봐   -고 해서   -으면서도
        -느라고   -게   -다니   -다가도   은 물론

1. 값도 쌉니다. / 옷을 세 벌 샀습니다.
→

2. 도서관에서 책을 빌렸습니다. / 읽었습니다.
→

3. 그 이야기를 들었습니다. / 생각이 달라졌습니다.
→

4. 그 아이는 웁니다. / 그 노래만 들으면 웃습니다.
→

5. 그 극장 좀 찾아갑니다. / 약도를 그려 주세요.
→

6. 5월에 눈이 왔습니다. / 믿을 수가 없었습니다.
→

7. 밤새도록 영화를 봤습니다. / 숙제를 하지 못했습니다.
→

8. 같은 반 친구를 봤습니다. / 인사를 하지 않았습니다.
→

9. 아침에 일어나지 못합니다. / 자명종을 두 개나 맞춰 놓았습니다.
→

10. 주말에 하는 역사 드라마는 여자들이 좋아합니다. / 남자들도 좋아합니다.
→

VI. 다음 중 맞는 문장에 ○표 하십시오.

1. 친구 생일이라서 케이크를 만들다가 선물로 줬다. ( )

   친구 생일이라서 케이크를 만들어다가 선물로 줬다. ( )

2. 밤에 잠을 잘 못 잘까 봐 커피를 마시지 않았어요. ( )

   밤에 잠을 잘 못 잘까 봐 커피를 마시지 마세요. ( )

3. 운동이 건강에 좋은 줄 알면서도 안 해요. ( )

   운동이 건강에 좋은 줄 알면서도 해요. ( )

4. 화장을 하느라고 학교에 늦었어요. ( )

   늦게 일어나느라고 학교에 늦었어요. ( )

5. 10년 전만 해도 별로 달라진 것이 없다. ( )

   10년 전만 해도 여기는 사람이 살지 않는 곳이었다. ( )

VII. 다음 문장에서 틀린 부분을 찾아 맞게 고치십시오.

1. 웨이 씨가 많이 아픈다니요? 아침에 만났을 때는 괜찮았는데요.

   →

2. 오늘은 비가 오다니까 축구 시합을 내일로 미룹시다.

   →

3. 어제 친구 생일 파티에서 어찌나 술을 많이 마신지 아직도 머리가 아프다.

   →

4 요즘은 날씨가 너무 더워라서 하루 종일 에어컨을 켜고 산다.

   →

5. 그 사람은 돈을 물 쓰는 듯이 쓴다.

   →

VIII. 다음 문장을 완성하십시오.

1. 집으로 전화를 한다는 것이 ....
2. 하루 종일 자고도 ....
3. 책을 사고는 ....
4. .... 게 일찍 출발하세요.
5. 내가 키가 더 컸다면 ....

IX. 다음 [보기]에서 알맞은 문형을 골라 대화를 완성하십시오.

[보기]	담화 표지	-어다가	-어 버리다	이라도	-지

가 : 여기에 있던 내 샌드위치 못 봤니?

나 : ❶ ....? 그게 네 거였어? 너무 배가 고파서 내가

　　 ❷ .... 었는데/았는데/였는데 어떻게 하지?
　　　　　　　(먹다)

가 : 남의 건데 이야기를 ❸ ....
　　　　　　　　　　(하고 먹다)

나 : 미안해. 내가 지금 식당에 가서 ❹ .... 사 가지고 올까?
　　　　　　　　　　　　　　　(김밥)

가 : 그렇게 해 주면 고맙고. 올 때 우유도 좀 ❺ .... 줄래?
　　　　　　　　　　　　　　　　　　(사다)

[보기]	-고 나서	-고 말다	-다니	-더라	-었다면	·

가 : 어제 그 영화는 어땠어?

나 : 정말 ❻ .... 너도 ❼ .... 좋아했을 거야.
　　　　　　(재미있다)　　　　　　　　　(보다)

가 : 그렇게 재미있었어?

나 : 응, 그리고 감동적이기도 했어. 마지막 장면에서는 너무 슬퍼서 ❽ ....
　　　　　　　　　　　　　　　　　　　　　　　　　　　(울다)
　　 .... 었어/았어/였어.

가 : 영화를 보고 네가 ❾ .... 아무도 믿지 않을 거야.
　　　　　　　　　　(울다)

나 : 너도 그 영화를 한번 봐 봐. 영화 ❿ .... 우리 다시 얘기하자.
　　　　　　　　　　　　　　　(보다)

X. 다음 대화를 완성하십시오.

1. 가 : 어제 새로 생긴 서점에 다녀왔다면서? 그 서점 어때?

   나 : _____ 더라.

2. 가 : 나는 그 배우가 왜 인기가 있는지 모르겠어.

   나 : _____ 잖아.

3. 가 : 어제 왜 약속을 취소하셨어요?

   나 : _____ 고 해서 _____.

4. 가 : 일주일 동안 약을 먹었는데도 감기가 낫지 않네요.

   나 : _____ 지 그래요?

5. 가 : 이번 쓰기 시험에서 100점을 받지 못한 학생이 없대요.

   나 : _____ 었단/았단/였단 말이에요?

6. 가 : 이런 실수를 하시면 어떻게 해요? 다음부터는 조심하세요.

   나 : _____ 도록 하겠습니다.

7. 가 : 상담 선생님께 상담을 받으려면 어떻게 해야 해요?

   나 : _____ 으면/면 돼요.

8. 가 : 백화점에 왜 이렇게 사람이 많아요?

   나 : _____ 이라서/라서 그래요.

9. 가 : 여행 가서 좋았어요?

   나 : _____ 기는요. 비가 와서 고생만 했어요.

10. 가 : 우리 강아지가 살이 많이 쪄서 걱정이에요.

    나 : 그래요? 우선 _____ 게 하세요.

11. 가 : 한국 사람들은 _____ 는다지요/ㄴ다지요/다지요?

    나 : 네, 한식에는 김치가 빠지지 않으니까 날마다 먹게 되지요.

12. 가 : 치즈버거 두 개요? _____ 으실/실 건가요?

    나 : 아니요, 가지고 갈 거예요.

13. 가 : 아이가 사탕을 좋아하나 봐요.

    나 : 네, _____ 다가도 _____.

14. 가 : 태우 씨는 어렸을 때 어땠어요?

    나 : 저는 책 읽는 걸 좋아해서 틈만 나면 _____ 곤 했어요.

15. 가 : 안드레이 씨 봤어요?

    나 : 교실에 없어요? _____ 전만 해도 _____.

<한국어에 대한 퀴즈>

● 다음 질문에 대답하십시오. (3X5=15점)

1) 다른 곳에 가서 구경하는 것을 무엇이라고 하나요? (   )
   ❶ 간광   ❷ 관광

2) 어른을 만나는 것을 뭐라고 하나요? (   )
   ❶ 뵙다   ❷ 벱다

3) 남에게 끼치는 괴로움을 의미하는 말은 무엇인가요? (   )
   ❶ 페   ❷ 폐

4) 다음 중 맞는 것을 고르세요. (   )
   ❶ 웃어른   ❷ 윗어른

5) 다음 중 맞는 것을 고르세요. (   )
   ❶ 우표를 부치다   ❷ 우표를 붙이다

<한국에 대한 퀴즈>

● 다음 도시들은 무엇으로 유명합니까? [보기]에서 골라 빈 칸에 쓰십시오. (3X5=15점)

[보기] 귤	냉면	녹차	닭갈비	호두

1) 보성 (   ) - 여기에 가면 ○○ 밭이 많이 있습니다. 영화나 광고에도 많이 나옵니다.
2) 제주도 (   ) - 이것은 여기에서만 나옵니다. 달콤, 새콤한 과일이에요.
3) 천안 (   ) - 이것으로 ○○ 과자를 만듭니다. 고속도로 휴게소에 가면 많이
   볼 수 있답니다.
4) 춘천 (   ) - 유명한 음식입니다. 매운 양념을 넣고 닭고기와 채소를 볶아서
   만듭니다. 값도 비싸지 않고 아주 맛있답니다.
5) 평양 (   ) - 여름에 시원하게 먹을 수 있지만 사실은 겨울에 먹는 음식이었답니다.

● 다음 질문에 대답하십시오. (3X10=30점)

1) 한글날은 언제입니까? (   )
   ❶ 5월 5일   ❷ 10월 9일   ❸ 12월 25일

2) 한국의 꽃은 무엇입니까? (   )
   ❶ 장미꽃   ❷ 무궁화   ❸ 카네이션 꽃

3) 생일날 꼭 먹는 것은 무엇입니까? (   )
   ❶ 삼계탕   ❷ 육개장   ❸ 미역국

4) 한국의 국기를 무엇이라고 부릅니까? (   )
   ❶ 대국기   ❷ 태국기   ❸ 태극기

5) 제주도에 있는 산 이름은 무엇입니까? (   )
   ❶ 설악산   ❷ 지리산   ❸ 한라산

6) 하회 마을로 유명한 곳은 어디입니까? (   )
   ❶ 안동   ❷ 안성   ❸ 하동

7) 설날에 먹어야 나이를 먹는다는 음식은 무엇입니까? (   )
   ❶ 송편   ❷ 떡국   ❸ 팥죽

8) 불국사, 석굴암, 첨성대가 있는 곳은 어디입니까? (   )
   ❶ 경주   ❷ 공주   ❸ 충주

9) 조선 시대부터 한국의 수도인 서울을 흐르는 강 이름은 무엇입니까? (   )
   ❶ 한강   ❷ 대동강   ❸ 낙동강

10) 한국 사람들은 이 동물 꿈을 꾸면 큰 돈이 생긴다고 합니다. 이 동물은
    무엇입니까?   (   )
    ❶ 개   ❷ 돼지   ❸ 호랑이

<수수께끼>

● 다음 □안에 맞는 말을 쓰십시오. (4X10=40점)

❶ 눈이 녹으면 무엇이 되나요?	□ 물
❷ 내 것인데 다른 사람이 더 많이 쓰는 것은?	이 □
❸ 말은 말인데 타지 못하는 말은?	□ □ 말
❹ 문제가 가장 많이 있는 것은?	시 □
❺ 이상한 사람들이 모이는 곳은?	□ 과
❻ 낮이 아니면 할 수 없는 일은?	낮 □
❼ 개 중에서 가장 예쁜 개는?	□ □ 개
❽ 집에서 매일 먹는 약은?	□ 약
❾ 먹으면 죽는데 안 먹을 수 없는 것은?	□ 이
❿ 물고기의 반대말은?	□ 고 기

90점 이상   : 아주 우수합니다.
70~89점   : 우수합니다.
50~69점   : 좋습니다.
31~49점   : 보통입니다.
30점 이하 : 좀 더 노력하십시오.

십자말풀이 II

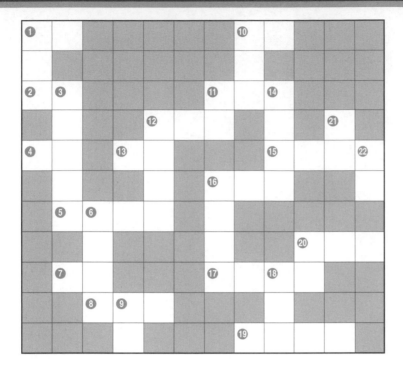

가로

❶ 마침내, 끝에 가서 ○○ 그 사람이 이겼다.
❷ 한 집에서 함께 생활하는 사람
❹ 속해 있는 나라 그 사람은 일본에서 태어났지만 ○○은 한국이에요.
❺ 가까이 가다
❼ 위와 아래
❽ 걱정했던 것과는 다르게 일이 잘 되어, 운이 좋게 ○○○ 잃어버린 지갑을 금방 찾았다.
❿ 군인들의 집단 한국 남자들은 특별한 이유가 없으면 ○○에 가야 한다.
⓫ 눌러서 굳히지 않은 두부 김치찌개도 맛있지만 ○○○ 찌개도 맛이 좋다.
⓬ 어떤 일에 알맞은 사람이나 물건을 다른 사람 에게 소개하고 권하는 글 회사에 취직하려고 교수님께 ○○○를 부탁드렸다.
⓭ 마음이나 생각 속에 잊혀지지 않고 남아 있는 것 ○○에 남는 선생님.
⓯ 이를 치료해 주는 병원의 의사
⓰ 상태나 모양이 바뀌다, 달라지다
⓱ 어디에 갔다가 오다 학교에 ○○○○.
⓳ 환하게 빛나고 아름답다 의상이 ○○○○.
⓴ 참깨로 만든 갈색의 기름

세로

❶ 남녀가 정식으로 부부가 되는 의식 청첩장을 받으면 ○○○에 갑니다.
❸ 잘 알 수 있을 만큼 자세하다 그 문제를 해결할 수 있는 ○○○○ 방법을 생각해 봅시다.
❻ 어떤 일이 될 수 있다, 할 수 있다
❾ 여러 사람이 같은 목적을 가지고 함께 하는 모임 문화 ○○, 기념○○
❿ 기름을 발라 구운 만두
⓫ 정해져 있는 차례 발표 ○○
⓬ 지나간 일을 돌이켜 생각하다 즐거웠던 어린 시절을 ○○○○.
⓮ 세게 마주 닿다 달려오는 자동차가 가로수에 ○○○○.
⓰ 어떤 잘못이나 실수에 대해 이유를 말하거나 설명하다
⓲ 기대하는 것과는 반대로 잘못을 하고도 ○○○ 화를 내는 사람이 있다.
⓴ (아픔이나 어려운 일을) 잘 이겨 내다 슬픔을 ○○.
㉑ 물어서 의논함 ○○ 사항이 있으면 사무실로 전화하세요.
㉒ 일의 형편이나 까닭 회사 ○○으로 출장이 연기됐어요.

YONSEI KOREAN WORKBOOK 3

읽기 번역

❖ 第一課

收集狂家族

　　所謂的收集並不是一種很特別的興趣，不論是誰一定都有曾經收集過某種物品的記憶。郵票、皮鞋、時鐘、牛仔褲以及汽車、相機、書籍、迷你香水等，人們當作興趣收集的東西真的很多樣化。我們透過收集這樣的物品，體驗小小的樂趣，在往後看到自己收集的成果，也能浮現許多回憶。

　　我們家可以說是稍微特別一點的收集狂，爸爸收集了近 30 年的奧運會紀念幣和獎牌，到現在為止，收集到的紀念幣和獎牌數量已經超過了一千個，雖然對其他人而言，這只是個銅板，但對爸爸來說，是很珍貴的寶物。爸爸收集這些並不是為了賺錢，而是因為對奧運會的熱情和熱愛。不僅如此，還說希望有一天能在像奧運會博物館這樣的地方展示他的收藏品。只要奧運會持續每四年舉辦一次，我的爸爸對奧運會的熱愛就不會停止。

　　文靜的媽媽喜歡旅行，只要想從煩悶的日常生活中逃脫的時候，就會去旅行。媽媽去旅行的話，有一定會買回來的東西，那就是茶匙。重量不重，又不是很昂貴的這件物品，就是媽媽愛收集的東西。因此，在我們家的廚房壁上，整齊地陳列著媽媽去旅行時買回來的各國的茶匙，雖然是小小的空間，但卻把世界各地聚集在同一個地方。

　　高中生的弟弟從小就喜歡組合東西，喜歡製做不論是汽車、船、飛機還是火車模型等。還有，他從小學五年級就開始一兩個地收集自己做的模型，木頭或塑膠，還有紙做的昆蟲、人、動物、汽車、有名的建築等，種類也很多。把小小的模型們聚集在一個地方的話，就好像小人國一樣，弟弟一旦進入了這個小小的世界，就會忘了時間。

　　大學四年級的我，從上大學開始，總是隨身帶著筆記本。這筆記本雖然小，但卻保存了數十張票券和我珍貴的回憶。我如果去看話劇、電影或音樂劇的話，都不會把票券丟掉，把它貼在筆記本裡。然後，在票券旁，寫上和誰、什麼時候、去看了什麼、發生了什麼事。這樣一來，就可以保存當時重要的感覺和想法，不讓它消失。另外，和家人或朋友們去旅行的時候也一樣，搭乘汽車、船、飛機來回時買的票也是，不丟掉，根據旅行日期仔細地貼在筆記本上。看到票券就可以知道，我從哪裡出發、到達哪裡、什麼時候曾經在什麼地方。雖然從旅行回來後，看著照片回憶當時的事情也很有趣，但是看到筆記本裡的許多張票券，腦海中再次浮現我曾經留下足跡的地方，是件更有趣的事。透過這樣子收集到的票券集成了十本筆記本，放在我房間的書桌上。只要在書桌上伸出手，我便能立刻沉浸在我的回憶中。

　　如此看來，收集某種東西的行為，可能也是在抓住過去。但是如果透過收集品，賦予它現在新的意義的話，它便不再只是過去。

❖ 第二課

我們社區超市的故事

　　我非常喜歡我們社區的超市，那間超市位在公車站下車後，就可以看到的公寓商街的地下一樓。雖然它並不是由大公司營運的大型超市，但比起其他超市，非常大又乾淨，此外，各式各樣種類的物品也很多，價錢也算便宜。再往前走一兩個站牌的話，也有大型折扣店，但是那裡太擁擠，還需要搭車，不是很方便。

　　我第一次去那間超市是剛搬到公寓不久的時候，那天早上在夾報中的傳單，印著便宜到令人不敢置信的價錢，此外還寫著，為了紀念開幕，一周內只要消費滿 15000 韓圜以上就會有贈品，還說前一百名顧客會贈送開幕糕點。算準了開店時間，去了之後，在大門前面大概有 10 個人排隊等著營業，超市門一開，一走進去，職員們便以開朗的嗓音打招呼，分送暖呼呼的糕點，在旁邊的水果區的阿姨非常高興地笑著說：「請試試看這個西瓜。」西瓜散發甜甜的香氣，嘗了一小塊，非常甜、非常好吃。看到以紅色字寫的「西瓜一個特價 7000 元」後，我買了一個西瓜。豆腐區正在進行買一送一的活動。此外，買咖啡還送馬克杯當贈品。買了豆腐、咖啡等一些有的沒的，很快就超過了15000元，因為西瓜很重，所以和贈品一起宅配到家。

從那天之後，我就常常順道去那家超市。去了幾次之後，也熟悉了能便宜地買到東西的各種方法。第一個方法是在週六去超市，那間超市在星期六下午的 2 點到 5 點，肉類、魚類、蔬菜會打八折。還有星期六和星期日消費滿 3 萬的話就送折價券，使用折價券可以以八折的價格購買三樣商品，所以可能的話，我都在星期六的下午去超市買東西拿折價券。第二個方法是善用特價區，距離有效期限時間沒剩幾天的牛奶或優格、已經放有點久的蔬菜或水果等，另外集合成一區，以五～八折的價錢販賣。我經常在那個商品區購買馬上要喝的牛奶或優格等。最後一個方法是善用特別活動期間，那時候每天都會選定幾樣商品，以非常便宜的價錢販售，好好善用那個機會的話，可以用便宜的價格買到好的商品，經常使用到的衛生紙或肥皂、牙膏等，在這時候買的話最好了。

我常去那家超市的理由很多，第一，那家超市的商品品質很好，水果真的很甜，蔬菜也非常新鮮，就算在冰箱放幾天也沒關係，還有常常去光顧，和店員變熟後，蔬菜區的阿姨都會多送，貼完標價之後，一定會稍微再幫我放一點進去。但不管怎麼說，最好的一點就是，不只是水果，三層肉、咖啡、餃子、麵包、冷麵等，有很多試吃各式各樣食物的機會。最近因為不直接去消費也可以買的到商品，利用網路購物的人很多，但是我喜歡直接看到，挑選商品，因為和人們見面，也可以聊這聊那的，還有感受邊試吃邊買東西的樂趣。

❖ 第三課

慢活

「所謂緩慢，並不只是快速的相反。慢活並不是說要回到過去，慢活是向著未來前進，但同時不忘記過去和現在。」這句話是提倡慢活運動的保羅‧薩圖尼尼所說的話。慢活運動是從 1999 年在義大利的一個小村，莊格雷貝‧基安第開始的。

這個村莊裡沒有大工廠，村莊裡很多居民都是以傳統的方式來工作、過生活。農夫們大部分都在農場種植橄欖和葡萄，媽媽和女兒以手工製作手帕和桌巾，爸爸和兒子自己養羊製做起司，也有只用村莊樹林出產的樹木做成家具販賣的人，雖然這些商品比起都市的百貨公司賣的商品價格較高，但對來到村莊的觀光客來說卻是炙手可熱。

在這個村莊裡，沒有大型的超市或速食店，原因是他們知道不吃速食品對健康有多麼重要，在周遭一直都有新鮮的肉類和蔬菜，不管什麼時候都可以做成菜餚來吃。因為沒有必要囤積在家裡吃，所以村莊的居民不用大冰箱，餐廳也都使用村莊裡自己種植的材料，並依古法製做菜餚。

這個村莊裡幾乎沒有現代式的建築，這裡的前市長薩圖尼尼為了兼顧保護傳統自然和開發，不讓居民蓋很多新的建築。人們因為無法隨心所欲地蓋新的建築，便改建舊建築使用。村莊居民居住的房子大部分都是他們的父親、祖父當時所居住的房子。當觀光客變多，村莊裡需要旅館的時候，便改建古老的城堡做使用。此外，如果不是要搬進村莊住的人，是不能在這裡買土地或房子的。原因是為了保存這個村莊特別的生活方式。也因為這些規定，村莊居民能夠一邊守護傳統，一邊生活。

像莊格雷貝‧基安第這樣的慢活都市受到世界各地人們的關注，因為他們擁有在其他村莊裡沒有的東西，在這裡有用傳統方式製成的物品，需要的時候就可以馬上享用的新鮮食材，此外，還有為了只讓行人行走而闢的窄徑，因為這些，這裡的居民學習到傳統的珍貴，享受健康生活，感受生活的悠閒。因為沒有我們認為在平常讓我們的生活更便利的那些物品，也許慢活都市的生活看來不太方便。但卻也因為沒有那些東西，這個村莊的居民們才能感受到更多幸福和餘裕地生活。

❖ 第四課

用看的圖畫，用讀的圖畫

每個人的想法和感覺都不同，人們將這些差異以聲音、語言、圖像表現出來，創造了音樂、美術和文學作品。因此，看韓國古早的畫作，便可以了解以前韓國人有什麼樣的想法、怎麼生活。看畫時，用前人的眼光看畫，用前人的心情去感受的話，會更理解那幅畫。

以前的父母都會將名為「蓮花圖」的畫製做成屏風放在兒子的房間書桌的後面，但是看看畫的話，就會發現有幾點和事實不符。第一點，這幅畫將魚和蓮花畫在一起，通常要畫水裡的魚，就看不到水面上的蓮花，無法畫出蓮花。此外，與此道理相同地，如果要畫水面上的蓮花，因為看不到水裡的魚，便無法畫魚。第二點，把從淤泥中生長的蓮花和生長在清水裡的魚畫在一起。最後一點，在同一幅畫中，出現了七月開花的蓮花和冬候鳥的鴛鴦，在不同的季節才看得到的東西，卻出現在同一幅畫裡。為什麼以前的韓國人要這樣畫呢？還有在這幅畫中想表現什麼呢？

蓮花雖然是從淤泥中生長出來，但卻開出帶著芳香的美麗花朵，象徵了純潔及謙遜。此外，因為蓮花開花的同時，會結很多果實，也意味著多子多孫。看畫的左上角的話，有兩隻鴛鴦飛起，鴛鴦是夫妻感情很好的鳥，所以，畫中有鴛鴦，代表祝福夫婦能長長久久生活得很好，夫妻間的感情好的話，便會有很多子嗣。因此蓮花圖是包含了期盼兒子能以謙遜的心認真生活，結婚延續後代，夫妻白頭到老的父母的希望的一幅畫。

去看看韓國的宮闕的話，國王坐的椅子後面有一幅畫，這幅畫就是「日月五峰圖」。但是仔細看看這幅畫的話，也可以發現奇怪的幾點。首先，月亮和太陽同樣都升起，白天和夜晚不能同時出現，但在這幅畫中左邊是月亮，右邊是太陽，此外，畫兩側的朱紅色松樹像山一樣大，雖然松樹比山還要近，但是大小太大了，為什麼這幅畫會與事實不符又不科學呢？

日月指的是太陽和月亮，太陽和月亮不分晝夜明亮地照映著世界上的萬物，這意味著國王為了執行為百姓所做的政治，必須不停歇地持續努力。五峰意味著守護及保護韓國的五座山峰，東邊指的是金剛山、西邊是妙香山、南邊智異山、北邊白頭山、還有中間的三角山。像這五座山守護國家一樣，國王也要守護國家。此外，從瀑布落下的水，往下川流濕潤了山、樹木、土地，這水就代表了國王對百姓的關愛。

這幅畫包含了世界萬物，但這幅畫還未完成，因為宇宙必須要有天空、土地、以及一個人，才稱的上完成，而這幅畫中卻沒有人。當為了百姓勤勞地工作的國王站在這幅畫的旁邊時，才算完成了這幅畫。意指督促國要王不辭辛勞，像照映世界的日月一樣，像守護國家的五座山一樣，還有像濕潤土地萬物的瀑布水一樣，行德政，讓百姓能安心地生活，是帶著這樣意味的一幅畫。即五峰日月圖並不是象徵著國王的力量，而是為了啟發國王的一幅畫。

從這兩幅畫中可以知道，在韓國畫中，要先理解畫裡素材的意義才能讀懂畫。此外，因為素材所象徵的事物都不同，所以和事實不符的素材也會被畫在同一幅畫中，因此韓國畫不只是圖畫美麗，還含有讀畫的樂趣。

❖ 第五課

韓國人所敬愛的安得伍

安德伍，韓國名字元杜尤，是延世大學的創立者，1859 年出生於英國的安德伍，在 1885 年 25 歲時，以美國傳教士的身分來到韓國。在當時對他而言，有很多條人生的道路，那時他有身為企業家的生活，身為教育家的生活，身為宗教人的生活，還有和致愛的未婚妻的未來等，安定且幸福的生活。但是他卻放下了這所有的生活來到了韓國，並且在 1916 年 57 歲去世為止，為了韓國及延世的發展竭盡心力。

安德伍為了韓國的教育費了很多心力，為孤兒設學校，在各地建立小學，並為韓國人編纂了英漢字典及漢英字典。此外，為了解決當時流行的霍亂等的醫療活動傾注全力，致力於翻譯聖經，發行基督教報紙等傳教活動。

他在 1915 年設立了延禧專門學校，在 1957 年和塞布蘭斯醫學大學合併成為延世大學。成立了安德伍當時所低估的主修商科的系所，在之後成了延世大學最棒的學系。他在尊重韓國的傳統文化及歷史的同時，透過現代化的教育，培養韓國社會的指導者。

他對教育的理念，也延續到後代，安德伍 2 世元漢慶，3 世一漢，4 世元漢光，也在延世大學教導學生。就這樣靠著他的後代透過教育，將他的理念傳承下去，對韓國及延世的發展做了各種努力。

病情日益嚴重，在 1916 年 1 月回到美國的安德伍，同年的 10 月在故鄉亞特蘭大就此長眠，在他臨死前留給夫人的微笑和最後一句話：「我得到那裡才行……」他在過世前，都還想著韓國以及延世。1995 年，他終於了了心願，回到韓國，被埋在首爾楊花津的外國傳教士墓地。他對韓國的熱愛及熱情，到現在都還帶給許多韓國人力量。

❖ 第六課

無國界醫師會

在世界各地有很多人因為自然災害或戰爭正在經歷困難的時期，例如有人生病了卻無法接受治療，或因為旱災沒有吃的東西而餓死，也有因為不希望發生的戰爭而受傷或死亡的人。雖然有很多國際團體正在幫助這樣的人們，但也有很多需要幫助的人因為國籍或宗教信仰的問題無法得到幫助，這是因為把政治、宗教還有人種看的比人的生命還要重要。為這樣的現實感到遺憾的人們，便聚集起來組成了「無國界醫師會」。

無國界醫師會是在 1971 年以貝爾納‧庫什內為中心，由 12 名醫師及新聞工作者所組織的國際性民間團體，這個組織的經費來源，大部分都是由抱著相同理念的個人捐贈，所以這個組織的活動是非政治性也非宗教性的。因為這樣，這個團體的會員，只要有需要幫助的地方，不管是哪裡都會去。

現在無國界醫師會裡共有三千多名的醫師、護士及一萬名以上的志工一同進行救助活動。因為在這裡工作的人都在國外進行活動，因此必須具備英語溝通能力，醫師和護士當然也要有治療患者的技術和經驗，但並不是只有醫師和護士能加入這個組織，也需要像行政人員、採購及搬運人員、廚師等在各種領域工作的人。然而最重要的是想幫助困難的人們的心。

無國界醫師會的會員們通常都是在帳棚或倉庫裡辛苦地工作，因為他們不是為了賺錢而工作，只領微薄的生活費，一邊做事情。不僅如此，他們隨時都處在危險的情況中，因為他們前往的是發生地震或洪水、戰爭和恐怖事件以及可怕的疾病的地方。

1995 年北韓發生了大洪水，許多人受傷或死亡、染病，還因為饑荒及酷寒過得很辛苦，但因為政治的因素，有某些團體無法幫助北韓，那時唯一到北韓的團體就是無國界醫師會，他們和身心俱疲的北韓人民分享食物，並給予治療。因為這件事，無國界醫師會在 1997 年獲得首爾特別市頒發的首爾和平獎，並以同樣的理由在 1999 年獲得諾貝爾和平獎。當時獲得的 11 億元獎金，都使用在幫助貧困的人購買藥材上。

當有困難的狀況發生時，比任何團體都迅速前往的無國界醫師會是最有力量、最溫暖的非政府組織。相信「愛」而非奇蹟的組織會員們，現在也仍在世界的各個角落散播愛心。

❖ 第七課

尿床的孩子

大家小時候一定都有過睡夢中在被褥上畫地圖的經驗，小孩們因害怕犯下這樣的錯誤會被媽媽罵而非常擔心，煩惱著該怎麼辦，最後用棉被稍微蓋住，神不知鬼不覺地去上學，或是假裝水打翻了，把水潑在上面。

在韓國已經到可以自動起床上廁所的年紀的小孩，如果犯下這種錯誤，便會讓他戴著簸箕，拎著瓢到鄰居家去領鹽巴回來，因為他們相信鹽巴具有可以趕走不好的氣運，淨化不乾淨的東西的力量。戴著簸箕、拎著瓢在社區徘徊的話，尿床的事情會被社區的鄰居們知道，是件很丟臉的事情。阿姨們一邊給鹽巴，一邊訓斥不要再尿床了。社區裡面的小孩也會一整天跟在後面嘲笑，雖然不常看到女孩子戴著簸箕去領鹽巴的模樣，但對男孩子是很平常的事。

小孩們如果尿床的話，大人們就會問是不是玩火了。玩火的話，會變得很興奮、很緊張。因為太有趣了，會玩到不知道時間，一直玩下去。所以玩火之後會非常累，睡到不知道尿床了，因此大人常說：「不要玩火，玩火的話會尿床。」

在從前沒有洗衣機的時候，要洗一件大被子可不是件簡單的事，在寒冷的冬天用冷水洗被子的話，手會凍僵，要等好幾天棉被才會乾。所以大人們讓小孩子經歷一次非常丟臉的經驗，想藉此改掉尿床的習慣。因為戴著簸箕、拎著瓢到鄰居家去領鹽，是不會想再要有第二次的經驗。

❖ 第八課

書堂風景

書堂以前在我們國家是到處都可以看到，類似現在的小學的地方。在書堂裡，訓長，可以說是現在的老師，將村子裡的孩子們集合起來，教導他們文字，因此又稱文字房。

書堂和現在的學校一樣，學生不多。但學生的年齡範圍很廣，從六、七歲到二十歲都有。學生裡面有有錢人家的小孩，也有貧窮人家的小孩，有貴族也有平民，學生們不分年齡身分，一起讀書。此外，如果沒寫作業或調皮搗蛋，不管是誰都會被訓長處罰。

在書堂會要求寫字、朗誦和作文等，但在書堂並不是只教文字。當然認識很多字也很重要，但在書堂被認為比任何事都重要的是禮儀。學生們一邊閱讀一本名為「明心寶鑑」的書，一邊學習生活的智慧和禮節。這本書中包含了教人做善事、不貪心、要愛家愛國等內容。

書堂的教育方法和現在的學校非常不同，訓長先大聲地朗讀，學生再跟著念。學生得在訓長面前背出前一天學的內容，才能再學新的文章，

有時候甚至會一整天念一百次相同的文章，因此在書堂，每天都可以聽到洪亮的朗誦文章的聲音，這種學習方法產生了「書堂的狗待了三年的話，就會吟詩作對」諺語，是在說狗只要三年間聽著朗誦文章的聲音的話，也會寫詩的意思。像這樣在書堂發出聲音朗誦文章有一個理由，因為以前的人認為嘴巴、眼睛、心並用學習的話，會學得更好。

如果把一冊書全部學完的的話，會有冊禮，這是對訓長表達感謝及朋友們互相恭賀的宴會，學生的父母帶著在孩子們的腦海中填滿智慧的心情，將內餡塞得滿滿的松糕與在書堂聚會的人們一同分享。為了向訓長表達感謝的心意，還招待酒和佳餚。

現在雖然也有書堂，但和以前的樣子差很多，最近的父母也有到了假期就送孩子去書堂學漢字、學禮節的。訓長教導因為平常都在學校念書，無法和家人有很長時間相處的學生們基本的禮節。雖然是很短的時間，但學生們學習了在學校無法學不到的韓國傳統文化及前人的智慧。此外，一邊閱讀古文，也能學到傳統的可貴。因此，在現代，書堂是以一個進行禮節教育的地方，重新被大眾所關注。

❖ 第九課

請求的廣告

我們在公共場所經常會看到公益廣告，公益廣告中有很多像減少廚餘、獎勵生產、避免使用免洗用具、敬老等公共的問題。呼籲全國國民對於這些問題要抱持關心的訊息，就放在公益廣告裡。以前的公益廣告口號，像「請不要亂丟垃圾」、「請保持禮儀」，因為是直接的表現，給人很生硬又強勢的感覺。這樣的表現比起起請求，反而給人有種命令的感覺，很容易讓人產生抗拒。因此，人們便不太關心公益廣告，那樣的廣告效果也不太大。但不久前，開始出現考慮大眾心理的創新標語，這種嘗試抓住了人們的目光，對公益廣告的關心也漸漸增加，達到很大的效果。

如果是錢的話，您會把它剩下來嗎？
食物也是錢
吃了一半，剩下一半
那樣剩下來丟掉的廚餘
一年有 5 兆元
廚餘減量
就從個人的實際行動開始

您想像過這種模樣嗎？
您想像過比起小孩，成人更多的國家嗎？
2004年OECD會員國中出生率最低的國家
世界上高齡化速度最快的國家
2050年老年人口比率達到37.3的國家
那不是別的地方，就是我們國家
請一起想想擁有我的孩子的快樂和國家的未來
孩子們是大韓民國的希望

砍樹的杯子？種樹的杯子？
今天早上的一杯咖啡，您使用哪一種杯子呢？
現在請將一個馬克杯放到書桌上
因為免洗杯必須砍乏無數的樹木
使用馬克杯的您是愛自然的人

看世界之前請先看看周遭！
今天同樣坐在地鐵裡閱讀新聞、雜誌關心世界的
您
您無意間坐下的位子是不是為了老弱者或身心障
礙者的博愛座呢？
博愛座是對我們辛苦的朋友們最起碼的關懷
在看世界之前請先看一下我們身邊的人們

◦◦◦◦◦◦◦◦◦◦◦◦◦◦◦◦◦◦◦◦◦◦◦◦

❖ 第十課

從前使用的物品

　　去博物館的話，會有以前的人們使用的各種
道具。雖然也有因為現在還在使用，所以很熟悉
的用具，也有第一次見到的東西。此外，也會有
以前看過但卻不太知道是用在哪裡的物品的情
形。但是看看以前的物品的話，就可以知道古人
的生活多麼貼近自然。

　　現在去鄉下奶奶家的話，還看的到石磨，這
是將穀物磨成粉，或者是磨豆子製作豆腐的時使
用的。石磨是兩個圓形的石頭上下疊放在一起，
將穀物放進上層石頭的洞裡，抓住把手轉圈，在
兩塊石頭中間，便會出現磨好的穀物。是像最近
得攪拌機一樣的東西，但是因為是用石頭磨的，
所以營養素都保存起來，食物的味道也很棒。

　　在以前，廁所的味道總是很重，因此蓋在離
家裡很遠的地方。在沒有電力的以前，要在黑漆
漆的晚上走到廁所可不是件簡單的事，因此，模
樣小小圓圓的夜壺對以前的人來說是必需品。將
這個放在房間裡，想上廁所的時候使用。夜壺雖
然看起來像很髒的東西，但以前的人認為這是很
重要的，是結婚的時候女生絕對不會忘記準備帶
去的物品。夜壺有用黃銅或陶器做成，也有用樹
木做成的，特別是陶器夜壺太美了，外國人常常
把它當成紀念品買走。但是因為不太知道要用在
哪裡，也有把它拿來裝餅乾、糖果或當成裝飾品
擺在房間的。此外，還當作花瓶或花盆使用。

　　最近在炎熱的夏天，會開電風扇或冷氣降低
溫度，但冷氣開太久的話，會得冷氣病、消化不
良、頭痛或容易感到疲勞，但在以前並沒有這種
病。以前的人穿著以涼快的布製成的服裝或搧著
扇子涼爽地渡過夏天。但在炎熱的夏天，比起任
何東西最受歡迎的物品就是竹夫人了。

　　竹夫人是用竹子做成，而被稱做夫人的意思
是，主要都是男生在炎熱的夏天晚上為了涼爽地
睡覺而使用。但有趣的是，兒子們並不使用父親
使用過的竹夫人，竹夫人是用竹子做成的，他的
長度像人的身高那麼長，為了方便抱著，模樣呈
圓筒型。摸到竹子的話會冰冰涼涼的，因此身體
接觸到的時候會很涼快。再加上中間簍空、有很
多洞，所以很通風。因此抱著它睡覺的話，可以
很舒服地睡。

　　最近以前人們使用的石磨或竹夫人很熱門，
雖然有很多更漂亮更方便的物品，既沒效率又不
方便的古老物品卻受到人們的喜愛。這是因為以
前人使用的物品中蘊含了生活的智慧。如果學習
親近自然，享受生活的前人們的智慧的話，我們
的生活就會變得更豐饒。

듣기 지문
모범 답안

1과 1번

한국 청소년들을 대상으로 한 조사에 따르면 청소년들이 가장 즐겨 하는 취미는 '게임이나 채팅 같은 컴퓨터를 이용한 활동'이라고 합니다. 그 다음은 '음악 감상'이고 세 번째가 '텔레비전 시청'이었습니다. 일주일에 몇 시간이나 취미 활동을 하냐는 질문에는 31%가 '2시간 정도'라고 대답했습니다. 그리고 '1시간 이하'가 23%, '3시간 정도'라고 대답한 사람은 겨우 11% 정도로 다른 나라 학생들보다 취미 활동을 하는 시간이 아주 적은 것으로 조사되었습니다. 취미 활동을 하는 이유로는 '스트레스를 풀기 위해서'라는 대답이 가장 많았고, 그 다음이 '재미가 있어서', '시간이 있어서' 순이었습니다.

1과 2번

안녕하십니까? 저는 봉사 동아리 '이사모'의 회장을 맡고 있는 이정수입니다. '이사모'는 이웃을 사랑하는 모임입니다. 우리 모임은 어려운 이웃들에게 웃음과 사랑을 주기 위해서 만들어졌습니다. 저희들은 한 달에 두 번씩 노인들과 아이들을 위해 봉사 활동을 하고 있습니다. 봉사의 즐거움을 함께 하실 분들이 계시면 연락해 주십시오.

1과 3번

태우 수지야, 너희 동아리에는 신입생들이 많이 들어왔니?
수지 아니, 물어보러 온 학생들은 있었는데 가입한 사람은 얼마 되지 않아.
태우 우리도 그래. 그동안 우리 동아리를 신입생들에게 알리려고 점심시간마다 식당 근처에서 공연도 여러 번 했는데…….
수지 우리도 사진 전시회도 하고 지나가는 신입생들의 사진도 찍어 주면서 들어오라고 했는데 요즘 신입생들은 별로 관심이 없는 것 같아. 그 이유가 뭘까?
태우 요즘은 학교 동아리 활동을 하지 않아도 인터넷 동호회 같은 곳에서 활동을 할 수 있기 때문에 그런 것 같아.
수지 네 말을 들으니까 그런 것 같기도 하다.

2과 1번

올해 새로 대학교에 입학한 신입생들 400명에게 아르바이트에 대해서 설문 조사를 한 결과, 97%가 아르바이트를 희망하는 것으로 나타났습니다. 왜 아르바이트를 하고 싶냐는 질문에 62%가 '용돈을 벌기 위해서'라고 대답했습니다. 이어서 '학비를 벌기 위해서'라는 대답이 24%, '경험을 쌓고 싶어서'가 10.9%순으로 아르바이트를 희망하는 신입생들의 80% 이상이 돈을 벌기 위해서 아르바이트를 하고 싶어하는 것으로 조사됐습니다.

또한 아르바이트를 해서 받은 돈으로 가장 하고 싶은 것은 '부모님 선물 구입'이라고 대답한 학생들이 많았으며, 2위는 '평소 갖고 싶었던 물건 구입'이었고, 3위는 '여행'이었습니다.

2과 2번

주말에 등산을 갔어요. 산에 올라갈 때는 날씨가 좋았는데 내려올 때는 비가 와서 비를 맞으면서 내려왔어요. 그런데 집에 와서 보니까 빗물이 들어가서 그런지 휴대 전화가 걸리지 않았어요. 할 수 없이 오늘 서비스 센터에 가서 맡겼는데 사람이 많다고 하면서 1시간 후에 다시 오라고 했어요. 그래서 간단히 식사를 하고 오니까 직원이 수리를 하려면 돈이 좀 많이 드는데 수리를 하겠냐고 물었어요. 휴대 전화기 안에 물이 들어가서 고치려면 몇 십만 원이나 든대요. 휴대 전화 값보다 수리비가 더 비쌌어요. 이럴 때 배보다 배꼽이 더 크다고 말하나 봐요. 그 돈이면 새로 사는 것이 더 나을 것 같아서 그냥 나왔어요.

2과 3번

어제 이사를 하고 이사 떡을 돌렸어요. 우리 옆집과 바로 밑의 집만 돌리려고 하다가 그동안 집수리 때문에 시끄럽게 한 게 미안하기도 하고 또 앞으로 계속 살 텐데 얼굴도 보고 인사하는 것이 좋을 것 같아서 1층부터 10층까지 모두 돌리기로 했어요. 처음에는 벨을 누르기도 어색하고 누구냐는 물음에 빨리 대답이 안 나왔지만 조금 지나니까 괜찮아졌어요. 대부분 떡을 받고 좋아하셨어요. 다 돌리고 나니까 힘도 들고 시간도 걸렸지만 기분이 좋았어요. 떡을 받고 앞으로 잘 지내자고 하면서 과일을 가지고 오신 아주머니도 있었고 내 나이와 비슷해 보이는 8층 여자는 내일 자기 집으로 차를 마시러 오라고 했어요. 처음에는 떡을 돌릴까 말까 고민했는데 떡을 돌리기를 잘한 것 같아요. 나도 나중에 다른 사람이 이사 떡을 가져오면 우리 집으로 초대해서 차 한 잔 마시면서 친해져야겠어요.

3과 1번

대중교통의 발달과 과학의 발달로 우리 생활은 점점 편리해지고 있지만 다른 한편으로는 새로운 문제점이 나타나고 있습니다. 이것이 부족해서 비만이 되거나 고혈압, 심장병 등 여러 가지 질병에 걸리기도 합니다. 이제 현대인들은 시간을 내서 특별히 이것을 하지 않으면 건강한 생활을 하기 어렵습니다. 현대인의 건강이 나빠지는 것이 바로 이것의 부족 때문입니다.

3과 2번

앵커 장수를 하려면 어떻게 해야 할까요? 이승연 기자가 자세히 알려 드리겠습니다.
기자 장수를 하려면 충분한 수면을 취하고 규칙적인 식사를 해야 한다고 합니다. 한국 대학교에서 국내 90세 이상 노인 168명의 식습관과 생활 습관을 조사한 결과 9시간 이상 자고, 식사는 하루 세 번 규칙적으로 하는 것으로 나타났습니다. 또 야채, 된장, 두부 같은 식물성 식품을 즐기는 것으로 조사됐는데, 동물성 식품도 자주 먹어 영양의 균형을 유지하는 것이 장수의 비결이라고 합니다. 또 이들의 80%는 가족과 같이 식사한다고 대답했으며 그래서 식사시간이 즐겁다는 노인도 85.7%나 됐습니다. 또, 술을 마시거나 담배를 피우는 사람은 20% 밖에 되지 않았습니다. 보약이나 영양제 등 건강식품을 먹는 사람도 별로 많지 않아 건강식품이 장수에 큰 도움이 되지 않는 것으로 조사됐습니다.

듣기 지문

3과 3번

조깅은 달리기보다는 느리게, 그리고 평소의 걸음보다는 조금 빠르게, 옆 사람과의 대화가 가능할 정도로 달리는 운동입니다. 조깅도 다른 운동과 같이 항상 5~10분 정도의 준비 운동을 해야 하고 운동 시간은 30분~1시간 정도가 적당합니다. 초보자의 경우 3~4분은 걷고 1~2분은 달리는 방법으로 시작해서 달리는 거리를 점차 늘려 가는 것이 좋습니다.

4과 1번

샤오밍 요즘 볼 만한 영화 뭐 있어요?
승연 '사랑'이라는 영화가 볼 만하다고는 하던데 샤오밍 씨는 어떨지 모르겠네요. 여자들이 좋아하는 영화라고 해서요.
샤오밍 잘 됐네요. 여자 친구하고 보러 가려고 했거든요.
승연 요즘 제 친구들도 만나면 다들 그 영화 얘기뿐이에요. 저도 시간이 나면 보러 가려고요.
샤오밍 그럼 이번 주말에 여자 친구하고 꼭 봐야겠는데요.
승연 이번 주말이요? 그럼 좀 서둘러야 할걸요. 주말엔 더 빨리 표가 매진된다고 하던데요.
샤오밍 그래요? 그럼 오늘 가서 예매해야겠네요. 고마워요.

4과 2번

지난주 금요일에 예술의 전당에서 일하는 친구가 좋은 공연을 보여 줄 테니까 오라고 해서 갔습니다. 친구를 만나서 표를 찾고 자리에 앉아서 무슨 공연인지도, 누가 나오는지도 모르면서 공연 시작을 기다렸답니다. 커튼이 올라가고 바이올린을 든 연주자를 보고 '좀 지루하겠구나.'하는 생각을 했습니다. 그러나 몇 분 지나지 않아서 저는 그 음악에 빠져 들었습니다. 수면제 같다고만 생각했던 바이올린 소리가 그렇게 아름다운지 처음 알았습니다. 어렵고 지루하기만 할 거라고 생각한 한 시간 반 동안의 공연은 그 시간이 너무 짧게 느껴질 정도로 환상적이고 감동적이었습니다. 가끔 이런 공연을 찾아 감상하는 것도 좋겠다고 생각했습니다.

5과 1번

수지 너 여자 친구 생겼다면서?
에릭 응.
수지 우와, 정말 축하한다. 그런데 여자 친구랑 어떻게 만난 거야?
에릭 안드레이가 소개해 줬어. 안드레이하고 2급 때 친구였대.
수지 그렇구나. 여자 친구가 굉장히 미인이라면서?
에릭 응, 눈이 아주 크고 예뻐서 마치 배우 같아. 머리는 까맣고 피부도 우유처럼 하얘서 뭘 입어도 잘 어울리고.
수지 그래? 성격은 어떤데?

에릭　첫인상은 좀 냉정하고 고집이 세어 보여서 별로였는데 몇 번 만나 보니까 첫인
　　　상과는 정말 달랐어. 정이 많을 뿐만 아니라 다른 사람을 잘 배려해 줘. 그래서
　　　친구들한테도 인기가 정말 많대.
수지　좋은 여자 친구를 만난 것 같네. 자랑 그만하고 언제 한번 소개 시켜 줘.
에릭　그래. 그럼 이번 주말에 같이 저녁 먹을까? 여자 친구한테 물어보고서 전화할게.

5과 2번

　　제 친구 데이비드를 소개합니다,
　　제가 데이비드를 알게 된 것은 한 3년쯤 전입니다. 우리는 만난 지 얼마 지나지 않아서
아주 좋은 친구가 되었답니다. 회사원인 부인과 두 아들을 키우고 있는 데이비드는 요리
사인데, 경제적으로 넉넉해 보이지는 않았지만 마음만은 큰 부자인 것 같았습니다.
　　어느 날 같이 커피를 마시면서 이야기를 하다가 이 친구가 일류 대학교에서 공학을 전
공했다는 것을 알게 되었습니다. 제가 왜 요리사가 되었냐고 하니까 이 친구는 음식을 만
드는 일이 너무 좋고 자기가 만든 음식을 다른 사람이 행복한 마음으로 먹어 줄 때 제일
기쁘다고 했습니다.
　　그리고 얼마 뒤에 그 친구가 일하는 식당에 놀러 간 일이 있었습니다. 행복한 미소를
지으며 일하는 모습을 보고 저는 무슨 일을 하든지 자기가 하는 일에 만족을 하면서 기쁜
마음으로 일을 하는 사람이 이 세상에서 가장 행복한 사람이 아닐까 하는 생각을 하게 되
었습니다.

6과 1번

　　할머니께
　　할머니 그동안 안녕하셨어요? 저 밍밍이에요.
　　이곳 서울에서 이런저런 일로 바빠서 마음은 그렇지 않은데 할머니께 자주 연락을 못
드렸어요. 죄송합니다.
　　저는 잘 지내고 있어요. 한국말이 생각보다 좀 어렵기는 하지만 이제 생활하는 데에는
어려움이 없답니다. 한국 음식에도 익숙해졌고 친구들도 많이 사귀었고요.
　　얼마 전 제 생일에는 같은 반 친구들이 파티도 해 줬어요. 중국에서 온 친구들은 생일
선물로 고향 음식을 많이 만들어다가 줬어요. 할머니가 좋아하시는 만두를 먹을 때는 할
머니 생각이 많이 났어요.
　　할머니 건강하시지요? 할아버지께서는 아직도 허리가 많이 아프세요? 병원에는 계속
다니시지요?
　　2주 후면 겨울 방학이에요. 방학이 되면 집에 가서 할머니랑 같이 지낼 거예요. 할아버
지를 모시고 병원도 같이 가고요. 할머니 너무너무 보고 싶어요.
　　날씨가 추워지는데 건강 조심하세요. 19일에 뵐게요.
　　참, 어머니, 아버지께도 안부 전해 주세요.
　　안녕히 계세요.

12월 3일
서울에서 밍밍 올림

듣기 지문

6과 2번

올가 태우 씨랑 같이 오기를 잘 했어요. 저는 한국 사람 결혼식에 와 본 적이 없거든요.
태우 그래요? 그럼 오늘 승연 씨 언니 결혼식 잘 보세요. 좋은 경험이 될 거예요.
올가 그런데 저기 사람들이 들고 있는 하얀 봉투는 뭐예요?
태우 아, 저거요. 한국에서는 결혼식에 초대 받으면 보통 축의금을 내요.
올가 축의금이요?
태우 축하하는 뜻으로 내는 돈이에요. 그 돈을 하얀 봉투에 넣어서 결혼식장 앞에서 주는 거예요.
올가 그럼 우리도 축의금을 내야 하는 거 아니에요?
태우 우리는 선물을 했으니까 괜찮아요.
올가 그렇군요. 그런데 축의금을 준비하려면 결혼식이 많은 달에는 좀 부담이 되겠네요.
태우 네, 그래서 사람들이 결혼을 많이 하는 5월에는 직장인들이 좀 힘들어해요.
저기 승연 씨가 언니랑 나오네요. 축하 인사부터 합시다.

7과 1번

저는 한국에 와서 크고 작은 실수들을 많이 했는데, 특히 말실수가 많았어요. 제가 한 실수가 너무 많아 다 기억나지는 않지만 몇 가지만 소개할게요. 한 번은 피시(PC)방에서 채팅을 하다가 목이 말랐어요. 저는 음료수가 있는 곳으로 가서 주인아저씨께 콜라를 하나 달라고 했어요. 주인아저씨가 선불이라고 하셨는데 저는 그걸 선물이라고 듣고 고맙다고 했어요. 그런데 그 주인아저씨가 또 선불이라고 해서 저는 또 고맙다고 했어요. 그런데 알고 보니까 선불은 돈을 먼저 내라는 말이었어요. 또, 친구 생일 파티에 가서 술잔을 들고 '건배'라고 해야 하는데 '깡패'라고 한 적도 있어요. 제 말을 듣자마자 친구들이 큰 소리로 웃었어요. 저도 나중에 그 단어의 뜻을 알고 나서 얼마나 창피했는지 몰라요. 하지만 이렇게 실수를 하면서 배운 단어는 절대로 잊어버리지 않게 되는 좋은 점도 있어요. 그러니까 여러분도 실수를 할까 봐 걱정하지 마시고 사람들과 이야기를 많이 하세요.

7과 2번

오늘 소개해 드릴 책은 '진실한 사과는 우리를 춤추게 한다'입니다.
이 책은 '칭찬은 고래도 춤추게 한다'의 작가로 유명한 캔 블렌차드의 작품으로 사과하기 어려워하는 사람들에게 꼭 필요한 책입니다. 이 책은 잘못을 했을 때 왜 사과해야 하는지 그리고 어떻게 사과해야 하는지를 구체적으로 잘 설명하고 있습니다. 이 책의 작가는 사과는 잘못을 깨닫는 순간 바로 해야 하며, 진실한 마음으로 해야 한다고 합니다. 그리고 자신이 잘못한 것을 알고 있다는 걸 행동으로 보이는 것이 좋다고 합니다. 그렇게 하면 실수로 안 좋았던 상황이 오히려 더 좋은 상황으로 바뀔 수 있다고 이야기하고 있습니다.

8과 1번

샤오밍   여보세요? 김미선 씨세요?
미선   네, 그런데요. 실례지만 누구세요?
샤오밍   안녕하세요? 저는 왕 샤오밍이라고 합니다. 태우 씨 소개로 전화 드리는 건데요.
미선   네, 안녕하세요? 저도 태우 씨한테 얘기 들었어요.
샤오밍   중국어를 배우고 싶다고 하셨다면서요? 저는 한국어를 연습하고 싶어서요.
    미선 씨가 괜찮으면 미선 씨하고 언어 교환을 하고 싶은데요.
미선   아, 좋아요. 샤오밍 씨는 언제 시간이 있는데요?
샤오밍   저는 수업이 1시에 끝나니까 1시 이후면 아무 때나 좋아요.
미선   저는 수업이 좀 늦게 끝나서요. 전 주말이 좋은데 주말에는 어떠세요?
샤오밍   토요일 오후만 빼고는 좋아요. 토요일 오후에는 아르바이트를 하거든요.
미선   그럼 매주 토요일 오전에 만나는 것으로 할까요?
샤오밍   네. 그럼 이번 토요일은 몇 시에 어디에서 만날까요?
미선   11시에 학교 앞 커피숍 어때요?
샤오밍   좋아요, 그럼 이번 토요일에 만나요. 혹시 다른 일이 생기면 연락 주세요.

8과 2번

히로시   선생님, 안녕하세요?
선생님   네, 안녕하세요? 성함이 어떻게 되세요?
히로시   히로시라고 합니다.
선생님   히로시 씨, 반가워요. 그런데 무슨 일로 찾아오셨어요?
히로시   비자 문제 좀 여쭤 보려고요. 제가 요즘 아르바이트를 하고 있는데요. 사장님
    께서 다음 학기에는 아침부터 일해 줬으면 좋겠다고 해서요. 그럼 저녁에 수업
    을 들어야 하는데 그 수업은 학생 비자를 받을 수 없다고 들었어요. 맞아요?
선생님   네, 그래요. 오전 수업을 듣는 학생만 받을 수 있어요. 오전에 수업을 들을 수
    없으면 회사에 이야기해서 취업 비자를 받으시지 그래요?
히로시   사장님께 부탁 드려 봤는데 취업 비자를 받으려면 좀 복잡하다고 해서요.
선생님   그래도 일을 하시려면 그렇게 해야 해요. 그냥 지금처럼 오후에만 일하면 안
    될까요?
히로시   그럼 사장님께서는 아마 오전부터 일할 수 있는 다른 사람을 구하실 거예요.
    저는 돈이 필요해서 아르바이트를 꼭 해야 하거든요.
선생님   그럼 다른 아르바이트 자리를 찾는 건 어때요? 마침 학교 도서관에서 일할 아
    르바이트 학생을 찾고 있는데 한번 해 볼래요? 오후에만 일하는 거니까 괜찮을
    것 같은데요.
히로시   정말요? 좋아요. 그 아르바이트를 하려면 어떻게 해야 하지요?
선생님   여기에 이름하고 전화번호를 쓰세요. 제가 도서관에 연락해 놓을게요.
히로시   감사합니다. 선생님.

9과 1번

주인아저씨, 안녕하세요? 저는 그저께 502호에 이사 온 올가예요. 전화를 안 받으셔서 메시지를 남겨요. 사실은 욕실에 문제가 좀 있어요. 욕실에 있는 수도에서 물이 계속 흘러요. 수도를 꼭 잠갔는데도 계속 물이 흘러서 그 소리 때문에 잠도 잘 수 없어요. 그리고 온수도 잘 나오지 않고요. 어제 3층에 살던 사람이 나가서 빈 방이 하나 있다고 들었는데 아직 그 방이 비어 있다면 제가 그 방으로 옮겨도 될까요? 그 방으로 꼭 옮기고 싶어요. 부탁 드릴게요.

9과 2번

태우 유카 씨, 극장에 간다면서요?

유카 네, 그런데 그걸 어떻게 알았어요?

태우 밍밍 씨한테 들었어요. 그런데 저, 부탁 하나 해도 될까요?

유카 무슨 부탁인데요?

태우 저도 내일 영화를 보려고 하는데 유카 씨가 가는 길에 예매 좀 해 줄 수 있어요?

유카 그럼요. 무슨 영화를 볼 건데요?

태우 '비밀의 방'이요. 오후 2시쯤 시작하는 걸로 두 장만 부탁할게요.

유카 저도 그 영화가 요즘 가장 인기 있다고 해서 그걸 볼까 했는데 친구가 코미디 영화를 좋아해서 다른 걸 예매했어요. 나중에 태우 씨가 보고 어떤지 얘기해 주세요. 그런데 누구하고 갈 거예요?

태우 그건 비밀이에요.

9과 3번

면접관 질문에 대답을 짧게 해 주시기 바랍니다. 먼저 김승우 씨께 질문하겠습니다. 부탁을 잘 하려면 어떻게 해야 할까요?

김승우 먼저 공손하고 예의 바른 말을 사용해서 부탁하는 내용과 이유를 알기 쉽게 설명하는 것이 중요하다고 봅니다. 그래서 부탁을 들어주면 진심으로 고맙다는 표시를 하고 혹시 부탁을 들어주지 않아도 예의에 어긋나는 행동을 하면 안 된다고 생각합니다. 특히 부탁을 할 땐 상대방이 이해할 수 있는 이유를 미리 말하는 것이 더 효과적이라고 봅니다.

면접관 그럼 부탁을 거절하는 자신만의 방법이 있습니까?

김승우 저는 부탁을 잘 거절하지 못하는 성격입니다. 하지만 제가 할 수 없는 일을 부탁 받았을 때는 솔직하게 할 수 없는 이유를 말하고 이해를 구하는 편입니다. 그것이 상대방을 가장 쉽게 이해 시킬 수 있고 가장 빨리 거절할 수 있는 방법이라고 생각합니다.

10과 1번

올가 태우 씨는 어렸을 때 어떤 아이였어요?

태우 저요? 전 정말 착한 아이였지요. 부모님 말씀도 잘 듣고 공부도 열심히 하고요.

올가 정말요?

태우 하하, 농담이에요. 장난을 많이 쳤던 것 같아요. 친구들한테는 물론이고 부모님이나 선생님께도요.

올가 그럼 야단을 많이 맞았겠네요.

태우 꼭 그렇지는 않아요. 아주 심한 장난은 치지 않았거든요. 그리고 장난을 치다가도 좀 심하다는 생각이 들면 그만두곤 했어요. 올가 씨는 어렸을 때 어땠는데요?

올가 전 조용한 아이였어요.

태우 올가 씨가요? 거짓말 아니에요?

올가 정말이에요. 책 읽기를 좋아해서 밖에 나가지도 않고 집에서 책만 읽곤 했어요.

10과 2번

수지 어제 뉴스를 봤는데 20년 후에는 지금 직업과는 다른 직업들이 많이 생길 거래. 없어지는 직업도 많고.

에릭 기술도 발전하고 우리 생활도 많이 변할 테니까 당연히 그렇게 되겠지.

수지 그런데 우리가 열심히 공부해서 가진 직업이 20년 후에는 필요 없게 되면 어떻게 하지?

에릭 그럼 미래에 꼭 필요한 직업을 가지면 되잖아.

수지 그래. 그런데, 그 기사에 따르면 컴퓨터 소프트웨어 엔지니어나 노인 도우미 같이 첨단 기술이나 노인에 관련된 직업이 전망이 좋을 거래. 다 내 전공하고는 관계가 없는 것들이라서 좀 걱정이야.

에릭 그렇게 걱정이 되면 지금이라도 컴퓨터 관련 공부를 더 해 보지 그래? 너 컴퓨터 잘 하잖아.

수지 그럴 생각도 해 봤는데, 다른 공부를 시작하기에 너무 늦지 않았나 하는 생각이 들어.

제1과 취미

1과 1항

1. ❷ 악기 ❸ 우표 ❹ 낚시 ❺ 자전거

2. ❷ 거의 ❸ 모으 ❹ 가능하면 ❺ 마음을 먹었어요. ❻ 시간을 내서

3. ❷ 구경 온 사람들이 많던데요. ❸ 오래된 건물과 연못이 있어서 아주 멋있던데요. ❹ 사진을 찍던데요. ❺ 민속 박물관이 있던데요. ❻ 옛날 사람들의 생활 모습을 알 수 있어서 좋던데요.

4. ❷ 닮았 ❸ 젊으시 ❹ 많이 먹었 ❺ 가 ❻ 뚱뚱하시

1과 2항

1. ❷ 연주회를 ❸ 전시회를 ❹ 상영이

2. ❷ 완성하는 ❸ 주로 ❹ 등록했어요. ❺ 인물화, 풍경 화가

3. ❷ 먼 ❸ 지키는 ❹ 먹는 ❺ 한

4. ❷ 공부하는 시간이 적은 편입니다. ❸ 술을 자주 마시는 편입니다. ❹ 한국 대학생들에 비해서 아르바이트를 많이 하는 편입니다. ❺ 한국 대학생들에 비해서 용돈을 많이 쓰는 편입니다.

5. ❷ 커피도 맛있고요. ❸ 깨끗해요. 시설도 좋고요. ❹ 비싸요. 사람도 많고요. ❺ 책이 많아요. 값도 싸고요. ™ 복잡해요. 친절하지도 않고요.

6. ❷ 외국인만 가능해요. 해외 교포도 가능하 ❸ 10% 할인이 돼요. 10만 원 이상 사면 상품권도 주고요. ❹ 한국 무용을 본다고 해요. 탈춤도 배우고요. ❺ 3,000원짜리 주스를 2,000원에 팔아서요. 두 개 사면 하나를 더 주고요. ❻ 2급 학생들만 참가해요. 오후반 2급 학생들도 참가할 수 있고요.

1과 3항

1. ❷ 국악 동아리 ❸ 여행 동아리 ❹ 등산 동아리 ❺ 합창 동아리 ❻ 봉사 동아리

2. ❷ 관심이 ❸ 들려면 ❹ 괜히 ❺ 동영상을

3.

오늘은 평일입니다. ………… 대답을 못 했어요.

그 물건이 비쌉니다. ………… 백화점에 사람이 많아요.

그것에 대해서 잘 압니다. ………… 듣기 성적이 좋아 지지 않아요.

뉴스를 날마다 듣습니다. ………… 사는 사람이 많아요.

밥을 안 먹었습니다. ………… 배가 고프지 않 아요.

❷ 그 물건이 비싼데도 사는 사람이 많아요
❸ 그것에 대해서 잘 아는데도 대답을 못 했어요
❹ 뉴스를 날마다 듣는데도 듣기 성적이 좋아지지 않아요.
❺ 밥을 안 먹었는데도 배가 고프지 않아요.

4. ❷ 옷이 많은데도 ❸ 이미 끝난 일인데도 ❹ 잘못을 했는데도 ❺ 할 일이 없는데도 항상 바쁘다고 해요. ❻ 여자 친구가 있는데도 다른 여자들한테 관심이 많아요.

5. ❷ 사 ❸ 놀 ❹ 웃 ❺ 쓰

6. ❷ 게임 ❸ 전화 ❹ 먹 ❺ 집안일 ❻ 잔소리만

1과 4항

1. ❷ 봉사 활동 ❸ 비디오 촬영 ❹ 음악 감상 ❺ 스포츠 관람

2. ❷ 조사는 ❸ 험해서 ❹ 결과가 ❺ 따르면 ❻ 별로

3. ❷ 교실에서 나갔어요. ❸ 버스가 고장이 났어요. ❹ 아이스크림을 사 ❺ 집에 돌아오 ❻ 아침에 일어나자마자 물을 마셨어요.

4. ❷ 끊어졌어요. ❸ 시험이 끝나, 아르바이트를 하러 가야 해요. ❹ 도착하, 연락 드릴게요. ❺ 용돈을 받자마자 다 썼어요.

5. ❷ 모임 장소는 동아리 방이래요. ❸ 중요한 문제에 대해서 이야기해야 하니까 모두 다 꼭 오래요. ❹ 다른 사람들을 생각해서 늦지 말래요. ❺ 모임이 끝난 후에 식사를 같이 하재요. ❻ 그날 못 오는 사람들은 미리 동아리 회장한테 연락해 달래요.

6.❷ 한국 사람들이 가장 즐겨 찾는 산이 설악산이래요.
❸ 겨울에 더 아름답대요. ❹ 겨울에도 사람들이 많이
찾는대요. ❺ 3시간 정도면 갈 수 있대요. ❻ 전화하
래요.

閱讀解答

어휘 연습

1.1) 뻗고 2) 금세 3) 빠졌다 4) 열정 5) 별난
2. 기념주화/ 가지런히/ 조립하는/ 보관하고/ 소인국/
꼼꼼히/ 떠올릴

내용이해

1.

가족	모으는 것
아버지	올림픽 기념주화와 메달
어머니	티스푼
남동생	미니어처
나	공연티켓, 표

2.❷

3.❶

4.❷

5.1) × 2) ○ 3) ○ 4 ×

듣기 연습

1

	가장 즐겨 하는 취미	취미활동을 하는 시간	취미활동을 하는 이유
1위	컴퓨터를 이용 한 활동	2시간 정도 /1주일	스트레스를 풀 기 위해서
2위	음악 감상	1시간 이하 /1주일	재미가 있어서
3위	텔레비전 시청	3시간 정도 /1주일	시간이 있어서

2.1) 이웃을 사랑하는 모임 2) 한 달에 두 번씩 노인들
과 아이들을 위해 봉사 활동을 한다. 3) ❷
3.1) ❸ 2) ❷ 3) 학교 동아리 활동을 하지 않아도 인터
넷 동호회 같은 곳에서 활동을 할 수 있기 때문이다.

말하기 · 쓰기 연습

(생략)

제2과 일상생활

2과 1항

1.❷ 인사를 드렸어요. ❸ 인사를 받으신 ❹ 인사를 시
키셨어요. ❺ 인사를 나눈
❷ 맛을 보세요. ❸ 궁금한 ❹ 부탁하면 ❺ 그렇지
않아도
2.❷ 지금 끄려던 참이었어요. ❸ 지금 막 주문하려던
참이었어. ❹ 전화하려던 참이었어. ❺ 나가려던 참
이었어요. ❻ 커피를 마시려던 참이었어요.
3.❷ 지금 하려던 참이었어요. ❸ 끄려던 참이었어요.
❹ 퇴근하려던 ❺ 전화하려던 참이었어. ❻ 막 나가
려던 참이었어.
4.

거기는 춥습니다.   · 미리 준비하세요.
백화점은 비쌉니다.   · 안으로 들어갑시다.
가족들이 걱정합니다.   · 시장에 가는 게 어때요?
곧 영화가 시작됩니다.   · 두꺼운 옷을 가져
                                가세요.
취직할 때 성적 증명서가   · 빨리 집에 전화하
필요합니다.   세요.
❷ 백화점은 비쌀 텐데 시장에 가는 게 어때요?
❸ 가족들이 걱정할 텐데 빨리 집에 전화하세요.
❹ 곧 영화가 시작될 텐데 안으로 들어갑시다.
❺ 취직할 때 성적 증명서가 필요할 텐데 미리 준비하
세요.
5.❷ 무거우실 ❸ 시장하실 ❹ 바쁘실, 부탁을 드려서
죄송합니다. ❺ 피곤하실

2과 2항

1.❷ 다림질을 할 ❸ 다듬 ❹ 염색했어요. ❺ 드라이클
리닝해야 ❻ 굽을 갈아야
❷ 앞머리가 ❸ 찔러서 ❹ 유행이에요. ❺ 자르려고
❻ 짙은
2.❷ 매운 걸 못 먹 ❸ 모레 입어야 하거든요. ❹ 머리가
아프거든요.

3.❷ 글을 재미있게 쓸 수 있거든요. ❸ 화장하는 것을 좋아하거든요. ❹ 음악을 좋아해서 음악에 대해서 좀 알거든요. ❺ 연극에 필요한 물건들을 가지고 있거든요. ❻ 전에 무대를 꾸며 본 적이 있거든요.

4.❷ 되고말고. ❸ 알고말고요. ❹ 잘 해 주고말고요. ❺ 주고말고. ❻ 있고말고.

5.❷ 가능하 ❸ 설치해 드리 ❹ 박아 드리고말고요. ❺ 그럼요, 해 드리고말고요. ❻ 받을 수 있고말고요.

2과 3항

1.❷ 경력자가 ❸ 시간제예요. ❹ 보수는 ❺ 자기소개서와 ❻ 이력서를

2.❷ 경험을 ❸ 힘들어해요. ❹ 근무 시간이 ❺ 구하

3.❷ 김포 공항에 내렸었다. ❸ 눈이 왔다. ❹ 아주 조용한 동네였었다. ❺ 작고 예쁜 집들이 많았었는데…… ❻ 공기도 아주 좋았었다.

4.❷ 날마다 친구들하고 늦게까지 놀아서 자주 야단을 맞았었어. ❸ 숙제를 안 해서 수업이 끝난 후에 벌로 청소를 한 적이 많았었어. ❹ 어렸을 때 아주 말랐었어. 별명이 갈비였었어. ❺ 어렸을 때는 동생인 나를 잘 때렸었어.

5. ❷ N서울타워가 전망이 좋던데 거기에 가 보세요.
❸ 강화도가 가깝고 볼 것도 많던데 거기에 가 보세요.
❹ 외국인들이 불고기를 좋아하던데 불고기를 준비하세요.
❺ 여자들은 꽃을 좋아하던데 꽃을 선물하세요.
❻ 동대문 시장에 물건이 많던데 동대문 시장에 가 보세요.

6.❷ 재미있는 놀이 기구가 많 ❸ 비싸 ❹ 자장면이 맛있 ❺ 맛있고 깨끗하 ❻ 멋있

2과 4항

1.❷ 사용 설명서를 읽어 ❸ 전화로 문의해 ❹ 서비스 센터에 맡겨야 ❺ 수리를 받을 ❻ 서비스 센터에서 찾을

2.❷ 비용을 ❸ 무료로 ❹ 구입하려고 ❺ 맡기는

3.❷ 쫓기고 ❸ 물렸어 ❹ 팔려요. ❺ 닫혀 ❻ 풀렸어요.

4.❷ 들렸다. ❸ 열렸다. ❹ 안겨 ❺ 걸려 ❻ 쌓여 ❼ 잡혔다. ❽ 쓰여

5.❷ 나는 청소기를 돌려 놓을게. ❸ 나는 다림질을 해 놓을게. ❹ 파티에 입고 갈 드레스를 만들어 ❺ 나는 유리 구두를 사 놓았어. ❻ 나는 타고 갈 자동차를 빌려 놓았어.

6.❷ 케이크를 사 놓았습니다. ❸ 꽃을 꽂아 놓았습니다. ❹ 선물을 사 놓았습니다. ❺ 풍선을 달아 놓았습니다. ❻ 촛불을 켜 놓았습니다.

閱讀解答

어휘 연습

1. 1) 끼어서   2) 장을 보는   3) 운영하고
4) 달콤했다 5) 시식하는

2. ❸

3. 상가/ 사은품도/ 덤을/ 할인점보다도/ 전단지를/ 유통기한이

내용이해

1.

슈퍼의 위치	아파트 상가 지하1층
슈퍼의 특징	크고 깨끗하다, 물건도 많고 값도 싸다
물건을 싸게 사는 방법	1) 토요일에 슈퍼에 간다
	2) 할인코너를 이용한다
	3) 특별 행사 시간을 이용한다
내가 자주 가는 이유	1) 물건의 질이 좋다
	2) 덤을 준다
	3) 시식이 많다

2. ❶

3. ❸

4. ❷

5. 1)×   2)○   3)○   4)×

듣기 연습

1.

	아르바이트를 하려는 이유	아르바이트를 해서 받은 돈으로 하고 싶은 것
1위	용돈을 벌기 위해서	부모님 선물 구입
2위	학비를 벌기 위해서	갖고 싶었던 물건 구입
3위	경험을 쌓고 싶어서	여행

2.1) ❹ 2) 휴대 전화를 산 가격보다 수리비가 더 많이 들기 때문입니다.

3.1) ❶ 그동안 집수리 때문에 시끄럽게 한 게 미안해서 ❷ 앞으로 계속 살 거니까 이웃 사람들에게 인사하는 것이 좋을 것 같아서 2) ❸

말하기·쓰기 연습

(생략)

제3과 건강

3과 1항

1. ❷ 불면증 ❸ 비만 ❹ 고혈압이니까 ❺ 흡연 ❻ 운동 부족

2. ❷ 안색이 ❸ 뭐니 뭐니 해도 ❹ 무리하 ❺ 몸살이 났다.

3. ❷ 여권이 있어야 비행기를 탈 수 있어요. ❸ 일찍 가야 좋은 자리에 앉을 수 있어요. ❹ 사장님이 오셔야 회의를 시작할 수 있어요. ❺ 18세 이상이 되어야 운전면허 시험을 볼 수 있어요.

4. ❷ 좋은 재료를 써야 맛있는 음식을 만들 수 있어요. ❸ 하루도 빠지지 않고 운동을 해야 금메달을 딸 수 있어요. ❹ 음식을 골고루 잘 먹고 규칙적인 생활을 해야 슈퍼 모델이 될 수 있어요. ❺ 항상 손님들께 최선을 다 해야 자동차를 많이 팔 수 있어요. ❻ 다양한 경험을 많이 해야 좋은 영화를 만들 수 있어요.

5. ❷ 고등학교 때로 다시 돌아간다면 공부를 열심히 하고 싶어요. ❸ 앞으로 1년밖에 살 수 없다면 남은 시간을 가족과 같이 보내고 싶어요. ❹ 아무도 없는 섬에 혼자 간다면 강아지를 데리고 가고 싶어요. ❺ 옛날 사람을 만날 수 있다면 돌아가신 할아버지를 만나고 싶어요.

6. ❷ 복권에 당첨된다면 큰 집을 사고 싶어요. ❸ 이 세상에서 전쟁이 없어진다면 평화로운 세상이 될 거예요. ❹ 옛날로 돌아갈 수 있다면 초등학교 때로 돌아가고 싶어요. ❺ 남자로 다시 태어난다면 군대에 한번 가 보고 싶어요./여자로 다시 태어난다면 치마를 입어 보고 싶어요.

3과 2항

1. ❷ 줄 ❸ 생길 ❹ 소모할 ❺ 풀릴

2. ❷ 식욕이 ❸ 노력을 ❹ 유지하려면 ❺ 상쾌해요 ❻ 깨웠지만

3. ❷ 자야지요. ❸ 적어 놓아야지요. ❹ 자주 전화를 드려야지요. ❺ 돈을 아껴 써야지요. ❻ 빨리 반납을 해야지요.

4. ❷ 그럼 운동을 해야지요. ❸ 그럼 열심히 일을 해야지요. ❹ 그럼 외국어 공부를 열심히 해야지요. ❺ 그럼 먼저 담배를 끊어야지요. ❻ 그럼 먼저 운전을 배워야지요.

5. ❷ 죽였어요. ❸ 울렸어요. ❹ 세웠어요. ❺ 태웠어요. ❻ 맡겼어요.

6. ❷ 벗겨 ❸ 먹여 ❹ 재우세요.

3과 3항

1. ❷ 발효 식품 ❸ 생선류 ❹ 인스턴트 식품 ❺ 육류

2. ❷ 번거롭 ❸ 대표적인 ❹ 건강식을 ❺ 김장을 ❻ 손이 많이 가는

3. ❷ 공이라든가 자동차, 장난감을 사 주세요. ❸ 잡지라든가 만화책, 책이 좋을 것 같아요. ❹ 목걸이라든가 귀걸이, 액세서리를 받으면 기뻐할 거예요. ❺ 커피 메이커라든가 커피 잔 같은 생활용품이 좋을 것 같아요. ❻ 인삼이라든가 꿀 같은 건강식품이 좋을 것 같아요.

4. ❷ 드라마라든가 영화 같은 것을 봐요. ❸ 배구라든가 농구 같은 공을 가지고 하는 운동을 좋아해요. ❹ 콜라라든가 주스 같은 시원한 걸 준비하세요. ❺ 제주도라든가 하와이 같은 휴양지에 많이 가요. ❻ 떡이라든가 엿 같은 것을 선물해요.

모범 답안

5.② 결혼을 한다고 ③ 승연 씨가 시험 보는 날이 언제냐고 ④ 4월 12일에 물이 안 나온다고, 아세요? ⑤ 도쿄행 비행기를 탈 사람은 45번 문으로 오라고, 어느 쪽으로 가야 해요?

6.② 우도가 아름답다고 하던데 거기에 가자. ③ 돼지고기가 유명하다고 하던데 돼지고기를 먹자. ④ 롯데 호텔이 전망이 좋다고 하던데 롯데 호텔에서 잘까? ⑤ 민박이 좀 싸다고 하던데 민박에서 자자. ⑥ 귤이 맛있다고 하던데 귤을 사 오자.

3과 4항

1.② 소식 ③ 채식 ④ 식습관 ⑤ 편식 ⑥ 육식

2.② 비결 ③ 정하시면 ④ 장수 ⑤ 중요하다고 ⑥ 식사량을

3.② 사형 제도는 필요하지 않다고 봐요. ③ 저는 수술 후 자신감을 얻을 수 있으면 해도 된다고 봐요. ④ 저는 그렇게 생각하지 않아요. 수술 후 부작용이 많으니까 안 하는 것이 낫다고 봐요. ⑤ 저는 곧 좋아질 거라고 봐요. ⑥ 저는 그렇게 생각하지 않아요. 몇 년 동안은 어려울 거라고 봐요.

4.② 주택이 부족한 것이 문제라고 봐요. ③ 사람들이 버스라든가 전철 같은 대중교통을 좀 더 많이 이용해야 한다고 봐요. ④ 집을 더 많이 지어야 한다고 봐요.

5.② 고등학교 때 축구 선수였답니다. ③ 아주 귀엽답니다. ④ 사람들 말도 잘 알아듣는답니다. ⑤ 중학교 때 샀답니다. ⑥ 소리가 맑고 깨끗하답니다.

6.② 인천에는 인천국제공항이 있답니다. ③ 이천은 도자기로 유명하답니다. ④ 불국사는 경주에 있답니다. ⑤ 전주는 비빔밥이 유명하답니다. ⑥ 부산에 가면 꼭 가 봐야 할 곳이 해운대랍니다.

閱讀解答

어휘 연습

1. 1) 신선한 2) 판매하다 3) 농사하신 4) 향해서
   5) 개발한

2.②

3. 공장이/ 대부분/ 주변에서/ 마음대로/ 현대식/ 땅이나

내용이해

1.

> 느리게 살기 마을에 없는 것
> 1. 큰 공장
> 2. 대형 마트나 패스트푸드점
> 3. 현대식 건물

> 느리게 살기 마을에 있는 것
> 1. 전통적인 방법으로 만든 물건
> 2. 신선한 음식 재료
> 3. 사람만 다닐 수 있게 만든 좁은 길

2.③

3.②

4.②

5. 1) ○ 2) × 3) × 4) ×

듣기 연습

1. 운동

2. 1) ❶ 2) 아니요, 별로 도움이 되지 않는 것으로 나타났습니다.

3. 1) ○ 2) × 3) × 4) ○

말하기 · 쓰기 연습

(생략)

제4과 공연과 감상

4과 1항

1.② 공연 일시 ③ 공연 장소 ④ 관람 연령 ⑤ 작품 해설

2.② 말할 것도 없 ③ 무대 ④ 의상 ⑤ 자막이

3.② 형 ③ 말하기 성적 ④ 전자 사전이 이 사전 ⑤ 비싼 식당 음식이 어머니가 만든 음식만 못해요. ⑥ 고급 커피숍 커피가 자판기 커피만 못해요.

4.② 안드레이만 못해 ③ 태우 씨만 못해 ④ 히로시 씨가 태우 씨만 못하니까 ⑤ 연세 노트북이 한국 노트북만 못해. ⑥ 한국 노트북이 연세 노트북만 못해.

5. ② 차를 빌려·주·③ 그 친구를 소개하 ④ 제가 설거지를 하 ⑤ 내가 설거지를 해 주 ⑥ 내가 설거지를 도와주, 공부 열심히 하기다.

6. ② 고속버스를 타 ③ 계란을 먹 ④ 생선회를 먹 ⑤ 우리는 밍밍 씨 친구 집에서 자는 대신에 호텔 ⑥ 숙박비를 내는 대신에 우리는 밍밍 씨에게 맛있는 저녁을 사 줬다.

4과 2항

1. ② 예약했다. ③ 취소해야겠다. ④ 변경하려면 ⑤ 예매해야 ⑥ 환불 받았다.

2. ② 간단하 ③ 좌석이 ④ 알려 줄래? ⑤ 선택하는 ⑥ 가입했어요.

3. ② 재미있다고 ③ 혼자서 술 마시고 있다고 ④ 친구가 고향에서 돌아왔다고 ⑤ 수영장에 가자고

4. ② 엄마라고 해서 ③ 손에 참기름을 바르고 나무 위로 올라왔다고 해서 ④ 도끼를 쓰면 쉽게 올라올 수 있다고 해서 ⑤ 아이들이 (아이들을 불쌍하게 생각하면) 줄을 내려달라고 해서 ⑥ 동생이 밤은 어두워서 무섭다고 해서

5. ② 대학을 졸업하 ③ 회사를 그만두 ④ 약을 먹 ⑤ 화를 내 ⑥ 점심만 먹

6. ② 넣 ③ 넣 ④ 담 ⑤ 다 만들

4과 3항

1. ② 우울해졌다. ③ 감동적이었다. ④ 신나는 ⑤ 심각해서

2. ② 마지막으로 ③ 목소리로 ④ 대사가 ⑤ 훌륭한 ⑥ 인상적이어서

3. ② 예문이 많을, 설명도 쉽다. ③ 조금 먹을, 잘 안 먹는다. ④ 많이 먹을, 자주 먹는다. ⑤ 캠퍼스가 넓을, 아름답다. ⑥ 숙제가 많을, 시험도 자주 본다.

4. ② 편리할 뿐만 아니라 깨끗하고 조용합니다. ③ 수영뿐만 아니라 등산도 할 수 있습니다. ④ 어른들뿐만 아니라 아이들도 즐길 수 있습니다. ⑤ 리조트 안의 식당에서 할 수 있을 뿐만 아니라 주방에서 직접 만들어 드실 수도 있습니다. ⑥ 자세한 정보를 얻을 수 있을 뿐만 아니라 할인권도 받으실 수 있습니다.

5. ② 우산을 가져가야지. ③ 따뜻한 옷을 입어야지. ④ 내일부터는 일찍 일어나야지. ⑤ 고향에 계신 부모님께 전화를 해야지. ⑥ 병원에 가야지.

6. ② 예쁜 옷을 사야지. ③ 노트북을 사야지. ④ 친구들하고 파티를 해야지. ⑤ 해외여행을 가야지. ⑥ 은행에 저금해야지.

4과 4항

1.

권하다 ········ 계획이나 의견을 내놓다.

소개하다 ········ 어떤 일을 하거나 무엇을 해 보라고 말하다.

안내하다 ········ 인사를 시키거나 설명을 해서 알게 해 주다.

제안하다 ········ 어떤 행사나 장소를 알려 주거나 데려다 주다.

추천하다 ········ 알맞은 사람이나 물건을 다른 사람에게 소개하고 권하다.

② 소개하 ③ 추천해 ④ 안내했다. ⑤ 제안했다.

2. ② 흥겨운 ③ 지루했다. ④ 사물놀이 ⑤ 확

3. ② 설악산이 가 볼 만하던데 한번 가 보세요. ③ 불고기가 먹을 만해요. ④ 친구하고 영화를 보려고 하는데 요즘 볼 만한 영화가 있어요? ⑤ 걸을 만해. ⑥ 믿을 만해요?

4. ② 신을 만한데요. ③ 쓸 만한데요. ④ 볼 만한 ⑤ 먹을 만한 ⑥ 쓸 만한

5. ② 많을걸요. ③ 받을걸요. ④ 일찍 나올걸요. ⑤ 드시고 오실걸요. ⑥ 탔을걸요.

6. ② 바쁠걸요. ③ 고향에 돌아갔을걸요. ④ 여행을 못 갈걸요. ⑤ 병원에 가야 할걸요. ⑥ 바쁠걸요.

閱讀解答

어휘 연습

1. ① 가리키고 ② 얻었다 ③ 상징하는 ④ 맺는다 ⑤ 겸손한

2. ①

모범 답안

3. 비과학적인/ 소재가/ 비추기/ 부지런히/ 적시는/
   백성이/ 깨우치는

내용이해

1.

	연화도	일월오봉도
소재	연꽃, 원앙, 물고기	해, 달, 산, 소나무, 폭포
소재가 의미하는 것	1) 연꽃: 깨끗함, 겸손함, 자식을 많이 낳음. 2) 원앙: 부부 사이가 좋음.	1) 일월: 왕이 부지런히 일함. 2) 산: 왕이 나라를 지킴. 3) 폭포: 백성에 대한 왕의 사랑
비과학적인 점	1) 물속의 물고기 그림과 물 위의 연꽃 그림이 같이 그려져 있음. 2) 더러운 물에 사는 연꽃과 깨끗한 물에 사는 물고기가 함께 그려져 있음. 3) 여름에 꽃이 피는 연꽃과 겨울새인 원앙이 함께 그려져 있음.	1) 해와 달이 동시에 하늘에 떠 있음. 2) 소나무가 산 보다 크게 그려져 있음.

2. ❷

3. ❸

4. ❹

5. 1) ✕ 2) ○ 3) ○ 4) ○

듣기 연습

1. 1) ❶ ○ ❷ ✕ ❸ ✕ ❹ ✕

2. 1) ❷ 2) ❹ 3) 어렵고 지루하다고 생각했다.

말하기·쓰기 연습

(생략)

제5과 사람

5과 1항

1. ❷ 인기가 좋은 ❸ 인정을 받 ❹ 유명해서 ❺ 능력이 뛰어나서

2. ❷ 겨우 ❸ 평이 ❹ 패션쇼 ❺ 실력을

3. ❷ 없는 ❸ 다친 ❹ 도서관에 가는 모양이에요. ❺ 맛있는 모양이에요. ❻ 기분이 좋은, 시험을 잘 본 모양이에요.

4. ❷ 목욕탕에 들어오, 샤워를 할 ❸ 졸고 계시, 피곤하신 ❹ 즐거워하, 텔레비전이 재미있는 ❺ 공부하, 시험 기간인 ❻ 웃으시는, 기분이 좋으신

5. ❷ 취미로 그릴 ❸ 아플 ❹ 했을 ❺ 친구일 뿐이에요. ❻ 들었을 뿐인데요.

6. ❷ 자고 싶을 ❸ 인사만 했을 ❹ 대답을 했을 ❺ 도와줬을 ❻ 인사를 드렸을

5과 2항

1. ❷ 꼼꼼하다 ❸ 고집이 세다 ❹ 성격이 급하다 ❺ 게으르다 ❻ 무뚝뚝하다

2. ❷ 챙겨. ❸ 마치 ❹ 충분할 ❺ 무척

3. ❷ 좋아한다면서요? ❸ 봤다면서요? ❹ 더 재미있었다면서요? ❺ 남산도 산책했다면서요? ❻ 야경도 아름다웠다면서요?

4. ❷ 한국말을 잘 한다면서요? ❸ 생일이라면서요? ❹ 사람이 많다면서요? ❺ 싸웠다면서요? ❻ 우리 팀이 이겼다면서요?

5. ❷ 저 집 ❸ 이 가방 ❹ 시디(cd) ❺ 교실 반

6. ❷ 방이 손바닥 ❸ 배가 남산 ❹ 눈이 단춧구멍 ❺ 월급이 쥐꼬리 ❻ 얼굴이 주먹

5과 3항

1. ❷ 저축하다 ❸ 투자하다 ❹ 기부하다 ❺ 낭비하다 ❻ 절약하다

2. ❷ 혹시 ❸ 놀라운 ❹ 자신과 ❺ 말입니다.

3.❷ 직업을 바꾸기란 보통 일이 아니에요. ❸ 좋은 부모가 되기란 참 어려운 일이지요. ❹ 까다로운 사람과 일하기란 쉬운 일은 아니지요. ❺ 아르바이트를 하면서 공부를 하기란 어려운 일이에요.

4.❷ 숙제를 하기란 보통 일이 아니지요. ❸ 수업이 끝나고 아르바이트를 하기란 보통 일이 아니지요. ❹ 항상 손님에게 친절하게 대하기란 쉬운 일이 아니지요. ❺ 아르바이트를 하고 와서 집안일을 하기란 쉬운 일이 아니지요.

5.❷ 여름을 시원하게 보냈던 ❸ 다림질을 했던 ❹ 실을 만들었던 ❺ 곡식을 갈았던 ❻ 화장실로 사용했던

6.❷ 들었던 ❸ 있었던 ❹ 만났던 ❺ 있었던 ❻ 봤던

5과 4항

1.❷ 사업가 ❸ 정치인 ❹ 교육자 ❺ 연예인

2.❷ 존경해요. ❸ 배려하는 ❹ 흐뭇해하셨다. ❺ 마음이 넓으셔서

3.❷ 비행기가 도착했을 텐데 왜 연락이 없지?
❸ 번거로우셨을 텐데 도와주셔서 감사합니다.
❹ 날씨가 많이 추웠을 텐데 고생하지 않으셨어요?
❺ 친구들은 다 돌아갔을 텐데 혼자서 할 수 있겠어요?

4.❷ 힘들었을 ❸ 도착했을 ❹ 화가 많이 났을 ❺ 벌써 끝났을

5.❷ 고향에 가 ❸ 선생님께서 찾으시 ❹ 다음에 재미있는 연극을 하거든 같이 봅시다. ❺ 안드레이 씨를 만나시거든 제 안부 좀 전해 주세요. ❻ 아프시거든 먼저 퇴근하세요.

6.❷ 가신다고 하시 ❸ 돌아오신다고 하시 ❹ 돌아오시지 않으신다고 하시 ❺ 일찍 오신다고 하시 ❻ 오신다고 하시, 저녁을 잡수시고 오실 거냐고 여쭤 봐.

閱讀解答

어휘 연습

1. 1) 묻혀 2) 번역하고 3) 발행한다 4) 존중해야
5) 평가되어서

2.❹

3. 선교사로/ 고아들을/ 후손들에게/ 발전을/ 안정된/ 묘지는

내용이해

1.

1859년 ·············· 영국에서 태어났다.
1885년 ····· 연희전물학교를 세웠다.
1915년 ····· 미국 선교사로 한국에 오게 되었다.
1916년 ····· 한국 서울 양화진 외국인 묘지에 묻혔다.
1957년 ····· 병으로 미국에 들어가 교향 애틀랜타에서 죽었다.
1995년 ····· 연희전문학교과 세브란스 의과대학이 합쳐져 연세대학교가 되었다.

2.❹

3.❸

4.❶

5. 5. 1) ○ 2) × 3) × 4) ○

듣기 연습

1. 1) 좀 냉정하고 고집이 세어 보였다. 2) 정이 많을 뿐만 아니라 다른 사람을 잘 배려해 준다. 3) ❶ ○ ❷ ○ ❸ × ❹ ×

2. 1) ❶ × ❷ × ❸ × ❹ ○ ❺ ○ 2) 자기가 하는 일에 만족을 하면서 기쁜 마음으로 일을 하는 사람

말하기·쓰기 연습

(생략)

중간 복습

Ⅰ. 1. 실력이 2. 심각해요. 3. 뭐니 뭐니 해도 4. 구입하려면 5. 겨우 6. 거의 7. 존경하는 8. 비결이 9. 인상적인 10. 챙겨 11. 충분하니까 12. 관심이 13. 마음먹었다 14. 경험이 15. 배려할

Ⅱ. 1.❹ 2.❷ 3.❹ 4.❶ 5.❹

Ⅲ. 1.❹ 2.❶ 3.❹ 4.❺ 5.❷

IV. 1. 걸려 2. 세워 3. 들리 4. 낮춰 5. 보여 6. 깨워 7. 잡혔나요? 8. 안겨서 9. 맡겼어요? 10. 놓여

V. ❶ 2급 때 같은 반 친구였던 율리아 씨가 오늘 한국에 온대요. ❷ 7시에 학교 앞 카페에서 만나기로 했대요. ❸ (저도) 시간이 되면 오래요. ❹ 같이 저녁을 먹으면서 이야기하재요. ❺ 혹시 못 오면 연락해 달래요.

VI. 1. 등산을 갔어요. 2. 투표를 할 수 있어요. 3. 국민들을 위해서 열심히 일할 거예요. 4. 전화해 보세요. 5. 아파서 먼저 갔다고 전해 주세요.

VII. 1. 수지 씨가 감기에 걸렸던데요. (O)
2. 지난번에 산 구두가 참 예쁘던데요. (O)
3. 점심을 먹었는데도 벌써 배가 고파요. (O)
4. 수업이 끝나자마자 식당으로 달려갔어요. (O)
5. 옷은 옷걸이에 걸어 놓아라. (O)
6. 10명 이상이 신청해야 그 수업을 들을 수 있어요. (O)
7. 쓰기 실력이 말하기 실력만 못해요. (O)
8. 전화를 받고서 나갔어요. (O)
9. 그 곳은 날씨도 좋을 뿐만 아니라 볼 것도 많아서 항상 관광객이 많아요. (O)
10. 에릭 씨와 저는 그냥 오빠, 동생 하면서 지내는 사이일 뿐이에요. (O)

VIII. 1. 카드를 넣고서 비밀 번호를 누르세요. 2. 자식을 잘 키우기란 쉬운 일이 아닙니다. 3. 얼굴이 잘 생겼을 뿐만 아니라 연기도 잘 합니다. 4. 영수증이 있어야 환불 받을 수 있어요. 5. 학교에서 아르바이트를 할 사람을 찾는다고 하던데 빨리 가 보십시오.

IX. ❶ 기침도 많이 하고요. ❷ 토하기만 해요. ❸ 좀 심각하네요. ❹ 연세 병원에 어린이 병원이 있던데 ❺ 가고말고. ❻ 부산이라든가 제주도 같은 곳이 어때? ❼ 경주에 볼 것이 많다고 하던데 경주에 가 보자. ❽ 방학하자마자 고향에 가야 해. ❾ 친구 결혼식이 있거든.

X. 1. 하루에 서너 잔쯤 마시니까 많이 마시 2. 퇴근하려던 3. 히로시 씨가 알, 히로시 씨한테 물어보세요. 4. 어렸을 때는 키가 아주 작았었어요. 5. 준비해 6. 그 나라 말부터 배워야지요. 7. 관심과 사랑이라고 8. 전에 나온 물건 9. 요즘 볼 만한 영화가 많다고, 친구와 같이 극장에 갔어요. 10. 아마 없을걸요. 11. 기분 나쁜 일이 있는 12. 한두 번 만났을 13. 고향으로 돌아간다면서요? 14. 월급은 쥐꼬리 15. 아주 추웠던

십자말풀이 I

감	상			수	집	하	다	
	영	화	동	아	리		이	삿	짐
			영				어		
관	심		상	쾌	하	다	트	림	
	사	이			리				
	력			미	장	원			
	서	비	스		수				
우	표		결				채	식	
	현	관		심	각	하	다	사	
	람					들	다	량	

제6과 모임 문화

6과 1항

1. ❷ 돌잔치 ❸ 차례를 ❹ 집들이 ❺ 결혼식
2. ❷ 큰어머니는 ❸ 안 그래도 ❹ 고생하신 ❺ 우선
3. ❷ 도서관에서 책을 빌려다가 ❸ 정원에서 꽃을 꺾어다가 ❹ 우편함에서 편지를 꺼내다가 ❺ 고기를 사다가 불고기를 만들었어요.
4. ❷ 빌려다가 읽자. ❸ 가져다가 드릴게요. ❹ 찾아다가 놓을게. ❺ 뽑아다가 줄래요? ❻ 사다가 걸면 좋겠어요.
5. ❷ 선풍기라도 ❸ 저라도 ❹ 지금이라도 ❺ 내일이라도 ❻ 걸어서라도

6. ❷ 우유라도 ❸ 이메일이라도, 보내세요. ❹ 춘천에
라도 가야지.

6과 2항

1. ❷ 안부 인사를 드리러 ❸ 안부를 물었다. ❹ 안부를
전해 ❺ 안부가 궁금해졌다. ❻ 안부 전화를 한다.

2. ❷ 야 ❸ 준비 중이 ❹ 보이 ❺ 아까

3. ❷ 귀엽 ❸ 집에 가 ❹ 식당에서 아르바이트를 하
❺ 왔 ❻ 화가 많이 났

4. ❷ 높아졌 ❸ 없 ❹ 그대로시 ❺ 물으시 ❻ 참 예쁘

5. ❷ 졸업이라니요? ❸ 많이 아프다니요? ❹ 숙제라
니요? ❺ 화가 많이 나시다니요?

6. ❷ 외국에 있다니요? ❸ 성형 수술을 하다니요?
❹ 남자 친구와 헤어지다니요? ❺ 사이가 나쁘다니
요? ❻ 가수로 데뷔하다니요?

6과 3항

1. ❷ 신입생 환영회가 ❸ 회비는 ❹ 선배와 ❺ 후배와
❻ 뒤풀이

2. ❷ 오랜만이 ❸ 신입생 ❹ 곡 ❺ 오리엔테이션이

3. ❷ 수업이 끝나 ❸ 밥을 먹 ❺ 운동하 ❻ 공부하

4. ❷ 책을 읽 ❸ 이사를 하 ❹ 식사를 하 ❺ 물을 끓이

5. ❷ 좀 서두르 ❸ 남겨 놓 ❹ 좀 일찍 말해 주 ❺ 넣

6. ❷ 먹 ❸ 가 ❹ 마시지 말 ❺ 다시 맞춰 놓 ❻ 전화를
드리

6과 4항

1. ❷ 야유회 ❸ 동호회 ❹ 회식이 ❺ 회의가

2. ❷ 기대하 ❸ 슬슬 ❹ 목이 쉴 ❺ 잔뜩

3. ❷ 지금 회의 중이라니까 ❸ 다음 월요일에 시험을
본다니까 ❹ 에릭 씨가 감기에 걸렸다니까 ❺ 태우
씨가 어제 월급을 받았다니까

4. ❷ 설악산 단풍이 아름답다니까 ❸ 밍밍 씨 어머니
께서 도자기를 수집하신다니까 ❹ 에릭 씨가 미국
에서 영어 선생님이었다니까 ❺ 태우 씨가 남산에
다녀왔다니까

5. ❷ 지하철로 가시 ❸ 우산을 가지고 가시 ❹ 쌀국수
를 드시 ❺ 전자 상가에 가 보시 ❻ 운동을 하시

6. ❷ 오시 ❸ 나가서 먹 ❹ 커피나 마시 ❺ 제가 하 ❻
빌려 드리

閱讀解答

어휘 연습

1. 1) 굵고 2) 기적과 3) 국경을 4) 위험하다고 5) 분야

2. ❹

3. 자연 재해로/ 겪고/ 자원봉사자/ 비정치적인/
생명을/ 유일하게/ 상금으로

내용이해

1.

모임의 이름	국경없는 의사회
만든 시기	1971년
만든 사람	의사, 언론인 등12명.
모임의 성격	비정치적이고 비종교적.
회원의 성격	의사, 간호사, 그리고 자원 봉사자들로 이루어져 있음.
활동하는 곳	위험한 곳 (자연 재해, 전쟁과 테러, 질병이 있는 곳)
활동	사람들의 병을 치료해 주고 약을 주고 음식을 나눠 줌.
받는 상	서울 평화상, 노벨 평화상

2. ❶

3. ❹

4. ❷

5. 5. 1) ○ 2) ✕ 3) ○ 4) ✕

듣기 연습

1. 1) 밍밍이 할머니께 썼다. 2) ❸ 3) ❷

2. 1) ❶ ✕ ❷ ✕ ❸ ○ ❹ ○ ❺ ✕ 2) 축하하는 뜻으로 내
는 돈을 말합니다.

말하기·쓰기 연습

(생략)

모범 답안

제7과 실수와 사과

7과 1항

1. ❷ 잘못했어요. ❸ 잊어버렸어요. ❹ 착각했나 ❺ 오해했군요.

2. ❷ 그만 ❸ 어떡하 ❹ 내용 ❺ 일기장을

3. ❷ 달러를 냈군요. ❸ 3급 책을 가져온다는 ❹ 보낸다는 ❺ 도와준다는 ❻ 유카 씨한테 전화한다는, 그만 밍밍 씨한테 잘못 걸었어요.

4. ❷ 자기 집 초인종을 누른다는 것이 다른 집 초인종을 눌렀다. ❸ 자기 옷을 입는다는 것이 다른 사람의 옷을 입고 왔다. ❹ 어제 자기의 가방을 들고 온다는 것이 다른 사람의 노트북 가방을 들고 왔다. ❺ 오백 원짜리를 낸다는 것이 백 원짜리를 냈다. ❻ 731번 버스를 탄다는 것이 713번 버스를 탔다.

5.

늦습니다. ⸱⸱⸱⸱⸱⸱ 냉장고에 넣었어요.
길이 막힙니다. ⸱⸱⸱⸱⸱⸱ 택시를 타고 왔어요.
음식이 상합니다. ⸱⸱⸱⸱⸱⸱ 말을 하지 않았어요.
친구가 실망합니다. ⸱⸱⸱⸱⸱⸱ 다른 길로 돌아서 왔어요.

❷ 길이 막힐까 봐 다른 길로 돌아서 왔어요.

❸ 음식이 상할까 봐 냉장고에 넣었어요.

❹ 친구가 실망할까 봐 말을 하지 않았어요.

6. ❷ 스케이트를 타다가 넘어질까 ❸ 물에 빠질까 ❹ 멀미를 할까 ❺ 산에서 길을 잃을까 ❻ 시험을 못 볼까

7과 2항

1. 2) ❹ 3) ❷ 4) ❸ 5) ❶ 6) ❹

2. ❷ 사이예요? ❸ 친하 ❹ 비위생적이에요. ❺ 끼리 ❻ 불평하

3. ❷ 식어 버렸다. ❸ 끝내 버렸다. ❹ 치워 버렸다. ❺ 써 버렸다. ❻ 마셔 버렸다.

4. ❷ 찢어 버렸다. ❸ 지워 버렸다. ❹ 잘라 버렸다. ❺ 먹어 버렸다. ❻ 끊어 버렸다.

5. ❷ 사서 먹는 게 편하잖아요. ❸ 물건도 많고 싸잖아요. ❹ 질도 좋고 디자인도 예쁘잖아요. ❺ 돈이 없으면 필요 없는 것은 안 사게 되잖아요. ❻ 불편하잖아요.

6. ❷ 멋있 ❸ 비가 오잖아. ❹ 공휴일이잖아요. ❺ 편하잖아요. ❻ 불편하잖아요.

7과 3항

1. ❷ 변명하 ❸ 용서를 비세요. ❹ 양해를 구하세요.

2. ❷ 그럴 리가요. ❸ 볼일이 ❹ 오히려 ❺ 직접적으로 ❻ 들러서

3. ❷ 커피도 맛있고 해서 자주 가요. ❸ 날씨도 덥고 해서 집에만 있었어요. ❹ 할 일도 없고 해서 청소를 해요. ❺ 머리도 아프고 해서 모임에 안 갔어요. ❻ 물어볼 것도 있고 해서 전화를 했어요.

4. ❷ 할 일도 없고 해서 일찍 퇴근했어요. ❸ 조용하고 해서 그 동네로 이사했어요. ❹ 살도 찌고 해서 운동을 시작했어요. ❺ 잠도 안 오고 해서 어젯밤에 다 읽었어. ❻ 분위기도 좋고 해서 거기에 자주 가요.

5. ❷ 바꾸 ❸ 사전을 찾 ❹ 고치 ❺ 아르바이트를 하 ❻ 사무실에 가서 물어보

6. ❷ 식당에서 하지 그래요? ❸ 드라마를 보지 그래요? ❹ 스쿼시를 치지 그래요? ❺ 그럼 배를 타고 가지 그래요? 훨씬 싸요. ❻ 그럼 상품권을 드리지 그래? 어머니가 직접 고르실 수가 있잖아.

7과 4항

1.

이해하다 ⸱⸱⸱⸱⸱⸱ 어떤 사람을 보고 누구인지 알다.
알아보다 ⸱⸱⸱⸱⸱⸱ 다른 사람의 말이나 뉴스 등을 알게 되다.
알아듣다 ⸱⸱⸱⸱⸱⸱ 싸운 다음에 사과하고 다시 사이 좋게 지내다.
화해하다 ⸱⸱⸱⸱⸱⸱ 다른 사람의 생각을 바꾸어서 내 생각과 같이 만들다.
설득하다 ⸱⸱⸱⸱⸱⸱ 말이나 글의 뜻을 알거나 다른 사람의 상황을 알아주다.

❷ 알아볼 ❸ 설득하 ❹ 알아듣 ❺ 화해하니까

2. ❷ 표현할 ❸ 계속 ❹ 부딪쳐서 ❺ 오해를 살

3. ❷ 잘못을 하 ❸ 거짓말을 하 ❹ 시디(CD)를 사 ❺ 읽 ❻ 합격하, 등록을 하지 못했대요.

4.② 고맙다는 인사를 한 번도 한 적이 없어요. ❸ 나를 보고도 인사도 안 하고 그냥 갔잖아. ❹ 부르는 소리를 듣고도 대답도 안 하고 가 버렸잖아. ❺ 받고도 답장도 안 했어. ❻ 받고도 대답도 안 하고 그냥 끊어 버렸잖아.

5.② 수리비가 그렇게 비싸단 ❸ 자동차가 그렇게 많단 ❹ 여자 친구가 그렇게 예쁘단 ❺ 그렇게 조금 받는단

6.② 삼겹살이 그렇게 싸단 말이에요?

❸ 고등학생이 가짜 물건을 팔았단 말이에요?

❹ 개와 고양이가 그렇게 사이가 좋단 말이에요?

❺ 교도소에 가고 싶어서 은행 강도를 했단 말이에요?

❻ 어른 몸무게가 겨우 35kg밖에 안 된단 말이에요?

閱讀解答

어휘 연습

1.1) 긴장해서 2) 가린다 3) 야단을 맞았다

4) 창피를 주었다 5) 흥분된

2.❹

3. 요에/ 살짝/ 키를/ 바가지를/ 버릇을/ 불장난을/ 꽁꽁

내용이해

1.

첫 번째 단락	어릴 적의 경험
두 번째 단락	오줌싸개의 관한 풍습
세 번째 단락	오줌 싸는 이유
네 번째 단락	이런 풍습이 생긴 이유

2.❸

3.❸

4.❷

5. 1)× 2)× 3)○ 4)×

듣기 연습

1.1) 선물이라는 말을 선물이라고 잘못 들어서 2) ❶×
❷×❸×❹○ 3) 실수한 단어는 절대로 잊어버리지 않게 되는 좋은 점이 있다.

2.1) 사과하기 어려워하는 사람들 2) ❶×❷○❸×
❹○❺×

말하기 · 쓰기 연습

(생략)

제8과 학교생활

8과 1항

1.② 준비물 ❸ 행사 ❹ 회원 ❺ 회비는

2.② 전체가 ❸ 의논해요? ❹ 일정 ❺ 야유회를

3.② ②, 돈이 있으면서도 친구에게 빌려 주지 않았어요. ❸ ①, 돈이 별로 없으면서도 쓰기만 해요. ❹ ①, 단어의 뜻을 모르면서도 안다고 말했어요. ❺ ②, 두 사람은 서로 사랑하면서도 결혼하지 않았어요.❻ ②, 그 사람이 잘못했으면서도 나한테 사과하지 않았어요.

4.② 부자이면서도 ❸ 모르면서도 ❹ 시험을 못 봤으면서도 ❺ 숙제를 안 했으면서도

5.② 찾아뵐 ❸ 꼭 오늘까지 끝내 ❹ 늦지 않 ❺ 따뜻한 차를 마시

6.② 바꿔 놓 ❸ 확인해 보 ❹ 연락하 ❺ 준비해 놓 ❻ 참석하

8과 2항

1.② 국적 ❸ 성별 ❹ 모국어 ❺ 기타 ❻ 연락처

2.② 발음이 ❸ 억양이 ❹ 포기하 ❺ 마침 ❻ 시간이 나서

3.② 어찌나 추운지 ❸ 어찌나 재미있는지 ❹ 어찌나 많이 먹었는지

4.② 어찌나 보고 싶은지 ❸ 어찌나 매운지 ❹ 어찌나 슬픈지 ❺ 어찌나 많이 싸 주셨는지 ❻ 어찌나 아픈지

5.② 헤어지 ❸ 죽 ❹ 사 ❺ 다 먹 ❻ 자

6.② 보시 ❸ 웃 ❹ 쫓겨나 ❺ 보이 ❻ 화를 내

8과 3항

1.② 고민이십니까? ❸ 의견이 ❹ 충고가 ❺ 문제

2.② 말 못할 ❸ 표정이 ❹ 아무 ❺ 아무리 ❻ 어두워

3. 일기를 쓰다 ⎯⎯ 배탈이 나서 병원에 갔어요.
   운전면허를 따다 ⎯⎯ 곧 잠이 들었습니다.
   거짓말을 하다 ⎯⎯ 운전할 생각도 안 해요.
   팥빙수를 먹다 ⎯⎯ 얼굴이 빨개졌습니다.

❷ 운전면허를 따, 운전할 생각도 안 해요.

❸ 거짓말을 하, 얼굴이 빨개졌습니다.

❹ 연극 표를 사, 공연장에 가지 않았어요.

4. ❷ 든 ❸ 놓 ❹ 보 ❺ 화해하지 않 ❻ 사과하

5. ❷ 추울지도 ❸ 길을 잃을지도 ❹ 어두워질지도
   ❺ 심심할지도 ❻ 배가 고플지도

6. ❷ 필요할지도 ❸ 음식이 부족할지도 ❹ 우리 이야
   기를 들을지도 ❺ 모자랄지도 ❻ 남편한테서 전화
   가 올지도

8과 4항

1. ❷ 상담 받 ❸ 신청서를 ❹ 상담 교사 ❺ 조언을

2. ❷ 접수 시키다 ❸ 입학하다 ❹ 면접시험 ❺ 원서

3. ❷ 수선하면 ❸ 진심으로 사과하면 ❹ 전자 상가에
   가서 사면 ❺ 요리책을 보면 ❻ 세탁소에 맡기면

4. ❷ 외국인이면 ❸ 시험을 잘 보면 ❹ 물을 더 넣으면
   ❺ 수업 시간에 선생님 설명을 잘 들으면 ❻ 떠나기
   만 하면

5. ❷ 어머니 생신이라서 ❸ 시험 기간이라서 ❹ 결혼
   기념일이라서 ❺ 세일 기간이라서

6. ❷ 명절이라서 ❸ 공사 중이라서 ❹ 설날이라서 ❺
   통화 중이라서 ❻ 설날이라서

閱讀解答

어휘 연습

1. 1) 찾으니까 2) 말썽을 피워서 3) 읊었다 4) 조상께
   5) 주목을 받았다

2. ❷

3. 훈장님이/ 신분이/ 벌을/ 책거리를/ 가득/ 한문

내용이해

1.

단락	중심내용
첫 번째 단락	옛날의 학교 서당
두 번째 단락	서당의 학생
세 번째 단락	서당에서 가르치는 것
네 번째 단락	서당의 교육방법
다섯 번째 단락	책거리
여섯 번째 단락	오늘날의 서당

2. ❸

3. ❷

4. ❷

5. 1) ○ 2) ○ 3) ○ 4) ×

듣기 연습

1. 1) ❷ 2) ❶ × ❷ × ❸ × ❹ ○ ❺ ○

2. 1) ❷ 2) ❷

말하기 · 쓰기 연습

(생략)

제9과 부탁과 거절

9과 1항

1. ❷ 부탁을 받았다. ❸ 부탁을 들어준다. ❹ 부탁을 했
   다. ❺ 거절했다. ❻ 거절을 당했다.

2. ❷ 남아서 ❸ 밤을 새워서 ❹ 뭐 ❺ 어쩐지

3. ❷ 좋 ❸ 안 좋아하 ❹ 다 하 ❺ 미안하 ❻ 잘 치

4. ❷ 잘 추 ❸ 잘 하 ❹ 인기가 많기는요. ❺ 무뚝뚝하기
   는요. ❻ 말이 없기는요.

5. ❷ 시험공부를 하 ❸ 공연 준비를 하느라고 그래요. ❹
   공항에 나가느라고 못 갔어요. ❺ 청소를 하느라고 식
   사를 못 했어요.

6.
   ❷ 친구와 술을 마시, 시험공부를 못 했어요.
   ❸ 친구 대신에 아르바이트를 하, 시험공부를 못 했어요.
   ❹ 이모 댁에 갔다가 오느라고 시험공부를 못 했어요.

⑤ 동생이 아파서 밤새도록 동생을 간호하느라고 시험 공부를 못 했어요.
⑥ 회사에서 밀린 일을 하느라고 시험공부를 못 했어요.

9과 2항

1. ② 약속 시간을 좀 미룰 수 있을까요? ③ 제가 오늘 찾아뵈어도 될까요? ④ 사진 좀 찍어주시겠어요? ⑤ 여기 앉아도 될까요?
2. ② 지나가는 ③ 발짝 ④ 내밀면서 ⑤ 물러나
3. ② 아 ③ 저기요 ④ 있잖아 ⑤ 글쎄요 ⑥ 자
4. ② 자 ③ 여기요 ④ 글쎄 ⑤ 있잖아 ⑥ 저
5. ② 걸리지 않 ③ 다치지 않 ④ 가 ⑤ 먹 ⑥ 떨어지지 않
6. ② 뒷사람이 볼 수 있 ③ 아이들이 먹지 않 ④ 사고가 나지 않, 속도를 줄이십시오. ⑤ 다른 사람에게 방해가 되지 않, 떠들지 마십시오. ⑥ 깨지지 않, 포장을 잘 하십시오.

9과 3항

1. 2) ❷ 3) ❶ 4) ❶ 5) ❸
2. ❷ 발표 ❸ 순서 ❺ 부탁
3. ❷ 책이 그렇게 작다니 믿을 수가 없어요. ❸ 딸꾹질을 그렇게 오래 하다니 정말이에요? ❹ 키가 그렇게 크다니 정말이에요? ❺ 이름이 그렇게 길다니 믿어지지 않아요. ❻ 커피가 그렇게 비싸다니 정말이에요?
4. ❷ 기온이 영하 15도로 내려가다니 정말이에요? ❸ 홍수가 일어나다니 정말이에요? ❹ 갑자기 기온이 떨어지고 눈이 내리다니 정말 이상하네요. ❺ 갑자기 날씨가 따뜻해져서 겨울에 여름옷을 입고 다니다니 믿을 수가 없어요. / 갑자기 날씨가 따뜻해져서 겨울에 수영을 하다니 믿을 수가 없어요. ❻ 우박이 내리다니 정말이에요?
5. ❷ 하지 못하게 하세요. ❸ 쉬게 하세요. ❹ 긁지 못하게 ❺ 일어나지 않게 하세요.
6. ❷ 아버지께서 담배를 끊으시게 하세요. ❸ 아버지께서 약을 매일 드시게 하세요. ❹ 아버지께서 스트레스를 받으시지 않게 하세요. ❺ 아버지께서 매일 30분 이상 운동을 하시게 하세요. ❻ 아버지께서 규칙적으로 의사에게 진찰을 받으시게 하세요.

9과 4항

1. ❷ 사장님 ❸ _____ 씨 ❹ 사모님 ❺ 선생님
2. ❷ 마중을 나가는 ❸ 귀한 ❹ 거래처 ❺ 곤란한데요.
3. ❷ 보통 두 달 전에 예약해야 한다지요? ❸ 시간이 더 걸린다지요? ❹ 문을 닫는다지요? ❺ 떡국을 먹는다지요? ❻ 세뱃돈을 받는다지요?
4. ❷ 가장 인기 있는 공연이 난타라지요? ❸ 가장 많이 탄다지요? ❹ 한국 사람들은 축구를 자주 한다지요? ❺ 가:한국 사람들은 술안주로 오징어를 많이 먹는다지요? 나:네, 그렇대요. ❻ 가:한국 사람들은 숫자 중에서 '7'을 제일 좋아한다지요? 나:네, 그렇대요.
5. ❷ 지금 주문하실 ❸ 오늘 가실, 내일 가실 ❹ 여기서 드실, 가지고 가서 드실 ❺ 손님이 쓰실, 선물하실 ❻ 파티를 집에서 하실, 음식점에서 하실
6. ❷ 언제 가실 ❸ 어느 항공사를 이용하실 ❹ 일반석으로 하실 건가요? 비즈니스 석으로 하실 건가요? ❺ 몇 분이 가실 건가요? ❻ 카드로 하실 건가요?

閱讀解答

어휘 연습

1. 1) 딱딱해서 2) 이르렀다 3) 고려해서 4) 힘겹게 5) 눈길을 끄는
2. ④
3. 공익광고가/ 심리를/ 거부감이/ 효과가/ 장려하는/ 시도는

내용이해

1.

광고	관련 내용
첫 번째 광고	음식물 쓰레기
두 번째 광고	출상장려
세 번째 광고	일회용품
네 번째 광고	경로사상

2. ❶
3. ❶
4. ❹
5. ❷
6. 1) ○ 2) × 3) ○ 4) ×

모범 답안

듣기 연습

1. 1) ❶ 2) ❶ ○ ❷ ○ ❸ × ❹ × ❺ ○
2. 1) 영화 표를 예매해 달라고 했다. 2) ❹
3. 1) ❹ 2) ❸

말하기 · 쓰기 연습

(생략)

제10과 어제와 오늘

10과 1항

1. ❷ 후회가 ❸ 준비를 ❹ 과거 ❺ 미래는
2. ❷ 유난히 ❸ 추억하시는 ❹ 말이 나온 김에 ❺ 관련
3. ❷ 울 ❸ 떠들 ❹ 졸 ❺ 화를 내
4. ❷ 많 ❸ 보 ❹ 하 ❺ 나쁘, 좋아지
5. ❷ 밤 늦게까지 공원에서 인라인 스케이트를 타 ❸ 시간만 나면 기타 연습을 하 ❹ 학교에 행사가 있을 때마다 공연을 하 ❺ 시간이 날 때마다 수영장에 가 ❻ 자
6. ❷ 밖에 나가서 운동을 하 ❸ 영화를 보러 가 ❹ 숨바꼭질을 하

10과 2항

1. ❷ 향상되다 ❸ 변하다 ❹ 바뀌다 ❺ 발전하다 ❻ 늘다
2. ❷ 시간이 흐르면 ❸ 양쪽 ❹ 단층 ❺ 화려한
3. ❷ 몇 시간 ❸ 일주일 ❹ 며칠 ❺ 얼마 ❻ 이틀
4. ❷ 5년 전만 해도 ❸ 3년 전만 해도 ❹ 한 달 전만 해도 ❺ 일주일 전만 해도 ❻ 몇 시간 전만 해도
5. ❷ 쓰기 시험을 못 봤다고 ❸ 김치라고 ❹ 성장했다고 ❺ 운동을 많이 한다고 ❻ 줄었다고
6. ❷ 많지 않다고 ❸ 날마다 먹는다고 ❹ 자주 본다고 ❺ 시험을 잘 봤다고 ❻ 많이 올랐다고

10과 3항

1. ❷ 상상해 ❸ 가정하 ❹ 추측하
2. ❷ 귀국한대요. ❸ 사정이 ❹ 바랍니다. ❺ 어느새

3. ❷ 어제 파티에 갔을 거예요. ❸ 율리아 씨하고 예술의 전당에서 발레를 봤을 거예요. ❹ 하숙집 사람들하고 술을 마셨을 거예요. ❺ 리사 씨하고 시청 앞에 가서 트리도 보고 스케이트도 탔을 거예요. ❻ 진리 씨하고 크리스마스 기념 콘서트를 봤을 거예요.
4. ❷ 클럽에 가서 춤을 췄을 것이다. ❸ 옛날에 데이트하던 작은 카페에 가서 식사를 했을 것이다. ❹ 야경이 멋있는 호텔에 가서 식사를 했을 것이다. ❺ 혼자서 등산을 갔을 것이다. ❻ 집에서 만화책을 읽었을 것이다.
5. ❷ 승연 씨가 키가 컸다면 미스 코리아가 되었을 것이다. ❸ 히로시 씨 목소리가 좋았다면 지금쯤 아나운서가 되었을 것이다. ❹ 에릭 씨가 체력이 약하지 않았다면 운동선수가 되었을 것이다. ❺ 올가 씨가 다리를 다치지 않았다면 발레리나가 되었을 것이다.
6. ❷ 평소에 공부를 열심히 했다면 ❸ 그 선수가 다치지 않았다면 ❹ 친구가 도와주지 않았다면 성공하지 못했을 것이다. ❺ 회사를 옮기지 않았다면 월급이 줄지 않았을 것이다.

10과 4항

1. ❷ 신기록이 ❸ 신형으로 ❹ 신상품이 ❺ 신기술을
2. ❷ 판매 ❸ 가사 ❹ 드디어 ❺ 새롭다 ❻ 완벽하다
3.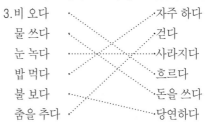

비 오다   자주 하다
물 쓰다   걷다
눈 녹다   사라지다
밥 먹다   흐르다
불 보다   돈을 쓰다
춤을 추다   당연하다

❷ 물 쓰듯이 ❸ 눈 녹듯이 ❹ 춤을 추듯이 ❺ 밥 먹듯이 ❻ 불 보듯이
4. ❷ 아이를 돌보듯이 ❸ 사람마다 생긴 것이 다르듯이 ❹ 바늘 가는 데 실 가듯이 ❺ 부모가 그렇듯이 ❻ 가뭄에 콩 나듯이

5.❷ 선풍기도 없어요. ❸ 아이들도 이 죽을 아주 좋아
해요. ❹ 평일에도 시간을 내기가 힘들어요. ❺ 우리
나라는 ❻ 학비는

6.❷ 음악을 듣는 것은, 텔레비전 ❸ 호텔 예약은 물론
비행기 표를 예약할 때에도 할인을 받을 수 있어요.
❹ 아이들은 물론 어른들도 여기서 눈썰매 타는 것
을 좋아해요. ❺ 국내는 물론 해외에서도 이용이 가
능합니다. ❻ 아니요, 아이 돌보기는 물론 집안일까
지 해 드립니다.

閱讀解答

어휘 연습

1. 1) 깜깜하지 2) 식히세요 3) 겹쳐서 4) 두었는지
   5) 둥근

2. ❶

3. 도구를/ 갈기/ 영양소를/ 부치거나/ 닿으면/ 통했다

내용이해

1.

물건	재료	모양	쓰임
맷돌	돌	두 개의 돌이 겹쳐 있고 윗돌에 구멍 이 나 있으며 손잡 이가 있음.	곡식을 갈기 위해 씀.
요강	놋, 도 자기, 나무	작고 둥근 모양임.	밤에 방에서 볼 일 이 볼 때 사용함/ 밤에 화장실에 가 고 싶을 때 사용함.
죽부인	대나무	안기 편한 원통형 임.	더위를 식히기 위 해 사용함.

2. ❷

3. ❹

4. ❹

5. 1) × 2) ○ 3) × 4) ×

듣기 연습

1. 1) ❶ 2) ❶ × ❷ ○ ❸ × ❹ × ❺ ○

2. 1) ❹ 2) ❸

말하기 · 쓰기 연습

(생략)

기말 복습

Ⅰ. 1. 아무리 2. 슬슬 3. 그만 4. 오히려 5. 잔뜩 6.
갑자기 7. 마침 8. 그밖에 9. 어느새 10. 유난히

Ⅱ. 1. ❶ 2. ❷ 3. ❹ 4. ❸ 5. ❹

Ⅲ. 1. ❹ 2. ❹ 3. ❸ 4. ❷ 5. ❶

Ⅳ. 1. ❷ 2. ❹ 3. ❶ 4. ❷ 5. ❹

Ⅴ. 1. 값도 싸고 해서 옷을 세 벌 샀습니다. 2. 도서관
에서 책을 빌려다가 읽었습니다. 3. 그 이야기를 듣
고 나서 생각이 달라졌습니다. 4. 그 아이는 울다가
도 그 노래만 들으면 웃습니다. 5. 그 극장 좀 찾아
가게 약도를 그려 주세요. 6. 5월에 눈이 오다니 믿
을 수가 없었습니다. 7. 밤새도록 영화를 보느라고
숙제를 하지 못했습니다. 8. 같은 반 친구를 봤으면
서도 인사를 하지 않았습니다. 9. 아침에 일어나지
못할까 봐 자명종을 두 개나 맞춰 놓았습니다. 10.
주말에 하는 역사 드라마는 여자들은 물론 남자들
도 좋아합니다.

Ⅵ. 1. 친구 생일이라서 케이크를 만들어다가 선물로 줬
다. (○)
   2. 밤에 잠을 잘 못 잘까 봐 커피를 마시지 않았어
   요. (○)
   3. 운동이 건강에 좋은 줄 알면서도 안 해요. (○)
   4. 화장을 하느라고 학교에 늦었어요. (○)
   5. 10년 전만 해도 여기는 사람이 살지 않는 곳이었
   다. (○)

Ⅶ. 1. 아픈다니요? → 아프다니요? 2. 오다니 → 온다
니 3. 마신지 → 마셨는지 4. 더워라서 → 더워서
5. 쓰는 듯이 → 쓰듯이

Ⅷ. 1. 사무실로 전화를 했다. 2. 피곤하다고 한다. 3.
읽지 않는다. 4. 늦지 않 5. 모델이 되었을 것이다.

Ⅸ. ❶ 어 ❷ 먹어 버렸는데 ❸ 하고 먹지. ❹ 김밥이라
도 ❺ 사다가 ❻ 재미있더라. ❼ 봤다면 ❽ 울고 말았
어. ❾ 울다니 ❿ 보고 나서

모범 답안

X.1. 굉장히 크 2. 연기를 잘 하 3. 머리도 아프, 취소
했어요. 4. 병원에 가 보시 5. 모두 다 100점을 받
았단 6. 네, 앞으로는 조심하 7. 상담 신청서를 써
서 상담 선생님께 내면 8. 일요일이라서 9. 좋 10.
많이 움직이 11. 김치를 날마다 먹는다지요? 12.
여기서 드실 13. 자, 사탕이라고 하면 벌떡 일어나
요. 14. 책을 읽 15. 조금, 교실에 있었는데요.

쉼터 – 퀴즈

<한국어에 대한 퀴즈>

1) ❷ 2) ❶ 3) ❷ 4) ❶ 5) ❷

<한국에 대한 퀴즈>

1) 녹차 2) 귤 3) 호두 4) 닭갈비 5) 냉면

1) ❷ 2) ❷ 3) ❸ 4) ❸ 5) ❸ 6) ❶ 7) ❷ 8) ❶ 9) ❶ 10) ❷

<수수께끼>

❶ 눈물 ❷ 이름 ❸ 거짓말 ❹ 시험 ❺ 치과 ❻ 낮잠 ❼
무지개 ❽ 치약 ❾ 나이 ❿ 불고기

십자말풀이 II

결	국					군	대		
혼						만			
식	구				순	두	부		
	체		추	천	서		딪		문
국	적		기	억			치	과	의	사
	이			하		변	하	다		정
	다	가	가	다		명				
		능				하		참	기	름
	상	하			다	녀	오	다		
		다	행	히			히		
			사			화	려	하	다